壹漫书系

壹

7-DAY COMIC BASE

彭湃
●作品

女孩不哭

NVHAI
BUKU

②终结版

百花洲文艺出版社
BAIHUAZHOU LITERATURE AND ART PRESS

目录
CONTENTS

他就是那种人：

总以为如果不慎伤害到你，最好的补偿方式不是带你去医院，而是立马往自己胸口捅两刀。

◆ *01* ◆

手机铃声响起时，我不情不愿地醒来。窗外的阳光微微刺眼，太阳晒屁股的大中午，我满身都是起床气，完全没睡够啊。

这些都拜我的宝贝女儿艾淼淼所赐，那个半岁不到的小淘气，那个脾气阴晴不定的小恶魔，她那折磨人的一流本事，真是像极了她爸爸。

事情还得从上半夜说起，原本睡得好端端的艾淼淼突然就大哭起来，哭得那叫一个撕心裂肺气吞山河——我都不知道有什么事儿能叫她这么伤心，全家上下被搅得鸡犬不宁，四个加起来快两百多岁的大人拿一个没断奶的小家伙束手无策。这四个人分别是我、我妈、我外婆、还有我继父。

最终外婆凭借顽强的毅力，抱着艾淼淼哼了半小时的歌谣，才把她给哄安静。一句话：姜还是老的辣。

对此我这个亲妈感到很惭愧，但是，我觉得最主要的问题还是出在我妈那，毕竟上梁不正下梁歪。我没来得及怪她，她倒是先发制人了，"淼淼跟七喜小时候简直一模一样，又娇气又难伺候，能把人给逼疯，诶，我上辈子是造了什么孽。"

"你上辈子何止造了孽，你是屠了城啊。"

她无视我的反击，诶声叹气，脸上恰到好处的妩媚惹人疼爱，继父忙笑着打圆场，"这不挺好嘛，小宝宝就是要能闹，今后肯定健健康康茁壮成长。"

"你呀你，赶紧去睡吧，明天不是还约了客户吗？剩下的交给我们女人就行了。"我妈甜美一笑，体贴得不行，好像之前那个掀开继父被子的狂躁女人跟她没有半点关系。瞧瞧，多聪明，男人都吃这一套，偏偏我艾七喜就学不会。

继父回房没几分钟，我妈就打起了退堂鼓，恬不知耻这个成语简直是为她量身定做。当然我也强不了多少，撑了半小时后也困得要命，把宝宝交给外婆后倒床就睡。

一睁眼，到了现在。

我不情不愿地摸出枕头底下的手机，瞄了一眼，睡意全无。

起床，冲澡、洗头、洗脸、漱口、化妆、挑选出门衣服和包包，做完这些，正好赶上午饭。

饭桌上，外婆抱怨着菜市场的蔬菜越来越不新鲜，不时注意着婴儿车上的艾淼淼有没有把奶给吐到衣服上。我妈面无表情地夹着菜，显然起床气还没消，很快她把枪口对准了我，"穿得这么少干吗？下午又去哪鬼混？"

"约朋友逛街。"我心虚的埋头吃饭，生怕被这个精明的女人看出破绽。

"你哪来的那么多朋友，我怎么不知道？"拷问犯人小剧场又开始了。

"就一高中同学。"

"哪个高中同学？"

"说了你也不认识。"

"怎么突然就联系上了？"

"她也要做妈了，在朋友圈看到我晒娃，就想找我传授下经验。"我面不改色地胡扯。

"稀奇了，就你这德行还给人传授经验呢。"我妈抛过来一个嘲讽的笑容，很好，相爱相杀小剧场开始了。

"是啊，像我这种输在起跑线上的人，确实没资格。"

"这个黑锅我可不背，下次清明节去找你爸谈谈。"她优雅地夹了一筷子菜，"一会出门披件外套听见没？你着凉了无所谓，别把什么病毒传给了淼淼。"

"知道了。"我暗暗松了一口气，过关。

"七喜呀，淼淼的纸尿裤快用完了，下午出门记得买些回来。"外婆无视了我们的拌嘴，气定闲神地插话了，话题永远是孩子。

"好。"

下午一点，我步行来到离家三站路的百货商城。一路上我都胆战心惊，生怕撞见我妈的熟人，那种感觉好像回到了初中时瞒着父母跟一群同学去滑旱冰。不，如果被发现，那可不是一顿毒打的后果了。

商城门口，越泽等候多时。

他穿着一身黑色休闲西装，优雅地倚在本田商务车的车头，看到我来了，淡定地朝我挥手，疏离的眼神中透着若有似无的笑意。明知不能这样，心还是瞬间柔软了下来。我赶紧掐手心提醒自己，眼前的人仅仅是淼淼的爸爸。

这已经是越泽回国后我们的第三次见面，彼此间还是弥漫着挥之不去的微妙尴尬。两人站在川流不息的路边沉默片刻，越泽轻咳了下，柔声问，"昨晚没睡好？黑眼圈这么重。"

"有一点。"我笑容僵硬，其实我也很想对他自然一点，温柔一点，可整个人偏偏像台生锈的发动机，力不从心。

"淼淼呢？"这才是他此行的目的。

"得再等等，我妈下午三点才出门。到时候你跟我回小区，我再把淼淼抱出来。"

越泽理解地点头，"我可以等到三点，你不用这么麻烦特意过来通知我。"

是啊，完全没必要的。可为何还要单独过来一趟？我没敢深究这个问题。慌忙指了指身后的商场，"过来给孩子买纸尿裤，就顺便先告诉下你。"

越泽眼波流转，看不出怀疑还是相信。

"我陪你。"他说。

"不用了。"我摇摇头，"商场里有我妈的熟人，看到了不好。没事，我一会再买。"

又是片刻的沉默，越泽主动开口，"要是不急着回去，找个地方坐一坐？"似乎怕我拒绝，他补充，"正好还有一些事，想跟你聊聊。"

我还在犹豫，他已经为我拉开了车门。

我深吸一口气，迈开了步子。

即将上车前，阳光跳跃在黑色车顶，泛出一块刺眼的洁白，轻微眩晕中，我竟感到恍若隔世：时间真快啊。

不知不觉，我已经23岁了，一个介意少女和妇女之间的尴尬年纪，倒是还有一种称呼叫少妇，不过饶了我吧，怎么听都有些奇怪。

能想象么？两年前的我还是一个每天要打好几份工的大学生，对于未来最大的奢求仅仅是能还清债务，远离贫穷，为此我拼命努力、咬牙死磕，不惜走上危险的合约婚姻，结果把生活搞得一团糟。有时候老天爷就是那么坏，从来不会因为你的真心诚意就对你温柔那么一点点。

本以为自己这辈子算是完蛋了，不想我妈轻松的一次改嫁，就改变了这一切。她为我、外婆、淼淼还有自己找到了一个可以依靠的好男人，关键是，这个好男人还有钱。我当然知道钱不是万能的，但我也知道，钱真是太重要了，有了它，我生命百分之九十的无奈和心酸都迎刃而解。

更让我如梦似幻的是，我曾经深爱过的男人越泽，眼下也回到我身边。遗憾的是，我们的夫妻关系早已名存实亡。但不管怎么说，他还是回来了，我的淼淼还有爸爸关心爱护嘘寒问暖，光是这一点我就要感激老天了。

"去哪？"越泽系好安全带。

"你定吧。"

他胸有成竹地点点头，发动汽车，又问："淼淼还好吗？"

"挺好的，能吃能睡，就是特爱哭。"只有说到淼淼的时候，彼此的气氛还变得自然而融洽。

他开着车，漫不经心地接了句："这点跟你蛮像的。"

"哪有。"我笑着偏过头，倒映在车窗上的笑容却透着说不出的落寞。

◆ 02 ◆

或许，是时候说说我的宝贝女儿艾淼淼了。

直到现在，我依然觉得，淼淼更像我一个人的孩子。

怀着她的那段时间里，发生了很多事，好的、坏的、疯狂的、惨烈的——主要还是惨烈的；这让我一度失去生活下去的勇气，尤其在苏小晨死去越泽又消失后，我的生活简直一片漆黑，肚子里的孩子，是远方唯一的一盏灯火，指引我前行。

值得一说的是，淼淼的预产期是9月21号，处女座。那段时间微博上黑处女座的段子铺天盖地，把我吓得不轻。

要知道，这年头大家出门见面都不问"吃饭没"而改成"你什么星座"，更有不少丧心病狂的相亲和招聘信息上直接把处女座拉进黑名单，我可不能让孩子输在起跑线上。每天神经兮兮杞人忧天地研究着如何拖延预产期的方法，有段时间连憋尿这种损招都用上了。

孩子诞生于我老家最好的妇产医院，主刀医生是我妈的朋友，她比我还高兴，大声祝贺我，"生啦生啦！是个女孩！9月23号凌晨1点，恭喜你，是天秤座！"我妈得知此事后气得要命，两个星期没给我好脸色，没错，她就是处女座。

孩子生下来第一件事就是取名字。当时越泽还在美国的医院等待着匹配的眼角膜，不过我悲观的认为他早就躺在某个金发碧眼的美女护士怀中乐不思蜀了，作为昔日的糟糠之妻我特有自知之明，杜绝一切幻想，做好了一个人把这孩子养大的觉悟，既然如此，女儿自然得跟我姓艾。

至于名字，我心意已决。全家人对于我的一意孤行很不满意，但也无权反对，只好把那用不完的精力和热忱花在了孩子的小名上。

为此我妈特意请来老家有口皆碑的算命先生，他非说这孩子命运多舛且五行缺水。废话，都没爹了，命运能舒坦到哪去呀？至于五行嘛，我个人认为只要不缺钱，缺啥都没关系。算命先生愤慨地纠正我：五行里没有钱，只有金！现在流行土豪金懂不懂？我大吃一惊，这老先生还真是与时俱进啊，怪不得有口皆碑。

最终，有了淼淼这个小名。

四个月后，我小腹上那条难看的妊辰纹毫无消退的意思，亲爱的淼淼却从当初那个皱巴巴的小不点长成了一个白白胖胖的小肉球。

谁会想到呢？越泽竟在这时回来了。

2013年的2月初，也就是半个月前，我老家还是晚冬，尽管那天难得出了太阳，稀薄的空气里尽是万物腐朽的寒冷。

他站在街头，一身风尘仆仆的黑色登山装，一个旧得很有质感的帆布背包，有那么一点千帆过尽洗尽铅华的感觉。

他什么都没说，但我捎看一眼就猜到他这些日子一定去了很多地方吃了不少苦。其实他大可直接来找我，却非要选择这么迂回而扭捏的方式。没办法，他就是那种人：总以为如果不慎伤害到你，最好的补偿方式不是带你去医院，而是立马往自己胸口捅两刀。

老实说，越泽的出现打了我一个措手不及。

我曾经以为，这辈子他都只会存在于我美好又刻骨的回忆中，并随着时光的推移渐渐抹去菱角，淡去色泽，最终成为一抹温暖的旧鹅黄。而我也做好了给孩子找一个老实靠谱的后爸，平平淡淡过完一生的准备。

可他像一颗炸弹，轻易的，就把我规划好的生活蓝图给炸得粉碎。

说真的，我害怕见到他。我不知道他的重新出现对我逐渐平静的生活意味着什么？我还没做好准备，心脏止不住地狂跳。我带上了淼淼壮胆，毕竟曾经无数个撑不下去的日夜里，都是它在给我加油打气。

就这样，冬天的清晨，我、越泽、我们的女儿，在川流不息的街头重逢了。

当我让淼淼叫爸爸时，越泽丢下沉重的行囊，在通透的阳光下小心翼翼地托起淼淼，消瘦的脸颊慢慢动容，他不可思议地望着半空中那个微微逆光的小生命，它安静、脆弱、纯净而美好，睁着一双好奇的大眼睛看着眼前的男人。

越泽刚来得及说上一句"鼻子像我"，双眼就红了。

而我哭了。

那一刻，我发现自己无所谓恨不恨，无所谓原谅不原谅。我还是很爱他，还是想跟他在一起。但，仅仅只是想。太多的伤害和罪孽横亘在我们之间，我们都不再是曾经的那个自己，也无法再回到过去。

那天，我们像两个阔别已久的朋友，坐在咖啡馆断断续续地聊着。

他问我孩子叫什么名字，我犹豫了下，告诉他叫淼淼。接着，我又把苏小晨的死，阮修杰的精神病，王璇璇的离开，整场仇恨的真相托盘而出。他安静地听完，我以为他会说点什么，但他没有为自己辩护一个字，只是直直站起身，语气中透着恳求，"我以后，还能再来看孩子吗？"

我点头。

当然，你是她的父亲。我在心里说。

然而事情远比我以为的要难。

越泽第二次来找我，也就是上次，他提着昂贵的见面礼，主动要求能去我家一趟。他觉得作为淼淼的父亲，自己有责任也有权利跟我一同抚养她。原本计划是他上门向我一家人负荆请罪，再一起商量抚养孩子的事情。

我妈没给他这个机会，她拿刀把越泽轰出了门。毫不夸张，是真的拿刀。她当时正在厨房切西红柿，看到越泽时愣了两秒，拿着刀就冲出来，脸色铁青的样子像是看到了不共戴天的仇人。

越泽也不逃，就那么笔直地杵在原地。幸好继父眼疾手快拦住了我妈，这才免去了一场血案。

"你居然还有脸找上门来？来得正好！今天老娘跟你好好算笔账！"我很久没看我妈这么动气了，像一头暴怒的母狮。

"妈，你听我……"

"闭嘴！这个家还轮不到你说话！"妈手中的菜刀"哐当"一声跌落在地，"老孟你放开我！"

继父见妈把刀丢了，于是放开了手。我妈上前就是一耳光扇在越泽的脸上，"你还是不是男人？！啊？我问你还是不是！搞大我女儿肚子一声不吭就跑了！你知道这一年来我女儿遭了多大的罪吗？忍受了街坊邻居多少闲言碎语吗？二十来岁，花一样的年纪，上上大学谈谈恋爱哪不好了，偏偏被你害成一个未婚先孕的单亲妈妈，名声臭就算了，最好的几年都被你糟蹋了！一个女人能青春几年啊？你告诉我，有几年！你良心都被狗吃了啊！你这样对我女儿你就不怕遭雷劈吗？！"

又是一个响亮的耳光，触目惊心。

越泽的左脸泛起隐约可见的红色指印，他低头缄默。

"我警告你！以后不准你再来纠缠我女儿，听到没？！这孩子是我们艾家的，跟你没有半点关系！下次再让我看到你可没这么客气了！滚！给我滚！"

短暂的寂静中，越泽抬起头，目光坚毅而诚恳："阿姨您说得对，错在我，我让七喜受了苦，让你们跟着蒙羞。你可以不喜欢我、恨我、上法庭告我也无所谓。但淼淼是无辜的，我希望日后能尽自己所能来弥补——"

"谁让你弥补了？王八孙子听不懂人话是吗！我让你滚！滚啊！你不滚是吧，好，很好，给我站那别动，你等着……"我妈已经气得六亲不认，又要去捡地上的刀。这次继父和外婆一起出马才把她给镇住。

屋里一片狼藉，场面极度混乱，我夹在中间左右为难，只能把越泽强行赶走了。

之后的很长一段时间，越泽都没再来找过我。我们用手机联系，从不通电话，每天也就两三条短信，内容也相当简洁。我们彼此都很小心，不触碰过去，也不谈未来，话题围绕着淼淼，仿佛只有淼淼，才是沙漠中唯一的一片绿洲。

直到某一天我刷微博，无意发现自己为数不多的粉丝里隐藏着一个陌生人，名叫ZERO。

我好奇地点进去，该人的首页上只有一条微博：重新开始。那条微博的发布时间是半个月前，那个日期我印象深刻，刚好是越泽跟我重逢的那一天。我半信半疑地点开他的关注，很快在里面找到了一个叫"谭志041"的好友。

至此，我完全确定，这个叫ZERO的微博用户，是越泽。我又点进谭志的微博首页，里面转发的都是一些经济学和企业管理学的长微博，个人签名上也写着：律师职务已辞，目前创业中。

谭志起初跟我的来往全部建立在越泽委托的公事上，越泽不告而别的那段时间，作为越泽的朋友，他觉得有责任对我多加关照，如此，我们私下也慢慢成了朋友，互相关注了朋友圈，偶尔也会问个好点个赞。

但是关于他辞职创业一事，我还真不知道。我讶异又好奇地给他发了条私信确认，很快就接到谭志的电话，他第一句话就是："没错，这个微博是我的。"

也是那一通电话，我得知了他的创业计划。准确说，是他和越泽的。

原来越泽这次回国并非短住，他没打算再回美国，而是拿出自己所有的存款，拉朋友合伙创办了一家开发手机APP的软件公司，可说是当机立断雷厉风行。合伙人有两个，两个都是他的大学同学，其中一个就是谭志。

越泽是IT技术人员出身，后来转做管理。自己开公司，除开老总的职务，他还负责带领团队进行产品开发；谭志当过几年律师，法律知识丰富，创建公司涉及到各种司法程序都是他一手打理，另外也兼管人事，他老婆正好是会计，可以管理公司财务。至于另一个合伙人，据说曾经是很厉害的房地产营销主管，人脉宽广，资源丰富，主要负责商谈客户和做产品营销策划。

"奇怪，越泽没有告诉你吗？"对于我的一无所知，谭志颇感意外。

"他很少聊自己的事。"

"那小子……"谭志笑的有点无奈，"当初拉我入伙时，我是反对的，觉得太冒险了，好好的干吗突然想创业。你猜他怎么说？他说想给你和孩子一个更好的未来，冒险是值得。我就是被他这话感动了才头脑一热上了他的贼船，现在真是后悔死了。自己当老板哪有那么简单啊，这不，整天在微博上取经，私生活都牺牲了……"谭志一改律师身份时的简言少语，滔滔不绝地闲扯起来，虽是抱怨，话中却透着跃跃欲试的豪情。

之后的聊天里他都在热切地分享着他野心勃勃的事业，我却心不在焉，脑子里乱作一团，那句话一直在脑袋里打转：他说想给你和你们的孩子一个更好的未来。

若说不感动是假的，可是，我跟越泽真的还有未来吗？

我不知道。

◆ 03 ◆

十分钟后，车在一家西餐厅停下。这家店是最近新开的，我都还没来过，真佩服他竟然会知道。

下车后，两对情侣从我旁边走过，女孩手里都捧着玫瑰花。我这才猛然记起，今天是情人节，也不知道越泽今天的出现是别有用心还是单纯的巧合。

店里装潢浪漫，放着轻快的钢琴曲，越泽要了一份七成熟的菲力牛排和红酒。

我吃过午饭，只点了杯橙汁。

"来些甜点？"越泽问。

我摇摇头。

"记得以前你很爱吃。"他的口吻拿捏到位，淡淡一笑，"莫非生完孩子口味都变了？"

"还是很爱吃，就是胖了不少，在减肥。"我跟着笑了笑，当然是借口，我只是没什么心情。直到现在，近距离地注视他轮廓分明的精致脸庞，我的胸口还是一紧一紧地疼。我不知道该怎么面对我们这种熟悉又陌生的关系。

"不胖的。"他静静回答，不再坚持。

之后又是断断续续不咸不淡地闲聊，当年轻的男服务员不太娴熟的为我们打开一瓶小拉菲时，话题从淼淼过度到我身上。

越泽问我还打不打算回大学，我啜了一小口微苦的红酒，陷入思考。

平心而论，我是想回去的。因为生了个孩子就放弃学业未免太夸张了，虽然我艾七喜一向嗜钱如命，却不代表我就视知识如粪土啊。我可不想像我妈那样一辈子靠男人，何况我还真没她那本事。可是淼淼才这么小，我自己都照顾不好，若带着她去星城，肯定不行，家人也不会同意。但是要我独自去星城，把淼淼留在老家，我又舍不得。

越泽看出我的忧虑，建议道："淼淼断奶之后可以先让你家人照顾，每星期回家看她。等她三岁左右，你已经大学毕业找到了工作，到时候你再把她接回身边上幼儿园。如果你同意的话——"他顿了顿，"到时我们一起照顾她。"

"可我总觉得这样不好，她才那么小，我就长期不在身边。"我举棋不定。

"有句话说的好，今日的分离，是为了明日更好的相见。淼淼也希望自己的妈妈更加优秀不是吗？你若拿到毕业证，以后的就业选择更多，也能给她提供更好的人生。比如，你可以考个教师资格证，当小学老师，这样，她的童年你都能看护着。"必须承认，对于我和淼淼的将来，他的考虑更为长远。

他抬头瞟我一眼，"还是说，你更愿意象以前那样，去酒吧卖啤酒，每天晚上醉醺醺地回家，告诉女儿：妈妈今晚又去拯救世界了所以没时间陪你做作业？"

"好主意呢，说不定淼淼以后就是女中豪杰了。"脱口而出后我自己都吓一跳，想不到我们还能像以前那样开玩笑。

"其实，我倒是挺怀念以前的那个艾七喜。"他眼神上罩着一层迷离的氤氲。

我哽住了。

"对了，你知道今天是情人节吧？"他放下刀叉，拿起纸巾擦了下嘴角。

"知道，怎么呢？"

"我给你变个魔术。"

"啊？"

他点点头，屏息凝神了三秒，然后开口道："好了。"

"什么好了？你什么都没做。"我完全搞不清状况。

"口袋。"他提示了下。

我伸手去摸，什么都没有，又在另一个口袋找，也是空的。见我疑惑，越泽似笑非笑一脸神秘，"它比较害羞，你得先说：我很喜欢。它才敢出现。"

我半信半疑地照做了，再次把手伸进口袋，还真有个小东西！僵硬，微凉，指尖触到的一瞬还感受到了类似静电的酥麻感。

我拿出来，竟然是一枚钻戒！

以前去逛商城时，经过珠光璀璨的珠宝店时从来都不敢停留，怕自己很喜欢，却又买不起。

所以这还真是我第一次看货真价实的钻戒，光滑得没有瑕疵的白金圆环，中间的钻石精致而璀璨，像是把无数洁白的光芒冻结成了一朵冰花，美得让人窒息。我几乎要把它带在无名指上看看是什么感觉。

但我没有。

短暂的感动之后，是巨大的失落。

"本来想让服务员帮我把戒指藏在甜点里，记得你以前最爱吃芒果班戟，偏偏你今天说减肥不吃，我心想完了，总不能把戒指丢进你的橙汁里吧。幸好之前去泰国曼谷的时候，跟一个地摊老板学过一点魔术。"

他不再说话，因为我脸上并没有开心的神色。我小心翼翼的把戒指放下，沿着桌子推还给了越泽："对不起。"

越泽，对不起，若换以前，哪怕你送我的只是青草指环，我也会毫不犹豫地答应。可现在，不一样了。这两年发生了太多事，我不能当做什么都没发生过一样，心安理得地坐在这里跟你谈论未来。

你能明白这种感觉吗？就像有一根顽固的鱼刺卡在深喉里，无论桌上摆着多么丰盛的佳肴，每吃下一口，都尽是痛、只有痛。

而你呢，又背负着太多的过去和秘密，总是一声不吭地就消失不见。如今我好不容易习惯了没有你的平静生活，我不想再一次尝到被你抛弃的痛苦。

这一年在新家生活，有时候，我妈会突然走过去给正在刷手机的继父捶背，有时候，继父会趁我妈垫脚收衣服时从身后轻轻抱住她。我试过将这温馨一幕中的人换成我们，可我竟发现自己想象不出这一幕会是怎样？然后我会一遍又一遍地拷问自己：就算我们继续相爱，就真的能过上这种相濡以沫白头偕老的生活吗？

或许，有些人只适合深爱，不适合厮守。

"越泽，其实当初你第一次离开我时我心灰意冷，下定决心要把淼淼打掉。当时是苏小晨陪我去诊所，陪我在大厅等着，快轮到我的时候，他突然拉着我往外跑，告诉我，让我把孩子留下，他来养我们。明明还是个小孩，却说得那么坚定……现在想想，如果不是因为他的那句话让我心软了，淼淼可能……不会来到这个世界。"我心乱如麻，讲得很慢，试着跟他坦白自己的心情。

越泽认真而平静地听完。良久，他垂下眼睑时，修长的黑色睫才在柔软的鹅黄光线中沾染上零零星星的失落。

"对不起。"我只能跟他道歉，"我现在心里很乱。"

片刻，越泽抬起头，释然一笑，"你误会了，这枚戒指是送给淼淼的。都说女儿是爸爸上辈子的情人，今天是我跟她在这个世界上过的第一个情人节，所以才想要送她一枚戒指。"

我默然不语。

"也是……淼淼还太小，带不了。"越泽把戒指拿回口袋，"这样吧，我先替女儿保管，等她满十六岁，再送她。"

我点点头，心里说不出的难受。

桌上的手机响了，竟然是我妈打来的。

我心惊胆战地接过，准备好了接受她二次拷问。谁知她一点也关心我在干什么，劈头盖脸吼过来："死哪去了！快来三医院！淼淼出事了。"

◆ 04 ◆

淼淼的背上突然长出一大片红疙瘩，给她换尿布的外婆先是在屁股上发现了一小片，觉得不对劲，扒开衣服一看，吓得不得了。我妈知道了二话不说抱着她就往医院赶，途中拨通了我的电话，告诉我淼淼出事了。

——出事了。

我恨死了这三个字了，二十几年来，但凡有人这么跟我说，通常都是天大的噩运。

赶去医院的一路上我整个丢了魂，眼睛一直盯着窗外，但什么都看不清楚。我像小时候一样用力咬着指关节，心里只有一个悲观到夸张的念头：如果淼淼有什么三长两短我也不活了。

越泽的声音平稳地传过来，"淼淼一定没事，别慌，有我在。"

我的眼泪在他说出最后三个字时刷地滚下来，稍稍呼出一口气，才发现自己已经手脚冰凉，后背都僵直了。

赶到医院后，我让越泽在马路对面的麦当劳等消息，这个时候让我妈看到他只会火上浇油。

"我想进去看看她。"越泽的眉头紧紧皱着。

"越泽你听我说，万一真有什么我会立刻通知你的。好吗？"

越泽终于不再坚持，只是在我转身的时候用力握了握我的手，声音低沉但有力地叮嘱，"记得，有事马上给我电话。"

我先在大厅见到外婆，她带我去儿童科的教授办公室里见到了我妈和淼淼。谢天谢地，一问医生才知道是我妈小题大做了，不过是普通的季节性皮肤过敏，看起来吓人，其实没大碍，稍微处理一下就好。医生叮嘱我们以后要注意保持室内空气干燥，以及婴儿衣物用品的卫生。

我如蒙大赦地松了口气，但我妈跟外婆却紧张过度，坚持要给宝宝做个全套检查才放心，趁着这个空隙，我以出去买吃的为由偷偷跑去医院对面的麦当劳。

"怎么样？淼淼没事吧。"越泽就坐在进门的位置，见到我后立刻站起来。

"虚惊一场，只是普通过敏，医生说小孩子的皮肤比较娇气。"难怪昨天半夜一直在哭，我心想。

"没事就好，没事就好……"每次只要事关淼淼，越泽那英姿勃发的职场精英男形象立刻消失殆尽，瞬间变成一个有点笨拙的熊爸爸。

"不过我妈跟外婆不放心，打算给淼淼做个全套检查，我买点吃的，得赶紧回去。"

"你休息下，我帮你去买。"他把我轻按在椅子上，转身去了拥挤的柜台。

十分钟后，我提着打包的汉堡和鸡翅走出麦当劳，刚推开门就傻眼了，我想叫越泽躲起来，但来不及了。

我妈一个箭步堵上来，抓了个现场。我以为她又要闹个天翻地覆，不想她只是出奇地镇定白我一眼，压低了声音，"平时邋遢得要死，今天突然打扮得花枝招展，搞得好像要上《非诚勿扰》似的，我就知道有猫腻。"

不等我开口辩解，她已经走到越泽跟前。相比身材颀长的越泽，她就算穿着高跟鞋也还是矮了半个头，但气势上却咄咄逼人。

越泽一言不发，像一架沉默的摆钟。

"我以为上次咱们已经说得很清楚了。"妈率先开口，言语冷静到可怕。

"我很清楚，我只是想来看看女儿。"

"我敢问一句，七喜怀上她的时候你人在哪？生她的时候你人又在哪？"妈言语刻薄，"孩子姓艾，不姓越。她不是你女儿，跟你也没有任何关系，不劳你操心，我们会照顾好她的。"

"妈……"

她飞快地剐我了一眼，我住嘴了。

再次回头看向越泽，我妈变得异常冷静而决绝，"越泽，上次阿姨有失礼节，让你难堪，我那是做妈的替自己女儿委屈。现在我气也消了，以前的烂账就让它过去，大家既往不咎一笔勾销，行不行？"

越泽点头。

"很好，爽快。"妈像个精明的生意人，步步逼退，"你是聪明人，你以后会有大好前途，大可再找一个比我女儿优秀的女孩，你们可以组建家庭，到时候你想生几个就生几个。至于淼淼，说不中听一点，不过是你跟我女儿年少无知的意外，你不用愧疚，也不用觉得有什么责任，更不用担心我们会来找你麻烦。如果你真想补偿什么，就请你从今以后别再来纠缠七喜和孩子了，还我们家一个平静的生活行吗？"

越泽不摇头，也不点头，风吹乱了他的刘海，我看不懂他的沉默。

"那就这么说定了，以后咱们就井水不犯河水。"妈不在乎越泽的回答，也没给他任何余地，头也不回地拽着我过马路。

我虽然万般无奈，但很清楚眼下绝不能忤逆妈，否则事态只会更糟，我频频回眸，朝越泽对口型：你先回去吧。

越泽眼神涣散，像是什么都没看到。

淼淼的全部检查结果出来后已是晚上，看着那大把"正常""健康"的铅字体后全家人总算安了心。至此，我23岁情人节的主题全部确认：一束鲜花，一顿才吃上几口的西餐，一枚没能收下的十克拉钻戒，以及一系列的检查表和化验单。

我精神疲惫，抱着淼淼走出医院，越泽停在路边的车已经不见，取而代之的是继父刚保养过的奥迪Q7，胸口竟然有些说不出的失落。

我妈拉开副驾驶的门，我愣了下，把淼淼交给外婆，"我想起来了还没给淼淼买纸尿裤，你们先走，我一会自己回来。"

"楼下超市就有。"外婆小心地把睡着的淼淼裹在怀里。

"小超市假货多，我不放心。"

"妈，七喜说得对，我做过超市收银员，清楚得很。"我妈从车窗探出头来，难得一次跟我统一了战线，"早去早回，注意安全。"

"知道了，拜拜。"我关上了车门。

确定车子开走后，我朝马路斜对面的一个路口跑过去，越泽的高瘦的身影飞快闪出来，我就知道自己没看错。

"怎么还在这？不是早该回星城了吗？"我问。

"我不放心淼淼，还是想亲眼确认下。"

"你车呢？"我又问。

"怕你妈发现，停远了点。"他声音微微颤抖，显然这件给他带来无限风度的西装并不能抵御三月夜晚的寒风，明明冷得不成样子，他还利索地脱下西装，不由分说地把我给裹起来。

"我不冷，你自己穿吧。"我要脱下西装，被他阻止。

"我是怕你感冒了会传染给淼淼。"他语调淡淡的，跟他的笑容一样，不给人什么压力。

我抬头时，越泽正看着我，可能这只是普通的注视，但他深邃的眉眼总给人一种深情凝望的错觉。

我感受着带着他体温余热的西装，有些狼狈地赔了个笑脸，"难得你过来一趟，结果搞成这样。"

"淼淼健康就好。"

"对了！"我想到什么，"你明天还要去北京出差吧？"

越泽看了下表，"还有七个小时，够，我明早直接去机场。"

"熬夜开车太危险了！再说不休息怎么行。"我有些过意不去。

"飞机上能睡会。"他不以为然。

我知道再劝也没用，拉着他去了一家饮料店，点了两杯热饮。我想就这样安静地坐上一会吧，毕竟下次见面不知是何时了。这么想时，我才意识到自己其实很舍不得他，并不单单是舍不得淼淼没有爸爸。

我手捧热奶茶，看着玻璃窗外的热闹街头。

近两年老家岚镇发展飞速，繁华的地段几乎要赶上星城，前几天的报纸上还等着这样一个标题：岚镇已成星城的"后花园"，有钱人纷纷来岚镇定居。我妈解释：那是因为咱们老家空气好、房价低，还盛产美女。说出最后一点理由时，她脸上的优越感逼得我无法直视。

当第五对甜蜜的情侣从橱窗外的街头走过时，我把西装还给越泽，起身结账，再不去买纸尿裤大超市都关门了。

越泽想陪我，我摇摇头，"你还是快回星城吧，我送你上车。"

晚风从不远处的街角吹过来，带着一丝离别的惆怅。我们一路无言地走向路边的汽车，越泽打开车门，却迟迟不肯上车。

"对不起。"

我一愣，以为听错了。

"对不起。"他背对着我，身体笔直得有些僵硬。

有些人哪怕心里致歉一万次，嘴上也未必会说一次，越泽就是这种人。这一刻，我知道他是鼓起了很大的勇气。

我毫无准备，忙讪笑想要缓和气氛，"莫名其妙的道什么歉啊？"

"七喜，我当初不应该不辞而别，治疗眼睛也不是理由。"他转过身，脸上是深深的愧疚，"这一年，你很苦吧。"

差一点我就哭出声了，但我已不是曾经的艾七喜。

"还好啦，最苦的是我以前的裤子现在穿不下啦。"

越泽没有接我的玩笑，静静凝视着我，我不想被他看穿，只好故作轻松地笑。

其实一点也不轻松，从羊水袋破掉，到被全家人心急如焚地送往医院，到推进手术室，再到忍着身体被撕裂的巨大疼痛把孩子生下来，那每一个细节我都记忆犹新。我记得，当晚孩子在肚子里闹腾了两个小时，死活不出来，医生已经开始考虑改为剖腹产。疼得奄奄一息的我抓住医生的手说："别，医生，我还能坚持，别剖腹产。"旁边的护士帮我擦着浸满汗水的额头，"别担心，现在医疗技术很好，手术的伤疤很快能痊愈的，我表姐去年生的孩子，现在就恢复得差不多了。"

可我还是摇头，一味地坚持。其实我根本不在乎什么疤痕，我只是早就听说顺产的孩子生命力比剖腹产的孩子要强。当时我脑子唯一的一个念头是：这孩子已经没爸了，我说什么也得给她一个健康的身体啊。

我正胡思乱想着，越泽已经伸出手，指尖轻轻伸向我的脸，我这才意识到，该死的眼泪还是不知何时跑出来了。

手机响起，越泽似乎醒过来一样，飞快的缩回了手。好不容易拉近一点的距离又变得遥远了。

"喂？"越泽接起电话，语气中有轻微的不耐烦，"放心，不会迟到。明早机场见……产品那块我交代过小李了，让他盯着就是，明天十点准时线上发布。对，推广方案就用第二套……行，先这样，挂了。"

"谁啊？"我轻声问。

"同事打来的。"他苦笑，"真是走开一天都不行。"

"你现在都是大老板了，忙不是很正常吗？好啦，赶紧走吧，现在赶回星城还能洗个澡睡上几小时。"

越泽不舍地看我一眼，上车后才拉下车窗补充道："下次见。"

我点点头，没说再见。

越泽的车驶远后，我放下了平静的伪装，心中的酸涩翻涌上来。只怪深夜的街头太安静，让我听见了越泽那通电话里的声音，是个年轻的女人，叫的不是越总，而是越泽。可能是我多心了，总感觉那口吻中透着很亲密的默契，如果只是他的女助理或女秘书，应该不至于此吧。

很快，我又感到好笑：艾七喜，几个小时前你不是才拒绝了人家的十克拉钻戒吗？现在又算什么呢，为了一个女人的电话在这里草木皆兵。人果真是自私的啊，但凡深爱过的人，即使拥有不了，也不希望被别人夺走。

我们曾经很用力地爱过，却一败涂地伤痕累累。凭什么再次尝试，结果就不会一样？现实毕竟不是童话，不是有爱就能幸福快乐天长地久。我不怕受伤，我只怕拉扯到最后，连爱都没了。

第 二 章

◆ 01 ◆

深夜我提着纸尿裤回到家中，折腾了一天，大家都睡了。客厅里没有开灯。我有气无力地甩掉脚上的高跟鞋，往浴室方向走去。赫然看到一个人影在阳台上来回走动，是我妈，她正在讲电话。

"我警告你！休想！"她情绪激动地低吼一声，挂了电话，转身从阳台回客厅时被我吓一大跳，"要死啊！回来了灯也不开一下，我还以为是贼。"

"我看做贼心虚的是你吧？大晚上的，跟谁打电话呢！"我问。

"一个朋友。"

"一个朋友？"我口气微妙。

"还是先管好自己吧，今天下午的事我还没找你算账。"她还真是哪壶不开提哪壶，说到这我就来气。

我深吸一口气，连在心里说了三遍"空气是多么新鲜，世界是多么美妙"才压下怒火，绕开她径直去了浴室。

洗完澡出来后已是凌晨，妈居然还没有去睡，靠在沙发上看电视——自从朋友圈美容养生的推送铺天盖地后，她上床睡觉的时间再没超过十二点。

我在她身旁坐下，拿着毛巾胡乱擦了两下头发，盘着腿开始拍爽肤水。

"多大的人了，擦个头发都擦不干！"我妈看不下去，拿起毛巾在我的头上用力揉起来。

"哎呦疼疼疼！轻点行吗？你这哪是擦头啊，刮骨吧。"

"你现在不擦干点，等老了犯风湿就知道什么叫疼了。"我妈口气里满是嫌弃。

看在她关心我的份上，我也消了气，决定跟她认真谈谈越泽的事，最主要是，我自己心里也七上八下的拿不定主意。

"妈，你真的就那么……"我思考着措辞，"恨越泽吗？"

我妈手下一停，粗鲁地推开我的头，坐在沙发上不说话。我心想果然是自讨没趣，心平气和推心置腹这种事情怎么可能发生在我们母女身上。

沉默了一会，我心说还是算了来日方长先睡一觉才是正经事，刚起身，我妈突然叹了口气，"我不恨他。要说恨，他在你妈心里还真排不上号。"

我心知有戏，赶紧乖乖坐回来，试探着问："那为什么你要那么对他，其实他当初也并不算抛弃我，他眼睛失明，要回美国治疗……"

"如果真是这样，为什么搞得人间蒸发一样连个电话连封信都没有？你怀淼淼那段时间，我都不好意思去打麻将，那群八婆张嘴闭嘴就是你家女儿肚子谁搞大的呀？老娘和牌的心情都没有了。"

"……"

"其实这些都没什么。"妈举着遥控，随意换着台，老半天了才继续说，"可我必须这样做！"

我不懂地望着她。

"我这个当妈的，不能眼睁睁看着女儿跟自己犯一样的错。我不想你这辈子也栽在男人身上你明不明白？你在那个姓越的小子身上吃的苦够多了，非得让他彻底毁了你你才满意吗？"

我一时语塞。

回首往昔，我确实受到了不少伤害。如果没遇见越泽，或许现在我还是个没心没肺的普通大学生，跟一个普通的男人谈恋爱，没事约约会，吵吵嘴，毕业可能会分手，也可能一起找工作，谈婚论嫁，结婚生子，过上平凡却安稳的人生。而不是像现在这样，命运坎坷得够我写本荡气回肠的言情小说了。而且相信我，言情小说里的剧情看着过瘾，真换自己身上，绝对是人间地狱。

节目索然无味，妈意兴阑珊地关了电视。客厅瞬间安静下来，妈老气横秋地哀叹一声，"在我眼里啊男人只分两种。"

"哪两种？"

"一种能给女人幸福，一种不能。"妈盯了我一眼，"越泽就是第二种。这种男人我太了解了，对于大多数女人来说，绝对是一场灾祸。除非这个女人足够厉害。"

"那……我是厉害的女人吗？"我不确信地问。

"你厉害个屁。"妈敲了下我的头，像在敲一个木鱼，"你就是猪脑子，被人卖了乐呵着帮人家数钱呢。你要真厉害就给我放聪明点，赶紧跟那小子一刀两断，报个瑜伽班把身材给瘦下来，回头妈帮你找一打适合过日子的好男人，随你挑。"

"该不会都是你的前男友吧？"我嘀咕。

"臭丫头你再说一遍？"她瞪过来。

"没什么。"我做了个鬼脸，又开始反省自己，"可是我现在都是二手货了，还拖家带口的，有男人愿意要吗？"

"笑话！三条腿的蛤蟆不好找，两条腿的男人啥时缺过？你妈我都能再嫁，你瞎担心什么？"

见我犹豫不决，她恨铁不成钢地扭过身来，"七喜，妈不是对越泽有成见，之前那些都是气话。平心而论，他比大多数男人都优秀，有钱，长得帅，人聪明，还懂礼数，妈要再年轻十几岁妈也喜欢他。可是这种男人，招惹他的女人太多了，他这辈子就不缺女人。再瞧瞧你……"妈嫌弃地看我一眼，"姿色平平、没才没艺，你要跟越泽在一起，唯一可以依仗的就是他的真心。可是，男人有真心吗？"

我点点头，又摇摇头。我觉得自己像个弱智。

　　"所有男人都一样，爱你的时候是的真心，恨不得把命都给你。一旦不爱你了，也是真心的，到时就恨不得要了你的命。你要是找个门当户对的，双方都是那德行，也就没有挑挑拣拣的余地，凑合地过日子得了。万一到时候崩了要离婚，我和你孟叔好歹还能给你撑个腰，不叫你被人欺负。但越泽这种男人，你自问哪里和他配得上？外貌？本事？身家？都比别人矮一截。就算到时候离婚，以他的本事，我们家谁斗得过？那还不是圆的扁的任人捏啊！妈说得是难听了点，但都是大实话。你别不服，趁现在还年轻，赶紧在岚镇找个老实男人嫁了，踏踏实实过安稳日子才靠谱。"

　　"妈，别说了……"我倍受打击，却无法否认她句句在理。我也不是什么十六七的小姑娘了，这种实际问题当然想过。

　　"总之越泽这件事情上我是坚决反对，你也别抱什么侥幸心理了。你妈我丑话说前头啊，逼急了我可啥事都干得出来，倒时可别怨你妈心狠手辣。"

　　"至于这么严重吗？"我哀叹。

　　"至于！"我妈精明又漂亮的眼睛直勾勾地盯过来，理直气壮地笑了笑，"就算让你恨我，也好过以后你恨自己。"

　　第一场谈判，惨败告终。

　　凌晨两点，我失眠了。

　　心中原本就摇摆不定的天秤，又倾斜了一点。

　　我爱越泽，这点我比任何人都清楚。可是，爱就应该在一起吗？我们曾经很用力地爱过，却一败涂地伤痕累累。凭什么再次尝试，结果就不会一样？现实毕竟不是童话，不是有爱就能幸福快乐天长地久。我不怕受伤，我只怕拉扯到最后，连爱都没了。

　　分明这么想着，心里还是忍不住担心起越泽。

　　这个点他应该回星城了吧？我翻身看枕边的手机，没有他的平安短信。倒是有个十二点打来的陌生来电，还一连打了两次。是谁呢？不会又是诈骗电话吧，上次也是同样的情况，我拨了回去，结果莫名其妙扣了我二十块话费。算了，还是快睡吧，再熬夜可真要成黄脸婆了。

◆ 02 ◆

　　时间转眼过了好几天，这天星期六，我去了趟星城，目的是回大学办理续学手续。无论如何，我还是想继续学业，顺利毕业。下定决心后，我象征性地征询了下家人的意见，我妈无所谓，外婆跟继父都很支持。

　　下午继父正好要去星城办事，开车送我。

　　一路上，他时不时找我聊天，总是奔着我感兴趣的话题来，生怕冷场。住进他家一年多了，我始终没有改口叫爸，一直都是叫他孟叔。他从不介意，总是笑容满面，亲切又温厚。三小时候后，车子驶入市区。

　　"孟叔，您在前面路口停一下就行。剩下的路我自己搭公车。"我说。

　　"我还是把你送到大学吧。"

　　"在河西，离你办事的地方有点远，这个时间三桥又堵，就不麻烦了。"

　　"没事，我送你，你妈交代过的。"

　　"您甭理她，这点事还有什么不放心的，我又不是三岁小孩。行啦，别管我了。"

　　孟叔看了下手表，时间确实很紧，便把车停在了路边。我打开车门，刚跨出前脚，孟叔喊住了我，"七喜等一下！"

　　"啊，怎么啦？"我忙收回脚，以为这不能下车

　　"其实，有件事……"孟叔含蓄地笑了笑，"叔叔想听听你的意思。"

　　我非常意外，孟叔居然会有事找我商量，"嗯，您说。"

　　"你也知道，我跟你妈领结婚证快两年了，之前工作忙，你又要生孩子，一直拖着没办一场像样的婚礼。我前几天找她商量，她说咱俩都老大不小了，不用麻烦了……"

　　"天啊！"我惊呼，"您不会真信了吧？"

　　孟叔连连摇头，"没、没有，哪能啊！我说结婚是大事，自然得办婚礼。我就是怕我没按她的意思来，她不高兴，这才来问问你。"

　　"孟叔，以后千万记住了，当我妈说'不用麻烦'时，那绝对就是要麻烦，

而且得特别上心知道吗？"

"果然……"孟叔心有余悸地松了口气，满脸逃过一劫的庆幸，"那七喜啊，以后我该怎么分辨你妈对一件事情是真的反对呢还是口是心非呢？"

"她若是真反对一件事，哪还有咱说话的份啊。您现在要是觉得家里还有什么事能自己做主，别天真了，那不过是她给你的假象。"我道破天机。

"哦，喔……这样啊……"孟叔如梦初醒地愣了愣。

"孟叔，我妈就一魔鬼。魔鬼知道吗？你现在要后悔了赶紧撤，来得急。女人诚可贵，生命价更高。"我笑盈盈地带上车门，孟叔的笑声从车里传出来，"你这丫头，哪有这么说自个妈的。"

孟叔走后，我坐上了熟悉的106路公交车。

上车的那一刻，竟有些想念王璇璇。这条环城线我跟王璇璇从高中起就每天坐。爸爸车祸去世的那个暑假，很长一段时间我都走不出悲痛，王璇璇就买一大堆零食，带着MP3和小说，每天拉着我去坐106路公交车，绕着城市一圈又一圈，从白天到黄昏，再到黑夜。城市就像一个巨大又冷酷的心脏，有条不紊地工作着，我们不过是血管中随波逐流的氧气球，轻易地几下呼吸，就被吞没了。

我把这个比喻告诉王璇璇，她开怀大笑地捏了一把我的脸，"酸死了！姐是想让你知道，不管你把自己弄成什么样，你看这个世界，还是日出日落忙忙碌碌，什么都没改变。没人有功夫在意你、可怜你，大家都不会多看你一眼。"

我心情更糟了，"被你说得更不想活了？"

"恰恰相反！所以才要好好活啊！就这么放弃了那才是叫真没意思。小时候我跟邻居家的大哥哥一起玩红白机，《超级玛丽》知道吧，数不清的关卡，风景差不多，怪物也雷同，还总是到不了头，我都不知道这个破游戏有什么意思？可我就是较上劲了，非玩下去不可，后来通关了，才发现游戏的终点有一个漂亮公主在等着水管工，那是最感动我的地方……哎呀我表达能力不好，反正我的意思是，总有一个人的出现会让你觉得现在忍耐的都是值得的，所以现在咱们要做的呢，就是继续吃喝拉撒，打怪通关。"

王璇璇说的对，后来，我们都等到了那个值得的人。可她只说对了一半，因为值得也分很多种。有一种值得，仅仅只是自己的一厢情愿。

　　才两年不到的光景，大学全然变了模样。主要还是曾经熟悉的那些面孔都已不见，甚至包括校门那些常常光顾的商店也焕然一新。我站在这条崭新又陌生的街口，看着学校大门微微出神。

　　挣扎了一会，还是决定给越泽打了个电话。

　　"喂？"越泽几乎是立刻接通。

　　"喂，是我。我……现在在星城。"刚说完后悔了。

　　"你来星城了？怎么不提前通知我？等下……"那边传过来的吵闹声渐小，他大概换了一个安静的地方，"你现在在哪？我马上过来。"

　　"不用了，你那边很忙吧。"

　　"是有个会议，差不多开完了。"

　　"其实没什么事，我还是决定继续上大学，今天回学校办手续，所以跟你说下。"

　　"我过来陪你。"

　　"没事的，真不用。我自己办就行。先挂了。"

　　那边迟疑了下，"行吧，一会我再给你电话。"

　　收了线，我深吸一口气，整理了下头发和心情，独自走进校园。一路上，年轻的学弟学妹们三五成群地擦肩而过，他们朝气蓬勃的笑容让我生出一种莫名的局促和自卑，我和他们的年纪明明差不多，可为何会有一种格格不入的孤独呢？

　　我先去文学院找到相关负责人填写表格，然后找到一大群领导签字，最难办的还是辅导员，时隔两年，我依然无法释怀他曾经试图在办公室里猥亵我一事，后来每次看到他的脸都像吞苍蝇一样恶心。他倒是客客气气甚至是唯唯诺诺地给我签了字，去年我坐着孟叔的奥迪Q7来找他办休学手续时，他也是这副嘴脸。

　　之后便是去财务续交学费，系主任建议我先不急着入学，理由是现在仓库缺教材，且大三课程只剩下两个月，我这时候回来学业根本跟不上，肯定得挂科，只是白白浪费钱。所以不如再回家休息几个月，暑假过后再跟着新一批大三的学生一起入校。

我打电话跟我妈商量，她忙着搓麻将，让我自己决定，我立刻决定再回家懒几个月。

刚办公室，越泽又打来了电话。

我正踌躇着要不要接，结果在楼道转角处跟一个男生撞上，刚买不久的iPhoen5"啪"一声摔在了地上。

对方立刻帮忙捡起来，递给我，"不好意思。"

"没事。"

"你看看摔坏没有？坏了我赔。"

"不用……"我抬起头。

只是一眼，整个人就定住了。

我以为自己眼花了，忙揉眼睛，可对方的脸还是没变。是在做梦吗？我颤抖着伸出手，碰到了他的肩。

不是梦！是真的。

像被什么狠狠撞击到半空，身体产生了一种奇妙的失重感。手中的电话还在响个不停，可我什么也听到了。很奇怪，我的第一反并不是冲上去抱住他。尽管很多次在的梦中，我都这样做了，我呆呆地望着他，眼泪簌簌地滚落。

"同学……你电话还在响。"面对我如此激烈的反应，他有一点茫然。

"苏小晨。"我轻声喊出这三个字。

苏小晨无辜又陌生的神色慢慢舒缓，眼神被什么点亮了，"艾七喜？"

他叫了我的名字！

"真的是你，苏小晨！我就知道你没有死，我就知道你不舍得离开我。这两年你去哪了啊，我好想你……"我不敢抱他，我没有这个资格。我只是用力抓着他的衬衣，用力到十指发白，我只想嚎啕大哭，可我极力忍耐。

苏小晨没有回答我，只是轻柔地按住我的双肩，迫使我退开一步。然后他微微弓背，认真地盯着我看。

一切都没变，还是那个眼神清澈的干净少年，皮肤白皙得让女孩都嫉妒，就算不笑的时候也能看到两个酒窝的痕迹。

他就在我眼前，他活过来了，上天把他还给我了！

"快别哭了。"他也很开心，但并非重逢后的喜悦，更像单纯的兴奋。少年很礼貌地帮我抹去脸上的泪水，"这样看的话，本人比照片漂亮。"

"什么本人比照片……"我一愣，"苏小晨，你认识我的，你……"

"我不是苏小晨，我叫七月。七月出生的七月。"

如同当头棒喝，三秒的空白。

我失声叫出来，猛地退后几步，边抹眼泪边鞠躬道歉："对不起，对不起……你跟我一个朋友实在太像了，我刚才……对不起！真的不好意思……"

"你不用道歉，我都知道。"我露出理解的善意微笑，"我看过苏小晨的照片，感觉就像在看另一个自己，你要没把我认错那才叫奇怪呢。"

"你认识苏小晨？等、等等……"我整个人都糊涂了，这信息量太大了。

"我不认识他，但我认识王继成。"

"王继成？"我想起来了，"你是说苏小晨的爸爸，王叔？"

"对。你和苏小晨的照片，还有你们的事情，我都是从他那听说的。你说的王叔……"他笑容亲切，"现在是我的养父。"

"养父？他不是去新加坡了吗？"我瞠目结舌，思绪越发凌乱了。

"上星期回国了，给你打过电话，但好像没联系上。"

"电话？"这么一说我倒是记起来了，前几天晚上确实有两个陌生的未接来电，原来是王叔打给我的。我忙翻出来电记录，拨了回去。

响了几声，电话接通了。

"喂，王叔？"

"是七喜吗？"

"对！是我！"

"你怎么才打回来啊，我还以为你不用这个号——"

"王叔。"我着急地打断他，"我在南林大学看到苏……不是，七月，一个叫七月的人，他跟苏小晨一模一样，他还说你是他的养父，这究竟是怎么一回事啊？！天啊，我现在整个人都乱了，像做梦一样……"

"七喜，他说的都是真的……"

手机悬在半空，王叔的声音断断续续，后面的话我已听不清了。我愣愣地看着眼前的少年，他很安静，不争辩，也不解释，就那么温良地笑着，清澈的眼睛，迷人的酒窝，仿佛三月暖阳下和煦的春风。

◆ 03 ◆

一小时后，我跟王叔见面了。

王叔变化很大，最直观的就是他从一个大腹便便的肥胖瘦成了一个体态正常的中年男人，脸上也不再油光满面，取而代之的是粗糙却有质感的皮肤，透着一种大风大浪后沉淀下来的沧桑。

咖啡厅里，我望着眼前的男人，又看向他身旁规规矩矩坐着的七月，一时之间心绪纷乱。这时越泽的电话又打过来了，我忙起身回避。

"入学手续办完了吗？"那边问。

"嗯。"

"你现在在哪？我来找你。"

"那个，其实我现在还有点事，要见个老同学……不如这样吧，晚点我再找你，你看行吗？"我实在不知道要怎么跟他说清楚眼下发生的事，只能先撒谎了。

电话那边稍作沉默，"我把公司地址发你手机，你想什么时候过来都行。"

"好，先这样，拜拜。"

我匆忙挂了手机，回到座位上，咖啡已经端上来了。

"七喜，这两年，还好吗？"王叔的眼神很平和，不像是在跟晚辈说话，更像是见一个老友。

"嗯，还好……"一想到死去的苏小晨，说出"还好"这种话都让我感到羞耻和罪恶。这两年，我从没有哪一天真正忘记过他，如今王叔和"苏小晨"的出现，更是加重了我的对他的想念。有那么一瞬间，我甚至觉得，这是命运的在提醒我：偿债的时候到了。

"还好就好，还好就好。"王叔温声重复两遍，侧头看了看一言不发的七月，他安静得有些过分，像是没得到指令绝不开口的机器人，"还是来谈谈这孩子吧，你刚才见到他时一定吓坏了。"

"是啊。"我的眼眶似乎有湿了，"真的……真的一模一样。"

"我也是。"王叔无奈地摇头笑道，"我第一次见这孩子，还以为是老天爷显灵了。"

接下来的一段时间里，我听着王叔缓缓诉说着自己这一年的生活。他的语调沉静平稳，再也不是以前咋咋呼呼的粗犷模样了。想到这些改变背后所经历的苦痛，我的眼眶又止不住红了。

王叔的一生都是悲哀的，人生的三大不幸他竟全经历了：少年丧父，中年丧妻，老年丧子。

毫不夸张地说，苏小晨的死彻底地摧毁了他对生活的信念。

他无心再打理产业，保留自己的股份后便退出了。一个月后去了新加坡，本以为换个环境有助他走出绝望，结果只是更糟，无人看管，他开始酗酒，终日喝得烂醉，最害怕的事情就是清醒，一清醒，残忍的现实就会分分秒秒地将他凌迟。

没过多久，他就患上严重的肝病。医生拿着化验结果严肃地警告他，如果他再喝酒，等待他的将会是肝硬化，接着会病变成肝癌。

王叔根本不在乎，甚至求之不得。但是曾经跟他出生入死如今定居新加坡的好兄弟，也是苏小晨的干爹，看不下去了，每天找人看着他，不准他再沾酒。一开始他酒瘾犯了特别难受，像小孩子一样大哭大闹，戒酒三个月后情况才慢慢好转。

用心良苦的朋友将他送去参加了一个生活自救小组。每星期两次，里面志愿者大多都曾遭受过巨大的打击，失去亲人和挚爱，走不出阴影，无法释怀，大家聚在一起，诉说痛苦，分享故事，达到相互扶持彼此慰藉的目的。

生活自救小组对王叔并没有太多帮助，但在朋友的约束下，他还是去参加了。后来就变成了习惯，每个星期都去，再不缺席，除此之外，他不知道还能做什么。

半年后，他认识了七月。

七月是孤儿，半岁不到被父母遗弃在了一家酒店门口，后来送进孤儿院。他聪明、懂事、独立，高中以前都是靠着慈善机构捐赠的钱上学，高中毕业后他没有和其他孩子一样接受分配的工作，报名了一所夜校，白天打零工赚钱，晚上继续学业。

生活自救小组的发起人租下了一所三室两厅的套房，每次的聚会内容一般是吃自助餐饮，轮流发言，分享内心，像上帝祷告。后面参与者越来越多，主人招待不过来，便请来了两个兼职的大学生，专门给大家端茶送水。

七月，就是其中一个。

王叔看到七月时的反应比我更夸张，他拿着的餐盘跌落在地，直接撞翻整张餐桌，连滚带爬地冲上去抱住七月放声大哭，不仅是七月，在场所有人都懵了。那一刻，王叔是真的以为老天可怜他，把儿子给还回来了，结尾自然是以闹剧收场。

自此，两人认识了。

起初七月对于王叔不厌其烦的"邀请"是保持着警惕的，但慢慢的，他在了解王叔的为人，尤其在了解他的故事后，对王叔的印象彻底改观。而王叔在得知七月孤苦的身世后，也更是关照有加。

后来便是小半年的相处，两人像朋友，又像父子。七月的出现帮助王叔走出了绝望的困境。某天当王叔提出想做七月的干爸爸并负担他以后所有的生活费和学费时，七月没有犹豫，欣然接受。

"后来我想，不如带七月回国，来星城重新生活，上所好点的大学。回国后七月这孩子说很想见见你本人，想知道当初让苏小晨魂牵梦绕的女孩到底有什么魅力。"说到这，王叔有些伤感地朝我笑了笑，"前几天，我打你手机没打通，以为你换号码了，正想着要如何联系上你。不想今天你们竟然在大学里撞上了。"王叔感慨一声，算是结尾。

"可能这就是缘分吧。"七月双手端着咖啡，笑容亲切。

我一阵恍惚，连声音都如此酷似，眼前的人分明是苏小晨啊。可他的名字却叫七月，一个出生在新加坡且被生父母抛弃的孤儿。这世上竟真有一模一样的人？生活的变幻和神奇，远远超乎我们的想象。

"苏……"我一张嘴就喊错了，忙道歉，"不好意思……"

"没关系。"他坦率地看着我的眼睛，微笑，"七月严格来来说也不是我的名字，更像一个代号。我喜欢苏小晨这个名字，如果你能接受的话。"

"以后你就叫他小晨吧，我也是这么叫。"王叔侧身拍了下七月的肩，动作并没有他曾经对苏小晨那般亲昵，但眼中依然流露出父母对孩子才有的疼爱。

我心情复杂地点点头，望一眼外面，天已经黑了。我想起了越泽，他或许还在公司等我。我起身告辞："王叔，我得走了。其实今晚我还约了人。"

"行，我们也该回家了。"王叔挥挥手，招呼买单。

"七喜姐。"七月声音愉快。

我的心跳狠狠漏了一拍，记忆开始重叠，鼻子酸得厉害，七喜姐，那时候的苏小晨时，也是这么叫我的。

"我可以存你的手机号码吗？以后就是校友了，没事多联系。"他目不转睛地望着我，目光干净温柔。

"好啊，没问题。"我报出手机号，他轻快地输入并拨通下，我手机响起后，他微微一笑，脸上闪过一丝若有似无的腼腆。

那个熟悉的笑容，让我胸前一阵温暖，又夹杂着微小的刺痛。

在手机通讯录里存名字时，我本能地输入了一个"苏"字，赶忙删掉，偷偷写下了：七月。

我必须靠这个方法强迫自己冷静：他并不是记忆中的苏小晨。尽管如此，但我知道，今后的日子里，我大概会跟王叔一样，别无选择的对他好，希望这个跟苏小晨一模一样的大男孩快乐幸福。哪怕这只是一种遥远的自欺欺人的安慰，也心甘情愿。

◆ 04 ◆

跟王叔和小晨分别后，我打电话给孟叔，告诉他今晚我自己坐车回岚镇，不用来接我了。他当然不答应，早在来星城之前，我妈就担心我会执迷不悟，再三交代孟叔盯紧我。不过孟叔这人心软，我软磨硬泡了一会，他还是答应了。

我按照越泽给我的地址，找去了他公司。

我告诉自己，只是单纯地见见，况且老早之前谭志也邀请过我来观摩下他的公司。一路上我心虚地琢磨着，努力让自己找越泽的动机看上去自然点。

深夜的办公大厦空旷而安静，我走进大厅，来到电梯口，很快就在墙壁上的楼层信息栏中找到了"越科手机软件公司"，位置是7楼C区。

公司前台没人，隐约看到里面的会议室和两间办公室亮着灯。我正犹豫着是直接进去还是打电话，一个正要下班的年轻女职员出现了；她手抱一叠打印文件，看到我，问："你好，请问你找谁？"

"我找越泽。"

"越总？"她忙转身，打开了待客厅的灯，"你找越总有急事吗？他正在开会，要不要我帮你传达？"

"不用了，不是什么急事。"我忙摆手。

她礼貌地笑了笑，"那你坐沙发上等会吧。我赶着去打印文件，饮水机在墙角，想喝茶的话自己倒吧。"

"啊好，谢谢……"我还没说完，她只剩下一个匆忙离去的背影。

我不急着坐下，四处走动着。

前台上摆着一个拳头大的小饰品，是一只很肥又很凶的招财猫，尤其是两条眉毛，跟越泽生气时一模一样。

很快我把目光转移到墙上的职工表，一共有三十多号人，从照片上看大多都很年轻。我想找越泽的照片，却只找到了一个干巴巴的名字。其实也在意料之中，天底下我就没看过比他更讨厌拍照和晒照的人了，不光是这个，就连用了十几年的QQ，头像也一直是那只最原始的黑色企鹅，没有个性签名，没有空间，谁要第一次跟他聊天，会以为它是十年前穿越过来的网络骗子。

越泽旁边是副总裁谭志的头像，证件照上他的脸更方了，不苟言笑的样子好像在经历一场便秘，最逗的是，他竟然蓄起了小八字胡，有些人蓄八字胡可以很有味道，但他，饶了我吧，像是电影里那种智商为零还自我感觉良好的搞笑反派。

接下来，我开始饶有兴致的研究公司员工们的脸谱，有笑起来像王宝强的技术部组长，有发型像刚被雷神霹过的项目总监，也有中性得看了半天也分不出男孩女孩的人事部主任，很快，我被市场部总监吸引住，从照片上看倒是个落落大方的美女，淡雅的职业妆，头发简单的梳在脑后，五官立体，下巴很尖，有几分混血的味道，尤其是那双凛冽的眼睛，哪怕只在照片中，都透着一种摄人心魄的自信美。

我忍不住多看了几眼，并念出了她的名字：沈碧。

名字也挺好听的，我心想这种美女分来做市场营销绝对如鱼得水吧，谈生意的要是个正常男人谁能忍心拒绝啊。

身后传来轻轻的咳嗽，我忙转身，差点给吓出魂来：沈碧。

相比照片，真人除了美丽和自信，还多了一丝淡淡的优越感，但并不叫人反感。白色的中袖小西装外套，配着修身的黑色礼裙，身材凹凸有致得快赶上王璇璇，女人味十足，又保持了白领优雅和庄重。

"你好，有什么需要帮忙的吗？"好吧，他们公司的员工都挺有礼貌的。

"啊，我找越——"我顿了下，及时改口，"总。不急的，我在这等就行了。"

"那好。"沈碧得微微颔首，刚要走，又定住了，这次她仔细地看向我，玩味地笑了，"我说怎么有些眼熟，你就是艾七喜，对吧？"

"啊？！你认识我？"我可不记得自己什么时候交过这么漂亮的朋友。

"当然。"她笑容自然了一些，"全公司恐怕没人不认识你。"

"为什么？"我很吃惊，这可是我第一次来。

"当初这栋大楼有三套空闲的写字楼，其他两个分别在13A和21D，都比这便宜，行政说对于咱们公司，楼层高低并不影响什么。可越总一意孤行，非要选7C，大家问他为什么，他说：你们的老板娘叫七喜。"

"老板娘？！"我眼珠差点掉地上，"他真这么跟别人说的。"

"对啊，开工第一天呢，就当着很多人的面宣布了。"她继续微笑，你很难在她那张精致又得体的脸上找出什么缺点，"那些冲着越总帅才过来工作的大学生好多都心碎了呢。"

"他肯定是在开玩笑。"我赶忙辩解。

"起初大家也以为他只是开玩笑，不过后来有人在他的钱包里看到你的照片，凡是有人打趣八卦照片上的女人是谁，他一律回答爱人。真是一点机会都没给。"

我有点懵，越泽在别人面前竟然这么称呼我？老板娘、爱人，我完全想象不出他说这几个字时的表情。

"不过……"她微妙地停顿了下，目光流转，"我无意冒犯。你跟越总真的是夫妻吗？听说你们还有个女儿？真的假的，你看起来这么年轻。"这个问题太过直接，我一时之间不知如何回答，名义上，我们确实是夫妻，并且有一个女儿，可事实上，如今的我们到底是什么关系呢？我并不比眼前的人更清楚。

我笑容僵硬，有点尴尬。

"哈。"她纯当我默认了，微微吃惊，"还真是辣妈呀。好了，八卦时间结束。走，我带你去找他。"

"不用了，他还在开会，我在这等着就是。"我有点犹疑。

她回眸，明媚的脸上一抹神采飞扬的笑意，"这怎么行，你可是来探班的老板娘，不是来办信用卡的推销员。"

沈碧领我去了小型会议室，十多号人，分别坐在会议桌的两边，认真做着笔记。

越泽站在长桌的一头，挺拔的黑色西装，里面是略显凌乱却风度翩翩的白衬衫，他一手插在西装裤袋，一手拿着马克笔指着黑板上的一些数据进行讲解，乍一看，还真像偶像剧里那些叱咤风云意气风发的总裁。

我跟沈碧的出现打断了会议，底下的员工都毕恭毕敬地喊了一声：沈总。

"越总，有人找你。"此刻，沈碧的声音理性而冷静，领导架子又端了起来。

越泽发现了站在沈碧身后的我，愣了下，立刻放下马克笔，"小李，你先把上月的销售数据给大家念下。"说完径走向我。

"要不是我刚在大厅撞见，她还要继续在门口等着呢。"越泽走出门口，沈碧使了个眼色，亲切地笑了。

越泽朝她点点头算是感激，然后转身看向我，"不是说了让你提前给我电话吗？"

"我看你挺忙，就自己过来了。没事你继续开会……"

"不用。"他轻轻揽了下我的肩，回头交代沈碧，"你先主持下，我一会就来。"沈碧摆出一个OK的手势，关上了门。

出了会议室后我忍不住调侃，"你真是越来越像偶像剧里的总裁了！"

越泽给我倒上一杯热茶，笑容无奈，"你见过忙得焦头烂额的总裁吗？"

"也对，偶像剧里的总裁大部分时间都在虐小娇妻呢，工作都是顺便管一下。"

"是吗？"越泽端着热茶过来，玩味地看我一眼，"那你要不要当越总的小娇妻？"

"饶了我吧，我可不想整天被一群女人扎小人！"

"谁敢扎？立刻开除。"他剑眉一挑，语气浮夸。

"哈哈少来啦。"我被成功逗笑。

玩笑时间到此结束，我收回笑容，"诶，问你，为什么把我照片放钱包里？"

"因为没有你跟淼淼的合照。"

"喂！你故意听不懂是吧？"我无奈地叹了口气，"我的意思是，为什么要让全公司都知道我的存在，拿我当挡箭牌？"

越泽旋转着手中的纸杯，抬头看我，"什么挡箭牌？我们本来就是合法夫妻，还生了一个宝贝女儿，既然他们问起，我没理由说谎。"

越泽轻缓温柔的语气让我心头一酸，说真的，从走进公司起到现在，我都不停地被他的所作所为感动着。可是每次刚要有一点动摇，就会想起以前的那么多事，接着便失去了勇气，开始后退和逃避。

我避开他眼神，"算了，我讲不过你。你快去开会吧，我这就走。"我说真的，我原本也就是想跟他打声招呼，看看他的公司，帮淼淼了解下他的爸爸过得怎么样。现在我都知道了，可以离开了。

"走？这么晚了去哪？"他蹙眉。

"回老家啊，去火车站。"

"不行！"他的语气抬高八度了，"不安全。会议马上收尾了，你再给我几分钟。一会我带你去吃点东西，然后给你安排酒店，你休息一晚，明天再回岚镇。"

"没事的，再说我睡不惯酒店。"

"那我送你。"

"真不用……"

"别闹，听话。"他假凶了我一下，不给我拒绝的机会，转身回会议室。

我坐在沙发上，边玩手机边等越泽，考虑着今晚的去留。要是被妈知道了我又偷偷见越泽肯定难逃一死，可其实内心深处我还是希望能留下来吧，不然我干吗要主动来公司找他，还这么悠哉地玩手机等着他开会，一点也不着急时间太晚。

内心就这么反反复复的挣扎着，终于，我在心里对自己说：如果回头他还是坚持，我就明天再回去吧。

想着一会还能跟越泽独处一段时间，心情竟然有些莫名的紧张，那种感觉像回到了高中的考场上，明知作弊是越界的是不对的后果很严重，但还是忍不偷瞄旁边同学的试卷。原来，一件事在真正发生之前，其实我们永远不够了解自己。

我起身去了趟厕所，找到一个干净的马桶坐下，从包里掏出小镜子和粉饼，对着不再年轻水嫩的脸补着妆。别问我为什么不在洗手台化妆，因为我实在不能忍受自己对着镜子化妆的造作丑态被其他上厕所的人看到，那得多尴尬啊。

正当我考虑要不要把睫毛膏也再刷一遍时，门外传来了女人的笑声，估计是散会了，我收回睫毛膏，迫不及待地要推开门，外面的人说话了。

"喂，看到没？刚来找越总的那个女人。"

"看到了，姿色很一般嘛？身材也就那样，凑合给个及格分吧。"

"我说，你不会真不知道吧？越总钱夹里那张照片上的女人，就是她呀！"

"什么？她？开什么玩笑，越总喜欢上了她哪一点啊？"

"这有什么稀奇的，八成是玩了点手段，趁着喝醉了情迷意乱来了个一夜情什么呗，结果中了彩票，越总甩不掉，只好在外面养着。"

"这种Bitch，是不是野种还不知道呢！越总也真是傻，早知道他这么好骗，老娘我就上了。"

"哈哈，你这张嘴也太损了，积点德行吗？不过要我说，那女人确实配不上越总。放眼咱公司，能跟他登对的，也就沈总够格了吧。"

"如果是沈总的话，我倒是心服口服。诶，你听说没？越总刚办公司时，沈总立马辞掉了年薪六十多万的工作，从上海飞奔回来，还带着两百多万存款过来资助呢。"

"这事我也听说了。小段昨天还说，他们大学时候就谈过恋爱。"

"原来是藕断丝连的老相好啊。"

"当然，我跟你说，昨天我下班很晚，见他们两人还在加班，孤男寡女的后来也不知道后来睡哪了？反正今天越总的西装换了，沈总的衣服都没换呢。"

"哇！这可是猛料啊。越总绝对把她领家里去了。"

"现在好了，原配带着孩子找上来了，估计有场好戏看！"

"哈哈哈哈我押两百沈总完胜。"

"去去去，傻子都押沈总赢啊，谁跟你赌。"

……

我差一点就冲出去跟那两个贱人吵了，可是我能吵赢吗？艾七喜，你扪心自问，人家哪一句话说错了？姿色平平，要脸没脸要身材没身材要学历没学历，当然，你跟他的孩子是真的，不是什么野种。但那也确实是因为喝醉了酒才发生的意外，如果没有那场意外，你跟越泽又算什么呢？你哪一点配的上他呢？

再看看沈碧。

十分钟前，你第一眼见她照片时就毫不犹豫地承认了她比自己漂亮，现在好了，知道人家的身份了，又开始嫉恨了，打自己的脸了。啊对了，情人节晚上越泽接的那通电话，就是她打来的吧，公司里除了她和谭志，谁还会呼越泽的名字？

　　我愤怒、嫉妒、难堪，但最让我难过的是，经历了这么多，我竟然还是一点都不了解越泽。这么久了，我从不知道他有过一个这么优秀的前女友。要不是今天厕所里这场耻辱的偷听，我还不知道要被隐瞒多久。

　　很忽然的，妈的话在耳边浮现：

　　——在我眼里啊男人只分两种。

　　——一种能给女人幸福，一种不能。

　　——越泽就是第二种。这种男人我太了解了，对于大多数女人来说，绝对是一场灾祸。

　　确定两个女员工走后，我慌不择路地冲出厕所，一秒也不想多待。我低埋着头，不希望再被任何员工看到，一想到此刻他们每个人都在心里这么议论我和我的孩子，我就作呕。

　　刚要跑出公司门口，就跟谭志撞个正着。我跟跄往后退，他忙扶稳我："这不是七喜吗？这是怎么了？魂不守舍的，撞到哪没？"

　　我一个劲地摇头，说话的力气都没有了，就算此刻他的方脸和小八字胡也拯救不了我几乎要崩坏的情绪。

　　"越泽那马上完事了，你这是上哪去啊？"谭志留住我。

　　我下意识得往半敞开的会议室望去，员工差不多走光了，只剩下越泽跟沈碧还在交谈。两人站得很近，越泽身材挺拔颀长，穿着高跟鞋的沈碧正好齐着他鼻子，两人看起来像是时尚杂志封面上的模特恋人。

　　沈碧单手端着文件夹，听着越泽专注地讲解。她微微抬头，看向对方的侧脸，眼中尽是柔情，两秒后，她自然又大方伸出手，把越泽肩上的褶皱拉平了一下。越泽停下来，抬气头，两人的目光就那么对上……

　　那句刺耳的话仿佛又在耳边说了一遍：傻子都押沈总赢啊，谁跟你赌。

　　呵，傻子，也只有我这个傻子，还死揣着手心那一丁点破碎的虚妄，还相信着那些根本不可能的事。

　　"有点闷，出去透透气……"我努力扯了扯嘴角，绕开谭志跑走了。

原来，

今天说爱你的男人，真的明天就可能爱上另一个女人。原来，我艾七喜并没有什么独一无二，那些你以为无论如何也无法割舍和替代的感情，仅仅是自以为。

第 三 章

◆ *01* ◆

　　我一口气跑出两条街，直到跑不动才停下来。体内的愤怒和委屈随着汗水和眼泪一起冷却，变得空空荡荡。

　　拿出手机，上面有好几个未接来电。看到"越泽"两个字时，胸口又是一阵刺痛，我把手机塞进了口袋。

　　我抬起头，眼前的马路正在翻修，到处搭建着施工设备和路障，看上去就像一片巨大的诺米骨牌倒塌后的现场。噪音震耳欲聋，破碎锤快速而密集地击碎着水泥地，一下下像是钻进我的心脏里。

　　我心烦意乱，只想逃离。我绕进一个挤满夜宵车的巷口，穿堂而过后来到另一条冷清又陌生的街区，就这样又走了一段路，我意识到自己好像迷路了。我决定打车去火车站，却半天等不到车。

　　就在这时，我妈打来了电话，我刚要接，肩膀就给人撞了下。

　　是三个混混打扮的青年人，似乎喝了不少酒，走起路来东倒西歪的，一句道歉也没有。我低声抱怨了一下，不料其中一个染着黄色头发的青年听见了，他停下来："哟，撞你一下怎么呢？撞你是看得起你懂吗？"

我不理会，继续往前走，却被他冲上来一把抓住，"问你话呢！聋了吗？"

"放手！"我挣脱。

"就不放怎么着？"他用力抓住我的手腕，更来劲了。

其余两个人也起哄了，笑嘻嘻地走上来，一开始只是借着酒劲讲了两句下流话，慢慢的却毛手毛脚起来。黄发青年得寸进尺，一边问着"小姐你多少钱一晚啊"一边把手伸向我的大腿，我终于炸毛了，一耳光扇过去，"嘴巴放干净点！"

"你他妈——敢打我？"对方怒目圆睁，不敢相信我会打他，他推了下我的肩，"大晚上的在穿这么点在外面走还装什么纯情啊，这么骚不就是要勾引男人吗？开个价啊，老子我像是玩不起你的人吗？"

我突然有些害怕了，这三个男人已经喝醉了，现在还被我激怒了，估计什么事都做得出来。

我后退了几步，转身就跑，黄发青年动作更快，一下就冲上来搂住了我。

"放开我！流氓！救命啊——救……"我拼命挣扎，来不及求救，嘴巴已经被捂住。

"滚！"

三个青年被突如其来的声音喊住，纷纷回过头，我也本能地抬头看过去，几米开外站着一个清秀得有些单薄的少年，手里提着一袋打包的夜宵。仔细一看，竟然是苏小晨！不，应该说是长得跟苏小晨一模一样的叫七月的大男孩。

"你他妈谁啊？找打啊？"黄发青年气焰嚣张。

七月没有丝毫畏惧，反而很不耐烦地皱了皱眉，"再说一遍，滚。"

"呵，口气挺大啊！"黄发青年将我推进另一个人怀里，吊儿郎当地走到到七月跟前，轻蔑地拍了拍七月白净的脸，满是酒气的嘴挑衅地凑到他脸前："孙子来啊！打我啊，带种你就打啊？！就你这怂逼样还英雄救美呢哈哈哈……"

七月皱着眉头退后两步，伸手擦了擦脸，整理了下弄乱的衣领，之后慢慢蹲下，把夜宵放在地上，再站起来，一切都表现得不疾不徐。

我叫起来："七月你快走啊，去报警！别跟这群无赖斗……"

"别担心，很快就好。"

七月朝我微微一笑，接着目光忽然一冷，出其不意就是一记回旋踢，对方措手不及，整个人就以被踢中的脸为重心往一旁的垃圾桶飞去，垃圾桶"哐当"一声倒地，接着才是黄发青年痛苦的哀嚎声。

另一个同伙见状立马冲上去，七月敏捷地原地跃起，弹跳好得惊人，就像那些NBA的球星拍摄灌篮广告一样，整个人都悬空一米多高，膝盖直接磕到了对方的下巴上，那人闷声倒地，直接晕过去。

这一连贯动作加起来不到五秒，我看得瞠目结舌。抓住我的人吓傻了，转身就跑，结果双腿打颤绊到自己的腿，摔了个狗吃屎。

七月胸膛微微起伏，气息平稳，他好笑地看着对方在地上连滚带爬，"喂，你别跑。我不打你，快送他们去医院吧。"

他单膝蹲下，拿起夜宵，再站起来，"七喜姐，没事了。咱们走吧。"

虽然眼下不是时候，但我还是被一个细节强烈的吸引住了。那就是，七月虽然清瘦，腰板却永远挺得笔直，任何需要弯腰的动作，他都会选择蹲下来代替。而苏小晨不一样，他就算是站着的时候，也有一点微微驼背。

为此我还专门监督过他，每次他一驼背，我就狠狠在他的后背拍一下，我说男人别驼背啊，一点都不精神。可他就是不愿意改，后来他才告诉我，因为只有他微微驼背，我看着他的脸说话时才是最自然的状态，不用特意抬起头。

苏小晨走了，他不再人世了。

哪怕是现在，这个念头每想一次，胸口还是会痛一次。

七月把我带到了繁华一点的街区，然后站在路口一起等车。很快，七月就主动挑起了话题，"你今晚不是约朋友了吗？怎么会一个人出现在这？"

"朋友……临时有事，所以，就一个人了。"

"这样呀。"他浅浅一笑，"以后可千万别一个人走夜路了，女孩子太危险。"

"嗯，不会了。刚幸亏你出现……"想到刚才那事我就心有余悸，要不是七月出现，后果不堪设想。

我偏过头，"对了，你怎么会在这？"

"爸说他饿了，我就出门给他买点夜宵。"他一手插袋，一手提着打包的夜宵在我眼前晃了下，他口中的爸应该是指王叔，"他以前跟我说过，喜欢吃这一带的韭菜水饺，我就搭车找过来了，没想到撞见了你。"正说着，一辆空车开过来了，他上前为我拉开车门，"你先上车吧。"

"你先吧，不然夜宵都冷了。"我尴尬地摇手，"我不急的，我等下一辆。"

"七喜姐，你是不是——"他犹豫了一会，还是问出口，"没地方可去了？"

"哈？有那么明显吗？"很奇怪，被他拆穿后，我竟然一点都不尴尬。

"都写脸上了。"七月扬扬下巴示意我上车，见我僵在原地，他上前拉我上车。

"师傅，去汐江南路。"

"喂，你干吗？"

"回家啊，这么晚了你一个人我可不放心，先上我家睡一晚吧，有什么安排明天再说。"他说得理直气壮。

"不行不行……"

"有什么不行，就当陪陪我爸好了。他呀，最近一直失眠。"

"怎么呢？肝病又复发呢？"

"不是啦。"七月摇摇头，眼神突然有些落寞，"4月快来了。"

我心一沉，4月，我太清楚这意味着什么了。4月1号是苏小晨的忌日，时间过得真快啊，他离开这个世界，已经一年了。

七月嘴角泛着一丝苦涩，"看到爸那样我挺难受的。可我又不知道要怎么安慰他。可你不一样，失去苏小晨的痛苦你跟他一样感同身受。如果你能陪陪他，或许更好。"

"好吧。"我再找不出拒绝的理由。

路上，我先给妈打了一个电话报备，无疑遭到一通臭骂，在我保证明天一大清早就回去后，她才气冲冲地收了线。

轻微摇晃的车厢内，七月望着车窗外妩媚而朦胧的霓虹灯光，安静地思考着什么。我忍不住去看他——其实白天我就想好好看看了，但是又不敢。太像了，无论是那张充满少年气的清秀脸庞，还是那颗单纯善良又体贴入微的心。

"苏小晨……"叫出声时，我自己都惊了一下。

他很自然地回过头，"怎么啦？"

"没什么。"我连忙摇头，"就……刚才……谢谢你。"

"不用谢，小事一桩。"他被我这突如其来的郑重道谢搞得有些不好意思，腼腆地挠了挠后脑勺。

随后，他指了指自己的脸，笑了笑，继续侧目望向车窗外。我一愣，赶忙摸向自己的脸，真丢脸啊，竟然哭了。

跟七月回到家，王叔已经躺在沙发上睡着了。见到这一幕，我们不约而同地屏息敛气，放轻脚步。七月把夜宵放进冰箱，轻轻给王叔盖上毛毯，领我去了客房。关上门后，他从衣橱上层找出干净的被套。

"今晚你就睡这吧，洗漱间的壁柜第二层有新牙刷和毛巾，洗澡时动静小点就行。"七月单手别扭地整理着床单，另一只手懒懒地插在口袋中，我觉得不对劲，问："怎么了？"

"什么怎么？"他装糊涂。

"另一只手，从上车起就一直故意插口袋。"

"没啊，我一直这样。"他狡辩。

"胡说！"我上前揪出他的手，竟然全是血，虽然大部分已经结痂，但还是能明显看出五根指头上的伤口，"这是什么？！"

"小事，一会我去洗下就好。"

"还小事？！都伤成这样了。怎么弄的？！"我拿出长辈的低气压，七月乖乖坦白了。

原来之前打架时，第二个混混手上是拿着刀的。七月跳起的同时，用手抓住了他刺过来的刀，这才保证了自己的膝盖顺利踢到对方的下巴上，而又不被对方刺中身体。那场交锋发生得太快，加之又是晚上，我根本没看清楚。

他说得风轻云淡，我却不寒而栗。原来当时看似潇洒帅气的一幕背后竟然藏着这么可怕的危险，若不是七月反应快，那把刀可能已经刺进他的身体，后果不堪设想。

"真的只是小伤，就一把水果刀，割得也不深。"七月像个犯错的小孩，不屈不饶地解释着。

"还逞能！伤口若不及时处理会感染的，这么马虎，真不敢相信你是怎么一个人活到现在的。"我一边埋怨，一边在房间里找东西。

"七喜姐，你在找什么呀？"他乖乖坐在床头，半天才吱声。

"家里有医药箱没？"

"有！"他"嗖"一声光脚跑出房间，动作又快又轻。

我给七月上好消毒药水，把宽纱布撕成小条状，把他受伤的四个指头慢慢包扎好。处理伤口我有一定经验，越泽的手臂被阮修杰割伤那一次，他不肯去医院，整整半个月都是我在照料。

一想到这，胸口又隐隐钝痛起来。

我强压下心烦意乱，边把药品放回箱子里边叮嘱，"三天内不要碰水，如果到时候还没好就去医院检查，千万别怠慢听到没？"

七月举起被包扎好的左手，惊叹道："真看不出呀，你好细心啊。跟我想象中的那个七喜不太一样嘛。"

我苦笑，"你想象中的七喜究竟是多没用？"

"要听真话还是假话？"

"当然是真话。"见他犹豫，我单手举起作发誓状，"放心，姐姐绝不生气。"

"那我说了。"他抿嘴笑了下，"我本来以为你就是一个傻大妞，还是出生时脑袋先着地的那种。"

我一把掐在他的手臂上，他极力捂住嘴才忍住了尖叫，"臭小子真够坦白啊？你才傻大妞，你全家都——"想起他是孤儿，我忙闭嘴了。

"什么啊，你说好不生气的。"七月咧着嘴，疼得不行。

"我没生气啊，你哪只眼睛瞧见姐姐生气了？我通常都是跳过生气，直接打人。"我无赖地扬了下眉毛，他夸张地唉声叹气。

对望一眼，两人都笑了。

"七喜姐，你以前也是这么跟苏小晨聊天的吗？"这个问题太突兀，我有些不知所措地沉默了。

他慢慢活动着自己被包扎好的手指头，"其实苏小晨有个日记本，记录了他跟你认识之后的所有事情。"

"我知道，那个日记本现在还在我床头柜里。王叔给我的。"

"那本日记爸也看了，你们的事，还有你跟那个叫越泽的男人的不少事，他跟我讲的也差不多了。一开始我只是当故事来听的，没想到那么精彩，简直欲罢不能，求着他连夜讲完。"他笑容微妙。

"尽管嘲笑吧。"

"没有，怎么会嘲笑。羡慕还来不及呢。我当时听完特别感概：人跟人之间地差别真大啊。你们经历的这些事，离我太遥远了，我的生活，枯燥得两三句话就能讲完。"

"简简单单才是福，如果可以，我倒是想跟你换。"我一屁股坐在软趴趴的床上，还是觉得累，索性张开双臂趟成了半个大字。不知道为什么，虽然跟眼前的人认识还不到一天时间，但总觉得已经很熟了。

"呵，相信我，你不会想换的。"他语气冷下来，瞬间从一个温柔贴心的小弟弟变成了我不了解的陌生人。

我差点就忘了，他不是苏小晨，他是叫七月的孤儿，独自一人无依无靠地在这个世界上长大，那种生活我不了解，也无法想象。

"对不起，我不是那个意思。"我自知失言。

"没事啦，我知道你没恶意的。"他语气又柔和下来，潮湿的眼神透着些许哀伤，"还有一件事，七喜姐，希望你以后别再叫我七月了，我一点也不喜欢这个名字，但我那时候没得选。现在爸给了我新名字，我很喜欢。"

见我犹豫，他又说，"如果你不答应，也没关系啦。"

"不是。"我摇摇头，我该如何跟他解释呢？苏小晨这三个字呀，光是从嘴里讲出来，都会让人难过，"这样吧，我以后就叫你小晨，好吗？"

　　"可以。"他高兴的点点头，弯着好看的眉眼。很快他又想到了什么，"对了，其实有个问题，在我还没见到你之前就想问你了。"

　　"问呗。"

　　"问了可别生气。"

　　"这次我绝对不生气，也不打你。"我举起手，做出发誓的样子。

　　"那我真问啦。"他认真地盯着我双眼，"你……为什么会喜欢越泽呢？"

　　"……啊？"我没听懂。

　　"换做我是你，一定会选苏小晨吧。那个叫越泽的，究竟哪里好呢？"

　　我看着天花板出神：是啊，为什么不选苏小晨？就连我自己也想过这种问题。

　　"小晨，你在日记中了解到的越泽，只是表面上的他。"我从床上坐起来，试着回忆那个闯入我生命的男人，虽然我们之间没什么可能了，但是听到七月问这样地话，我还是忍不住为他辩护。

　　"越泽他啊，其实没有那么差劲，他只是什么事都要一个人扛，从来不让你知道，情愿你误会他、恨他、离开他，也要把事情都烂在肚子里。因为他觉得，这才是爱。所以我一直觉得，他不算坏人，他只是一个怪人。"

　　"可能如你所说吧，我对越泽的了解太片面了。"七月的声音既温柔又坚定："我只知道，爱一个人，就不该让她哭，哪怕自己哭，也要让对方笑。"

　　心像被什么被狠狠揪了下——眼前的人，分明就是苏小晨啊。这太像他会说的话了。我想再说点什么把这个话题绕过去，却如鲠在喉，沉默就这样突然降临了。

　　七月淡淡一笑，识趣地起身了，"不早了，赶快洗澡睡觉吧。晚安。"

　　"晚安。"

◆ 02 ◆

　　我做梦了。

时间是两年前的某个夏夜，我跟苏小晨骑着双人自行车在汐江边散步，清爽的晚风吹得人心旷神怡，心情愉悦。

很忽然的，苏小晨就把自行车停下了。

"怎么不踩呢？"我问。

苏小晨回过头，声音有些无辜，"咱们要去哪呢？"

去哪？这个问题把我问住了。

"七喜姐，你看，烟花要放完了。"苏小晨又说。

我侧过头，发现不远处那一株小型的烟花树已经近尾声，星火越来越小，空气里弥漫着朦胧的白雾，以及呛鼻的硫磺味。与此同时，四周散步的人群都消失了，像跟约好了似的。

我的心慌乱地蹦起来，隐约意识到这只是梦。

苏小晨幽幽地看着我，眼神中的哀伤像是流淌在地底的汹涌暗流，"七喜姐，你让我别对你太好。你说你这样会依赖上我。可是从小到大，只要你依赖上谁，谁就注定会离开我。"

我泪水呜咽，根本说不出话。

"对不起啊，我没想过会离开你的，我不是故意要让你难过。你可不可以不要恨我？"

"我不恨你。我怎么会恨你啊！你这个傻瓜，我只是很想你，真的很想你。我是不是要醒了？不，我不要醒。苏小晨你别走，再跟我说说话，求求你，不要走……"

他缓缓伸手，想为我擦泪，手指却轻易穿过了我的脸。他眼中划过一丝失落，朝我抱歉地笑笑，"我走了，保重。"

梦醒了，脸上全是泪水。

凌晨三点，房门缝隙透着来自客厅的灯光。我走出房间，王叔果然醒了，他的身体几乎陷进了沙发里，他什么也不做，就那么静静地看着前方，眼神涣散，那一刻，我能感受到他灵魂深处居然的落寞和悲伤。

"王叔。"我轻缓一声。

好几秒后，他才反应过来，"啊。七喜，你醒了。"

"你知道我来啦？"

"是啊，小晨跟我说过了。他刚睡下的。"

我在沙发上坐下，他有些吃力地起身了，"小晨帮我买了点吃的，在冰箱，你要饿的话我帮你去热一下。"

"不用，我不饿。"我把王叔拉回身边，"我也睡不着，陪您待一会吧。"

"也好。"他点点头，拿过一个枕头给我靠着。

他叹了口气，笑容有些苍凉，"我啊，刚又梦见他了。那崽子上小学六年级，不肯做作业，还顶嘴，我一生气就用皮带抽他，他一点也不服软，抱成一团缩在墙角，就那么瞪着我，倔得像头牛。我气疯了，一直抽，那孩子手上、脚上，全是血印子。我问他：你到底认不认错？他不说话，我又接着打，还不停地骂：老子抽死你个小兔崽子，抽死你……"

他的声音像深夜房间里摇曳的烛火，微弱飘渺，突然一阵风，就灭了。我抬头，王叔已经老泪纵横。

"王叔，你可能不相信。我刚才也是因为梦见苏小晨才醒了。"

王叔怔了下，擦去眼泪，"我就知道，他肯定还惦记着咱们，才会托梦过来。不知道他在那边过得好不好？"

"别担心，有阿姨照顾。"

"是啊，他小时候啊，就亲他妈妈，不亲我。他妈妈就开玩笑，说谁让我要让儿子跟娘姓，不跟爹姓……"

之后，又是好长一段时间的沉默。

我在想苏小晨，他也是。

我最近越来越觉得，记忆才是这世上最可怕的东西，想让你哭就哭，想让你笑就笑。如果有一天，科学真的发展成科幻小说里的那样，能任意抹去人的某一段记忆，就像现在想垫鼻子就垫鼻子想拉皮肤就拉皮肤一样容易。肯定会有很多人去接受这种手术吧，把那些不愉快的记忆通通消除，轻装上阵地往前赶路。

可是，也有一些记忆，就算每回想一次都要经受窒息一般的痛苦，也不愿意失去。毕竟那是深爱过的人，留给你的唯一不可复制的东西。

"王叔，这些年，你恨我吗？"这是个在我心里环绕了一万次的问题。

看似睡着的王叔微微眯着眼睛，只是轻轻反问，"恨你？为什么要恨你。"

"如果当初不是我去机场找他，你们就去新加坡了，后面的事情也不会发生。"每次一想到这一点，我就恨不得掐死自己。

"当初是我们家的保姆找你来给苏小晨做家教，如果她找的不是你，是别人，后面那些也不会发生。那么我是不是也要恨她？"

我被问住了。

王叔睁开眼睛，以一种无力却又慈悲的目光看向我，"我理解你的心情，苏小晨他妈妈死的时候，我也很自责，如果我能早点担起这个家，少让她吃点苦，她也不会折腾出胃癌。可咱们不能再这样想，孩子，这样想是钻牛角尖，会出不去的。我以前不信命，但我现在信了，这世上的生离死别，冥冥之中都有定数。就像我现在遇上七月这孩子，他就像老天还给我一个儿子，这些，也是命。"

"王叔，"我犹豫了一下，"有些话我想跟你说，你千万别生气。"

王叔微微点头。

"七月就算再像苏小晨，也不是真的他，如果你想把他当替代品，对七月不公平。"

"我当然知道。"王叔粗糙的手掌放在我的手背上，"但你实话回答我，第一眼看到他的时候，你是不是觉得他就是苏小晨。"

"嗯……简直一模一样，你说世上怎么会有这么相似的两个人呢？"回想之前见到七月那一幕，现在都还有些像在做梦。

"跟那孩子在一起，会让我觉得苏小晨还活着，好像就在我身边。但我没有把他当替代品，我这辈子没法再对苏小晨好了，所以，我想对他好，把所有来不及给苏小晨的好，全给他。难道你没有这种感觉？"

"有。"我诚实地点点头。

"抛开这些不谈，七月这孩子懂事、聪明、心眼也好，他无父无母孤苦伶仃的，一直想要个家。而我呢，一把老骨头，老无所依，也需找个依靠。到时候死了，好歹还有人给我端相片。"

"别说这种话，哪有人咒自己死啊。"

"这有什么，人生在世，谁都要走这一遭。"他煞有介事地举起僵硬的双手，放到自己头顶，笑得有些悲凉，"等我死了啊，下葬那天小晨就这样端着相片，走在最前面。三步一磕头啊，一哭就到坟头。"

一时间，我啼笑皆非。

我抓住王叔放下来的手，却怎么也捂不暖和。我突然分不清楚，凉的究竟是手心，还是人生。

◆ 03 ◆

清晨我离开的时候，小晨还没睡醒。王叔想让小晨送我，我坚持说不用，一方面是想让他休息好，而另一方面是，我还有一件非做不可的事。

我没有直接回家，而是走进一家台北豆浆随便点了些吃的，其实毫无胃口，又怕空腹会低血糖，以前不吃早饭也有过两次当街晕倒的情况。

找地方坐下后，我第一件事就是打开关机了一整夜的手机。果然，收信箱里除了几条移动广告，全是越泽的短信。

——怎么不接电话。

——为什么关机呢？

——你现在人在哪？

——收到短信速回。

——是不是出什么事了？

——艾七喜，给我开机！

……

我一条一条往下翻，时间从昨晚十一点一直持续到凌晨四点。我整个人都在战栗，内心深处却隐约涌出一股难过却又痛快的兴奋，那是伤敌一千自损八百的报复感。我来不及弄清楚自己为何会变成这样，一条陌生短信像一颗钉子，刺入了我眼中。

——我是沈碧，收到请回复。

如果只是这条，我还能强迫自己无视，可很快我又看到了第二条，正好是这一刻发过来的。

——我知道是因为我，不如咱们谈谈。

我们见面了，就在这家台北豆浆。

从我回拨给沈碧电话，到沈碧赶过来的这二十分多分钟里，我一口食物都没吃，满脑子里嗡嗡作响，只有她的那句"我知道是因为我，不如咱们谈谈"。

她知道是因为她？

呵，凭什么她可以这么自信？明明她才是"第三者"不是吗？我一遍又一遍地对自己说：艾七喜，不要恼羞成怒，不要正中下怀，你是决定离开越泽，但并不是输给她。

可没用，我无法冷静下来，我就是在愤怒，在嫉妒，恨不能一见到她就把豆浆泼在她脸上，想到这，我更痛恨自己了。

有开门声，我猛地抬头——沈碧出现在我眼前。

并没有想象中的趾高气昂、盛气凌人。她很平静，甚至是平常，衣服还是昨天那一套，简单盘起的头发也油得没有了形状，脸色略显憔悴，只能靠一副硕大的棕黑色墨镜掩盖一下。我看不出她有任何精心准备来给我下马威的架势。

她在我身边坐下，看下眼我桌上一口未动的白米粥，第一句话是："你不吃的话，我能吃吗？"

我有些错愕，跟我想象的完全不一样。

"已经凉了。"

"没关系，整晚没吃东西，要饿晕了。"她大方端过粥吃起来，看得出她很饿了，吃相却很娴雅，"不好意思，时间很急。咱们长话短说吧。"

等等，不是来吵架的？

我糊涂了，一肚子的火被莫名地浇灭了。就那么僵直着身子，看着她一口一口吃着粥。也没吃多少，她拿出纸巾擦了下嘴，优雅地摘下墨镜，露出了那双凌冽但美丽的眼睛，"黑眼圈有些重，本来不想示人，但还是觉得，这样跟你交谈更尊重一些。"

我不说话，假装镇定地迎接她的目光。

"相信你也知道了我跟越泽关系。如果你听到公司员工讲过什么八卦，那些多半是真的。但别误会，我对你也没敌意。"

"没敌意？"我感到发笑，难不成是来做好朋友？

"为什么要有敌意？这不是我的行事风格。"她微微扬起下巴，换了一下翘着的腿，"我来找你，是因为我知道，比起越泽，你此刻更想见我。"

我哑口无言。

她继续说："我出现在这，只是想让你知道，昨天晚上越泽心急如焚地找了你一整晚，你不接电话，他以为你出事了，还吵着要报警。当然咯，知道最后一个见到你的人是谭志后，越泽对他大动肝火，问他为什么不好好看住你。谭志莫名其妙，气得要命，两人差点闹翻。偏偏凌晨三点，我们还有一个项目产品要维护更新，越泽也撒手不管了。"

沈碧微微偏头，"要不是我临时打电话叫技术部的员工回公司加班，不知道又得流失多少用户，公司目前在创业阶段，账面上可不是那么好看，要是再为这种突发状况白白亏损下去，倒闭只是时间问题。况且马上就要月底了，全公司三十几个人等着发工资呢，这事他大概也忘得一干二净。我本来只负责产品营销，两天没回家洗澡睡觉了，为了公司累死累活，老总倒好，一整夜在外面瞎找他突然生气跑走的女朋友。"说到这，她意味深长地看了我一眼，"你说，我该歌颂他感天动地的爱情吗？还是该骂他作为一个老总未免太把公司当儿戏？"

我十分震惊，一时不知如何回答，老实说，我想象不出越泽这么失控的画面。

她短促地冷笑一声，"你还真不简单呀。我当年认识的越泽，可是一个理性冷血到叫人畏惧的男人，在这之前，我觉得他简直就是为了成功而生的机器，他这种人不成功，还真是没天理了。不想竟被你搞得那么狼狈不堪大失水准，以前这种事情还真没有过。"

话已至此，我终于感受到了她一针见血的敌意，但她代表的是公司的立场，是成人世界里合理而成熟的法则，我无从回击。

"从我作为这家公司副总的立场来讲，我希望你要不好好地爱，要不就干净地断，别那么幼稚，生活不是琼瑶剧。感情中拖泥带水的人，最后都没什么好结果。"

"我跟他——"

"你们的事我不想听。"她打断，眼神锐利，"七喜小姐，你千万别误会。我刚才说那些，可不表示我会把越泽拱手相让。之前我已说过，如果你听到什么我跟他的八卦，多半都是真的。没错，我是他的前女友，我也确实是冲着复合才回来跟他一起创业。但你大可放心，我绝不会耍什么阴谋诡计，我这人虽不是什么善类，但好歹磊落。我看上的男人，我只会坦荡荡地夺到手。"

"沈碧，你凭什么这么自信？你不就是他无数前女友中的一个吗？"我还是被激怒了，激动地站了起身。

"这跟自信无关，我只是绝不迟疑。从回来找他那天起，我就很清楚，为了他我可以付出一切不求回报。这一点上，恕我直言，你的肚量还真不如我。"面对我居高临下地怒视，她不慌不忙地重新戴上墨镜，泰然自若地站起来，视线立刻高出我一大截，"再给你个忠告吧：感情里没有一劳永逸，今天说爱你的男人，明天可能已经爱上另一个女人。别仗着越泽现在喜欢你，就撒泼胡闹任性妄为，这只会加快你失去他的速度。"

不，沈碧你错了，我没有撒泼胡闹任性妄为，如果你知道我们经历过什么，就不会这么武断地评判我的所作所为了。我本该这样说，可心里却堵着一口气，"少假惺惺了！我失去他，不正是你想要的吗？"

"没错。"她露出大方又冷艳地笑，"可是如果对手段数太低，赢了也没乐趣呀。"

"你……"

"骂人的话省省吧，你我都清楚这改变不了什么。听过一句话没？女人是衣服，谁有本事谁穿上；男人是狗，谁有本事谁牵走。话糙理不糙。"她嘴角一弯，精明又妩媚地眨了下眼，"衣服不行就要换，狗管不住就会走。"

"……"

"先告辞了，公司里的烂摊子还等着我回去收拾，谢谢你的热情款待。"

我错愕在原地，任她扬长而去。

真奇怪，我以前推销啤酒时那些贫嘴功夫哪去呢？我以前跟王璇璇可以在公车上把那些咸猪手一骂半小时的厉害劲儿哪去呢？我不明白自己为何一句话都说不出来。

我自问对越泽的爱不比任何人少，我或许没有沈碧漂亮优秀，但至少也曾奋不顾身勇往直前。可现在，瞧瞧我变成了什么样，优柔寡断，自哀自怨，恼羞成怒，嫉妒别人更痛恨自己。我知道我输了。在这个不需要借助任何外力就能自信得一塌糊涂的女人面前，输得一败涂地。

"小姐，桌上的东西还要吗？"收拾桌子的服务员一连问了我三遍，我才回过神。

"不要了。"我摇摇头，失神落魄地离开了。

不要了，都不要了。

◆ 04 ◆

七月找到我的时候，我正挤在售票大厅的长队中，等着购买回家的火车票。大厅里嘈杂拥挤人满为患，我精神恍惚，觉得自己像是漂浮在海水中，随波逐流。七月是突然出现的，不由分说地将我带离，反应过来时已经站在广场上的泊车区。

"小晨你等等……喂，等下，你拉我去哪呀？"

"要走为什么也不跟我说一声啊！"他露出一副"你还有脸说"的表情，有点凶，但只是假生气。

"你当时还在睡，不想吵醒你。我今天得回老家了。"

"我知道，所以我才追过来了。"他爽朗地拍了拍胸脯，"我开车送你。"

"我自己回去就行……"

"怎么？信不过我，我现在可是我爸的私人司机！开车又稳又快。"

"我不是指这个，我就是不想麻烦你。"

"我一点也不觉得麻烦。"

"可是……"

"你要再这样客气，那可真是麻烦到我了。"他回头朝我抿嘴一笑，阳光下两个酒窝格外迷人。

我的心就那么抽痛了一下，这么美好的笑容，这么干净的少年，叫我如何拒绝呢？七月察觉我的动摇，立刻趁热打铁，"其实刚好我这几天也想去一趟岚镇，今天就当顺路送你。"

我不再坚持，心想也好，有个人陪，回去的一路上还能分散下注意力，不至于被坏情绪给淹没。

"你去岚镇干吗？"我跟着他他边走边问。

"我还在新加坡时，给一个中国驴友当过导游，后来就加了MSN，他叫大熊，是你们老家人，我来中国后，一直想见见他。"

"哪有这么巧！"我心不在焉，嘴上却努力配合。

"真的，骗你是小狗。先上车，路上慢慢说……"小晨打开车门，自然而然地扶着我地手臂，就在这时，另一只手腕被人用力逮住，我微微吃痛，赶忙回头。

"越泽！"我下意识地腿离了七月一步。

越泽脸色苍白，微红的双眼中布满疲倦的血丝，却格外锐利逼人。我当时并不知道，他开车在大街上疯找了我一夜，五点多又跑来火车站的入站口等我，从凌晨四点一直等到上午十点，整整六个小时不吃不喝，像台精密的雷达观测往来的人群。成千上万的人从他眼前走过，却依然没等到我的出现。最终他放弃了大海捞针，刚出站口，却发现了我。还真是命运弄人。

"你昨晚去哪了？电话也关机。我还以为你出事了。"他隐忍的声音压抑着蓬勃的愤怒。"他是谁？"他抬头看向七月，表情刹那间凝固了。

"苏小晨？！"他被重重地惊了下，难以置信地蹙起眉，"你……没死？"

七月眼中的诧异一闪而过，他反应很快，微微一笑，"你就这么希望我死？"

"不！"巨大的震惊让越泽都有些迟钝了，"我只是……听说那场大火……"

"越泽，不是的，他……"我刚要解释，七月迅速将我拉到自己身边，他上前一步，把我跟越泽给隔开来，"七喜，让我自己来说。"

等等，说什么？

"对，我没死，我被烧死只是对外宣称。你去美国治病那段时间，我也在治病，全身多处烧伤，我爸花了很多钱把我送去日本做皮肤移植手术。手术很痛苦也很艰难，康复花了整整一年，现在我痊愈得差不多了。"分明全是谎言，可七月竟然一脸平静。

越泽沉默了，眼中是浓浓的困惑，半天才问出一句，"你真的是苏小晨？"

七月嗤笑一声，耸耸肩，"你好好看看我，我难不成是鬼？"

越泽那么聪明的一个人，并不好骗，但七月跟苏小晨简直如孪生兄弟一般相似，况且对我们之间的事了如指掌，越泽没理由不相信。

"七喜……"他回头看向我，"这种事……为什么不告诉我？"

"你的合伙人是你前女友这种事，你不是也没告诉我吗？"说出这句话后，我自己都吓了一跳。

"你怎么会知道？谁告诉你的，谭志吗？"越泽拧起了眉头。

"谁说的重要吗？"我冷笑了一下，心里却很痛。

越泽还想说什么，七月上前一步挡在了我们之间，"越泽，七喜也是这几天才知道我还活着。当初我爸把我送往日本，希望我能重新开始新生活，可我选择了回来。"七月继续撒谎，彻底断了我的后路，他朝越泽步步逼近，"今天你来得正好，我也省得再找你了。"

"找我做什么？"接受苏小晨还"活"着一事后，越泽快速冷静下来，此刻他脸上的沉稳和淡漠让我感到有些陌生。

七月与他对视两秒，忽而又认真地看向我，眼中是温柔的深情，"没什么，我就是想告诉你，这一次，我绝不会再让你从我手中夺走她。"

我惊呆了，张大了嘴，没料到七月会突然蹦出这么一句。我想要结束这场闹剧，可不知为什么，内心一道力量却阻止了我：七喜，你在害怕什么？这不正是上天给你最绝佳的机会吗？不如就让这个谎言成为你们爱情的最后一道考验，或者，压垮你们感情的最后一根稻草。是活是死，都来个痛快吧。

我站定，静静等着越泽开口，我想知道，面对这个突如其来的宣战，面对这个"死而复生"的昔日情敌，他会怎么做?

那一分钟内我想象过很多种可能，比如越泽一把将我拉进自己怀中，愤怒地挥拳打向七月，甚至，是大声警告七月没人能把我和我们的女儿从他身边夺走。可我等到的，只是缄默，从头至尾地苍白无言。

他甚至不敢再直视七月的双眼。他在害怕，在犹豫。看吧，其实我们都不是能放下过去重新开始的人。

冰冷冷的失望像一桶冰水兜头浇下。我又想起了我妈说过的话。原来，今天说爱你的男人，真的明天就可能爱上另一个女人。原来，我艾七喜并没有什么独一无二，那些你以为无论如何也无法割舍和替代的感情，仅仅是自以为。

三秒后，我心中有了答案。

我低头苦笑，转身就走。

"七喜!"越泽终于开口了，声音沙哑而微颤。他上前两步挡住我，目光灼人地问出最后一个问题："昨晚? 你是不是也跟他在一起?"

"是。"我声音平静。

越泽眼中划过一丝深沉的失落，像从明亮回归暗淡的星辰。

七月自信款款地拉过我的手，用力握住，十指紧扣，由不得我挣脱，"没事了的话，能让开吗? 你挡到我取车了。"

越泽身体一颤，颓唐推开一步。有那么一瞬间我错觉他挺拔高大的身躯正在七零八落地垮塌。

"七喜，别走……"刚打开车门，身后传来极力压抑去没能压抑住的挽留声，透着低微的祈求，只是这份祈求中，我感受到更多的并非爱意，而是狼狈和不甘。

我没有转身，努力吞下眼泪，钻进了车厢。

就好像，

你走在旷阔无垠的冰天雪地中，你走了很长很长的路，饥寒交迫心灰意冷。突然你看到前方出现一个亮着灯的小木屋，你上前敲门，门开了，里面有温暖的壁炉，丰盛的食物，主人不问你的姓名，也不问你的来历，直接给你端上一碗热汤，你喝一口，只是一口，然后你就觉得，你愿意为这一口汤的温暖付出一切。

第 四 章 ▶

◆ *01* ◆

上车后，是很长一段时间的沉默。我光顾着难受，假装被车窗外的风景吸引着，其实静静地哭着。

七月倒是不介意，怡然自得地开着车，换了几次电台，都不太满意，单手翻着小抽屉，在王叔那一堆凤凰传奇的音乐CD中找到一张还能听的轻音乐，一打开，竟然是佛教的《大悲咒》。呵，这应景的，我现在倒真有一种看破红尘削发为尼的冲动。七月慌忙切歌，下一首是舒缓的钢琴曲，谢天谢地。

七月的驾车技术很好，又快又稳。车子驶出郊区，我在反复的深呼吸中抽顺情绪，确认自己不会再哭才开口。

"你刚为什么要骗越泽？"我言语愠怒，说不清是生他的气还是生自己的。

七月轻轻咬着下嘴唇，又回到那个略微腼腆的少年。但这次我不会再相信了，就冲着他刚才可以一脸镇定地撒谎，我已能断定，他心肠自然不坏，性情也温柔，但绝非苏小晨那么单纯率直。对此我并不意外，毕竟他是孤儿，一路长大很不容易，更加复杂的心思对他来说必不可少。

"对不起，我撒谎了。"他不紧不慢，态度诚恳，"但是，七喜姐，你不是没拆穿我吗？"

真犀利，轻松就反将了我一军。

"你刚才……也算是利用我吧？"他话里带着试探，见我沉默，忙扯开话题，"哎，不说这个了，说说我那个叫大熊的朋友吧。他呀——"

"你说得对。"我打断道，"我是在利用你，要说对不起的人是我才对。"

"七喜姐。"七月声音轻柔，"其实你刚很希望我能站出来做点什么对不对？我能感觉得到。所以我撒谎了。如果你现在后悔了，咱们可以马上回去找他讲清楚。"

"不了，没什么好讲的，就这样吧。"我不想再讨论这个，"说说你朋友吧，那个什么大熊。"

七月微微眯起眼，摇摇头，"算了，你现在根本不想聊这个。"

"你有读心术吗？还是说你前世其实是我肚子里的蛔虫啊。"在他面前什么情绪都藏不住。

"那我一定是条善良的蛔虫！这辈子才能转世做人！"

我啼笑皆非。

他撇撇嘴，"没办法啊，从我懂事起学会的第一件事就是察言观色。我不像你们，有爸爸妈妈疼。别人对我好，那叫施舍、叫同情，对我不好，那是理所当然。从小我就告诉自己，要做个识趣的人，不给任何人添麻烦。"

"抱歉。"我没想过会话题会变成这样。

"干吗道歉啊。"他明亮的眼眸中闪烁着乐观的光，"七喜姐，你是不是认为孤儿都很可怜？"

"可怜？嗯，怎么说呢。"我寻找着措辞，"反正一提到孤儿，我就想到从小被人欺负，没玩具啊，吃不饱穿不暖啊，变态养父母，鬼屋啊什么的……"

"哈哈，果然是电影看多了。"七月开怀大笑，"那只是少部分孤儿，大部分孤儿哪有你以为的那么惨呀？孤儿院又不是地狱。你上过幼儿园吗？"

"当然。"

"如果要比喻，我们小时候就是二十四小时都在上幼儿园，长大了点就上小学，再上初中，高中。我们的生活里，是没有父母每天来接放学，每天一起吃饭看电视，六一儿童节去公园这种概念的。我们一直生活在一个大屋子里，睡宿舍，吃食堂。每逢过节还能收到不少社会人士送的礼物，一般都是电视台扛着摄像机过来，我们要提前把台词背熟，但大家还是很兴奋。"

我点点头，试着想象那个画面。

不知何时，他嘴角浮现一抹心酸的笑："不过在孤儿院里，你永远无法成为独一无二的那个人。"

"嗯？"我似懂非懂。

"比如带我长大的阿姨，她同时带着十几个小孩，每天饭一起做，衣服一起洗，睡觉前讲的枕边故事也是大家一起听，她太忙了，忙得有时候都记错我们的名字。我们孤儿这种群体啊，一定要说哪不好，可能就是太孤独了。所以我们很小就明白，世界不是绕着自己转的，没人有义务照顾你保护你，关心你的情绪，在意你的感受。不，还是有一个的，我有一个别人看不见的朋友，每天陪我说说话，可最近几年也不知道怎么搞的，他没再找过我。"

"我知道，心理医生说这叫'想象中的朋友'。很多人童年时期都会有。"

"不，我相信他是真实存在的。"他缓缓垂下单眼皮，柔软的黑色睫毛下却泛着孩童才有的执着和单纯，"他是我第一个朋友，叫蓝袜子，因为他每次出现都穿着一双蓝色的破袜子。"

我轻轻将手轻放在他的肩上，"实话告诉你吧，我七岁前也有个别人都看不见的朋友，她叫小月亮。后来我把这件事写在日记中，老师发现后找我长谈了很久，告诉我她是不存在的，她很危险。说也奇怪，第二天，小月亮就再没来见我。"

他明亮的笑容里划过一丝苦涩，不再接话。头顶被树叶剪碎的光影快过车厢内，他恬静的侧脸明明暗暗。

"怎么突然不说了？"我问。

"怕我说的这些你都不爱听。"

"不会。"之前以为会没心情聊天，结果一聊起来，心里反而不那么难受了，"你再跟我说说你的事情吧，我想知道。"

"比如？"

"比如……你为什么那么能打？"我握着拳头比划着，"看起来弱不禁风，没想到昨晚上两三下就把那几个流氓制伏了。"

七月目光流转，考虑着从哪里讲起。

"我生活的孤儿院，是一个大老板赞助的，我们都叫他陈先生。陈先生很喜欢中国功夫，请了不少散打老师。他赞助的所有孤儿院里的男学生，都要学散打，并且每年举行一次散打比赛。陈先生做裁判，排名前三的孤儿院，都有额外奖励。我那时候胆子小，不愿意打架，每次比赛都是垫底，直到有一次，一个小孩为了在陈先生面前表现的很厉害，一拳把我的门牙打掉了，我忙认输，可他没有停，又是一拳把我的鼻子打歪了，直到我哭着求饶……"说到这他风轻云淡，"你猜后来怎么着？"

"后来怎么样？"

"后来啊，每次散打比赛，我都拿第一名。"他自豪地笑了。

车到了长途收费站，他开窗缴了下路费，继续开，"后来高中毕业，大部分孩子都去了他名下一个食品加工厂工作，有些打架厉害的就给他当保镖。陈老板很器重我，让我给他当私人司机，待遇优厚。我拒绝了。"

"为什么？"

"因为我从没感激过陈先生，我讨厌他。他确实很大方，一掷千金，到处做慈善，搞捐赠。但他做那些并不是出于真正的善心，而是虚荣。陈先生觉得他出了钱，他给了我们一切，所以我们都要崇拜他，敬仰他，甚至拼命取悦他，比如在散打比赛上斗得你死我活。有时候我觉得自己是他养的一条狗，虽说他确实是个有钱又大方的主人，但我还是一条狗。可是，王叔不同……"他脸色微微有些冷峻，一提到王叔，嘴角又绽放出春风般和煦的微笑，"他对我好是无条件的。可能起初是因为我跟他死去的儿子长得很像。但他并没有把我带替代品，我能感觉到，他需要我。"

我看着他，静静听着。

他收回笑容，目光坚定，"我活这么大，从没谁真正需要过我。那种我是独一无二的感觉，还是第一次。怎么说呢？就好像，你走在旷阔无垠的冰天雪地中，你走了很长很长的路，饥寒交迫心灰意冷。突然你看到前方出现一个亮着灯的小木屋，你上前敲门，门开了，里面有温暖的壁炉，丰盛的食物，主人不问你的姓名，也不问你的来历，直接给你端上一碗热汤，你喝一口，只是一口，然后你就觉得，你愿意为这一口汤的温暖付出一切。王叔就是那个给我汤喝的人。"

毫无征兆的，我竟被这个比喻感动了，眼睛又红了一圈。

"你这次回国，打算一直跟着王叔吗？"我问。

"是的。他对我很好，把我当亲生孩子一样看待，我也想尽我所能报答他。我以前从不知道亲情是什么滋味，但在他这里我找到了。"他停顿了下，"七喜姐，不怕你生气。有时候，我真的很感激苏小晨，恰恰是他的死，才让我有幸遇见王叔，给了我全新的生活。我跟王叔都是被这个世界抛弃的人，我相信我们如今走到一起，是上帝的旨意。"

"上帝的旨意。"我回味着这句神圣的话，有些理解他了，"所以你才那么想代替苏小晨？"

"或许吧，因为我觉得我接替了他的生命，我必须完成他未完成的事。比如照顾王叔啊，再比如，"他停顿了一下，蓦地看向我，眼神迷离，"喜欢你呀。"

毫无防备的，我惊了下。我几乎就要相信了，但马上我清醒过来，用力拍了下他的肩，"这个玩笑可不好笑。"

"啊哈……"他咧嘴笑，微微泛红的脸上露出熟悉的酒窝，"看来我的幽默感有待加强。"

◆ 02 ◆

下午，七月把车开到我家楼下，我邀他上楼坐坐，他笑着摇摇头，说已经跟朋友约好见面了，我不便挽留。

推开家门前，我深吸一口气，做好准备迎接我妈的河东狮吼，不想屋里出奇的安静。这个时间孟叔还在公司，外婆大概抱着淼淼去小区散步了，但我妈呢？

难道她也出去会麻友呢？不科学啊，她怎么可能放过这个朝我兴师问罪的好机会。

我正疑惑，一声怒吼穿透单薄的房间，简直震耳发聩，"够了！你这个畜生！我警告你这是最后一次，我不怕你……"是妈歇斯底里的声音。

我的第一反应：房间里还有别人？但很快这个疑虑打消了，妈推开了房门。她手中拿着刚挂断的手机，双眼红肿，呼吸急促。我的出现让她措手不及，她愣了半天，才主动问："什么时候回来的？"

"刚到家，怎、怎么啦？"我尽量自然地脱下高跟鞋，一屁股坐在沙发上，拿起遥控打开电视，假装毫不知情。

妈不再怀疑，她走向饮水机，借着倒茶的动作背对着我，不想让我看到她凌乱的脸色，"昨晚干吗去了？不是让你跟着老孟的车回来吗？"

"见了个朋友，聊得太晚，干脆睡他家了。"如果妈问起是谁，我就把七月供出来。这次妈并没有刨根究底，她此刻情绪糟乱，显然无暇顾及。

她犹犹豫豫地端起茶，假装喝了口。看得出她想脱离这种尴尬的局面，很快她找到了借口："啊，差点忘了，我去楼顶收下衣服。"

"要帮忙吗？"我一脸平静。

"不用。"

我妈关上门，我立刻从沙发上跳起来。从刚来起，我就一直盯着她放在茶几上的手机了。我心情忐忑地拿起她的三星手机，竟然还有四位数的开机密码？记得当初我问要不要设置时她还一口一个麻烦推掉了，更加可疑了！

我输入她的生日：密码错误。

我想了想，又输入她的出生年份：密码错误。

最后一次机会了，我心跳加速，不管了，赌一把！我输入了自己的生日。成功解锁后我心情十分复杂——她用女儿的生日作为密码，女儿却在这里偷看她的隐私。但好奇心还是驱使我翻出通讯记录，并找出最近一次通话记录，是一个陌生号码。

我长长松了口气，幸好！不是外遇——没有谁会连自己情人的名字都不存一下吧。可是这个陌生号码会是谁呢？竟然能把我妈这么厉害的女人逼得方寸大乱，光我就撞见两次了。直觉告诉我，他们之间一定有什么事。

漫长的四声提示音，一个男人接了电话："喂？怎么？想清楚啦！"

我迅速挂断电话，心脏狂跳不止，几乎要撑破胸腔。

门外传来妈的声音："七喜，给我开下门。"

"啊好！"我把手机放回原位，忙去开门。

妈平静一些了，她抱着一大摞衣服，径直走回房间。我主动上去帮忙整理。妈一直沉默，我想探话，却找不到机会。转眼衣服叠完了，妈打开柜子，将衣服放进去，然后她转身看我一眼："我有些累，想睡一会。"她在赶我。

"啊，好。"我起身走出房间。

接下来的一整个下午，我都坐立不安。满脑子都是那个陌生号码背后的男人声音。我怎么可能认不出来，一个嗜赌成性阴险狡诈的亡命之徒，一个把自己生活过成一滩腐臭的烂泥却还不忘记祸害亲人的人渣败类——我的舅舅。一年前，外婆、妈和我早跟他彻底断绝了关系，他现在竟然又找上来，准没好事。这讽刺，现在我倒情愿是我妈有外遇了，也比眼下的情况好上一百倍。

下午五点妈从房间里出来了，气色还是很差。虽然不知道舅舅跟她说了些什么，但我能感觉她已经处在崩溃边缘，眼下的每一分每一秒都在强撑。可她不会把事情告诉我，也不会告诉任何人。我也是这几年，才渐渐理解了我妈。她骨子里是特别骄傲的人，骄傲到宁愿遭人误解和妒恨，也不需要同情和可怜。

晚上外婆带着淼淼回家了，还有一大袋去菜市场砍价回来的战利品。那顿饭安静得诡异，我们母女两满腹心事，只有外婆一个劲地唠叨着，也幸好还有她的唠嗑，不然这顿饭吃得简直像是要送谁上路。

晚上，我继续坐在客厅死等，观察着妈的一举一动。不想却先等来了自己的一条短信。

是越泽发过来的：

——不管你信不信，苏小晨没死我比你更开心，因为这样你就不用再活在愧疚中了。如果你真的爱他，我尊重你的选择，也祝福你。我永远是淼淼的爸爸。

我魔怔般地盯着手机，明明告诉自己要无视，却怎么都挪不开眼睛，视线在温热中慢慢模糊。

来不及难过，妈从浴室走出来，"还想洗澡的，忘记沐浴乳用完了，我下楼去买一瓶。"她看上去自言自语，其实是别有用心地说给我跟外婆听。

"小美啊，顺便再去买个海绵拖把，家里这个不怎么吸水啦。"外婆从厨房出来，我妈的名字叫谢丽雯，小名却叫小美——据说她小时候就特别美，整个村公认的。每次外婆叫她小美时，我就想到了曾经跟越泽养过的那只叫小美元的猫。一年前苏小晨死去，越泽离开，我整天睹物伤情，外加外婆坚持养猫对婴儿不好，当时身怀六甲的我只好把小美元送给了一家口碑不错的宠物收容所。

"我记下了。"妈拿起包，尽量自然地问我，"你要点什么吗？我一起买。"

"没什么要买的。"我假装在投入地看手机。

妈前脚踏出家门，我后脚就跟了出去。

天色入夜，大大降低了我跟踪的难度。妈并没有进楼下的超市，直接去了趟银行。我站在外面等着，五分钟后取款室的自动门开了，她双手把包揣在怀中，快步离开。我继续跟踪。

大约走了两站路，她拐进了一个农贸市场，晚上这里不营业，店铺都关着门，乱七八糟的杂物堆在路边，显得荒凉又脏乱。妈站在一个五金器材店门口，心神不宁地等候着。不多时，一个穿着破旧皮夹克男人出现，身影消瘦、驼背，十分猥琐。

只消一眼我就能认出这个人渣。

他走到我妈面前，两人简短地交谈了几句。舅舅把嘴中的烟头扔在地上，一脚踩灭，然后朝妈勾了勾手，妈自觉地从包里拿出了一个鼓鼓的黄信封，舅舅一把夺过，脸上是小人得志的阴险笑容，他清点了下，似乎不太满意。

与此同时，我悄悄靠近了一点，渐渐能听到他们的对话声了。

"说好五万，怎么只有三万？"舅舅声音粗暴。

"没钱了，就这些。"

"谢丽雯！你他妈坑谁呢！都知道你傍了一大款，五万块对你来说不就是几件衣服吗？"舅舅啐了口痰，"操，女人就是好，只要张一张腿，什么都来了。"

"嘴巴放干净点！"我妈压抑着怒气，"上个月才给过你五万。你真当我老公是开银行的。这三万是我自己的钱，你爱要不要！"

"要，要。"舅舅忙将钱塞回口袋，"这年头，谁还跟钱过不去呀。"

"谢建国。这是最后一次。"我妈咬牙切齿。

"哟！"舅舅夸张地皱着眉，暗淡的光线没能遮住那张丑陋而萎靡的脸，"这话你说了可不算呀。从今以后你就是我的摇钱树，什么时候花光了我就什么时候来找你要。你要不想家破人亡身败名裂的话就给放聪明点，别耍花招……"他逼近我妈，粗鲁地捏住她的下巴，一手戏谑地拍着她的脸，"我的好妹妹，哥这下半辈子就指着你了哈哈哈！"

"谢建国！你无耻！"妈再也忍受不了，恶心地推开她，狠狠抽了他一嘴巴，

舅舅被打歪了头，他愕然地摸着自己的脸，气急败坏地一巴掌还给我妈，"臭婊子，你也好不到哪去！"

妈被那一巴掌刮得急退两步，卷闸门发出哗啦一声巨响，妈失去了理智，冲上去要跟舅舅拼命，却被他轻松制服，一把推倒在地。我再也看不下去，冲了出来，直接跳到他背上，朝着他的肩膀就是一口咬下去。他大叫一声，疯狂地原地转圈，我力量不够很快被甩下来，摔落到了我妈身边。

"他妈的——痛死我了！"舅舅歪咧着嘴，半天才从疼痛中晃过神来，回头一见我，先上愣了下，随后笑得更猖狂了，"真有意思，母女一起上了是吧！来得正好！两个贱货！今天就让你们看看老子的厉害！"

他一脚踢过来，我妈冲上来，硬生生帮我挡下了。

"妈！你没事吧？谢建国，我跟你拼了！！"我疯了，爬起来朝谢建国扑过去。

"滚开！"他反手一甩，我轻易就倒下了。

舅舅打红了眼，完全不打算停手了——这种人渣，也只敢欺负女人！他气冲冲地走道我妈年前，揪住她的头发，粗暴地拖拽着，我妈奋力挣扎，他将她往地上一摔，抬起脚就踢，我冲过去抱住我妈。

舅舅的脚没有下来，取而代之的是一声惨叫。

我抬头，舅舅已经撞向卷闸门，一声巨响之后，他整个人被弹到地上。一个身影从我眼前晃过，又是一脚踢向我舅舅的脸，没来得及爬起来的舅舅一个后翻飞出去，这次叫不出声了，他呻吟了一会开始剧烈咳嗽，最后吐出了一口血痰。

七月不恋战，转身扶起我和我妈，"怎么样？你们没受伤吧。"

我摇摇头，"没事，七月，你来得正好。帮我打死这个畜生！"

七月冷冷一笑，"正有此意。"

"别！"妈顾不上自己身上的伤，慌忙抓住了七月，"算了，让他走。"

"不行，他刚才那么对你……"

"我说让他走就让他走！"妈这一声怒吼把大家都震住了，也抽走了她所有的力气，她整个人都垮下来，我和七月合力扶稳她。

"很好！谢丽雯！你竟敢找人暗算我？！"谢建国捂着流血不止的嘴颤颤爬了起来，声音含糊，"别忘了我还有你的把柄！这事咱们没完！"

"还不滚？"七月瞪他一眼。

谢建国被吓得连连后退，但还是虚张声势地放狠话："你、你也给我等着……看我不找人弄死你。"

七月上前一步，假装要追他，谢建国落荒而逃。

◆ 03 ◆

七月开车送我们回家，昏暗的车里头，我轻轻搂着我妈，感觉像是两个受伤的小孩躲在狭窄的衣柜里。

善解人意的七月对刚才发生的事只字不提，为了缓解尴尬，他开始解释自己为何会突然出现这——他跟叫大熊的朋友约好吃晚饭，大熊却放了他鸽子。大熊是一家影楼的摄影师，今天出去给顾客拍婚纱照，新娘觉得摄影师把她拍得不够美，无理取闹吵着要拍夜景作为补偿，拍夜景难度大，最后经过协商改成回摄影棚拍两组写真，这会还在影楼加班。岚镇不大，七月一下午就把整座城给转了个遍，心想无聊，就开车往大熊工作的漫思结婚工作室赶去，不想在途中看到了我，当时我正在跟踪我妈，鬼鬼祟祟，神色慌张，他有些担心，下车跟上来了。

我呆呆望着车厢里他逆光的背影，只觉得真神奇，昨晚他才救了我一次，不想今晚又救了一次。以前也是，每次当我面临什么危险时，苏小晨总会及时赶到我眼前，我爱的那个男人，却远在天边。

一直到家，妈还沉浸在低落糟糕的情绪中，下车前她生硬地说了声谢谢，便兀自上楼了。

"上楼坐坐吗？"我仅仅出于礼貌地问。

"不用了，改天再来。"他笑笑，识趣地婉拒了。

"改天？"

"对，我可能会在这里待上几天，住大熊家。"他招招手，"再见。"

"好。再见。"不知为何，他这么一说我竟安心了不少，他的笑容跟苏小晨一样，让人温暖而踏实，哪怕是舅舅的存在也变得没那么可怕了。

用钥匙打开门，孟叔还没回家，外婆正抱着淼淼在沙发上看电视，我打了声招呼，径直走进妈的房间，不料门反锁了。我敲门，里头没反应。我拿起手机给她发了条短信：开门，不然我就跟外婆说。

半分钟后，门开了。

我进门后，妈再次把门反锁上，走到镜子前检查自己的脸，除了左脸颊微微有些发红，没有其他伤。

"放心，没毁容。"我边说边帮她检查身体，手肘上有一点擦伤，破皮了，问题不大，我的手拂过妈的后背时她发出一声很低的呻吟，我忙拉下连衣裙背后的拉链，背部偏左的位置淤青了一块，是被舅舅踢过的地方。那一脚本来要踹到我的胸口上的。

"怎么样？"妈问。

"青了。"

"那个狗杂种，下手真重！"妈双手撑在梳妆台上，低声骂了两句，"去你外婆屋里找找跌打油。"

"好。"我紧张地跑到外婆的房间找出跌打油，去厨房洗了下手，再次回房，妈已经脱去连衣裙，只剩下黑色内衣，她就那么光着身体，面向合上窗帘的落地窗前，露出了光洁白皙的背，尽管四十多岁了，她的身材还是保持得很好，说不上婀娜多姿，但体态均匀，手臂和腰上没有一丁点赘肉。长发自然而松散地垂落，在明亮的灯光下泛着淡淡的蓝光。

我放轻脚步靠近她，才发现她浑身在轻微地战栗。我不敢走上前，生怕看到一张害怕和无助的脸庞。这么多年了，印象中的她一直是气焰嚣张、尖酸刻薄、强悍得像是白雪公主的后妈，我从没想过，有一天她会任由自己的不堪和脆弱赤裸裸地袒露在我面前。

妈双手捧住了脸，像是哭了，但没有声音。

我说不出的难受，轻轻拨开她的背上的头发，给她擦着跌打油。一切完毕后，妈放下双手，吸了下鼻子，声音里透着一股有点倔的恨意，"真疼！"

我放下跌打油，拿起床上的薄毛毯为她披上，一直裹到胸前。

妈回头看我一眼，嘴角泛起一个说不上感激还是疲倦的笑，那一刻，我觉得我们不再是母女，而是共患难的两姐妹。

"说吧。"我缓缓开口。

"没什么好说。"

"别再当我是小孩了。"

妈伸过手，顺着我的头发摸了下我的脸庞，深深叹了口气，"都是以前造的孽。"

"不是感慨的时候，告诉我什么事，我们一起想办法解决，。"我认真盯着她。

她眼波流转，眸子中流过往事的剪影，"七喜，你还记你爸病危那次吗？"

我点点头。当然记得，那时我爸有糖尿病，就是那个该死的病，让原本就拮据的家彻底垮了，用家徒四壁来形容当时的情况一点也不为过。

十二岁那年初夏，我生日的前两个月，他病危送去医院抢救，生死未卜，陪在医院的却只有我。我妈一连几天见不到人。那会我满怀憎恨地诅咒着我妈，在我眼中，她从来都没有在乎过我爸的死活，甚至连我都不想管。

"你是不是以为我当时又跑去找别的男人了？"妈盯着我的眼睛。

我点点头。

"呵。"妈嘴角牵扯出一个惨淡的弧度，"我确实跑去找男人了，不过是为要钱。你当时还小，根本没有概念，为了给你爸治病家里欠了很多债。不过对方没给，他也不傻，一次两次还好，次数多了当然不愿意，我实在没办法了，只能去找你舅舅。"

"你找他做什么？他能有钱？"我惊叫道。

"他有个屁，但他认识借高利贷的。"妈在床头柜里翻出一包烟，掏出一根点上，狠狠吸了一口，自从住进孟叔家，她就戒烟了，但此刻我没有阻止她，显然，她需要什么东西稳定自己的情绪。而我自己也吃惊不小，吃惊甚至是震惊，从来没有想过妈居然为了爸爸借过高利贷。

"我起初想借高利贷，但你舅舅没答应。他知道我没钱还，才没那么蠢会为我去给那些高利贷做担保。但是他告诉我，有另一种办法可以弄钱。我当时也是鬼迷心窍，明知道这是犯罪，还是答应了。"

"犯罪？你们去抢劫？"

"怎么可能？！谢建国那孙子哪有这个胆。"妈讥讽地笑了笑，又抽了口烟，"不过也差不多吧，是诈骗。当年你妈还是很漂亮的，不比现在人老珠黄。换套性感点的衣服，往高级娱乐场所随便那么一坐，掏出根烟，就有男人主动递上打火机。当时我们挑中一个看上去有点钱的外地中年人，一看就是那种出差途中想来一场艳遇的主儿。我稍微暗示了一下，他很快上钩，按照计划，我把他骗到宾馆，两人都洗完澡，气氛差不多的时候，你舅舅就掐准时间踢开了门，带着两个帮手，拿相机对着我们一通乱照。后来就跟电视里演得差不多，你舅舅冒充是我老公，骂那个男人好大的胆子，竟然玩他老婆，要剁了他的手。那男人吓得魂都没了，跪地上求饶，舅舅便勒索一笔"补偿费"。具体多少我也不清楚，大概有十多万吧，你舅舅分了三万给我。"

"妈……你？"我嘴巴都合不拢了。

"我也不想！可是有什么办法？难道指望那些冷血的亲戚？他们都把我当瘟神，看到我躲还来不及，怎么会借钱给我。我总不能眼睁睁看着你爸去死吧？

那时你还小，以为只要陪在你爸身边哭几声就什么都好了。除了我，谁管过他死活？！"妈情绪激烈地提高了声音，把烟摁灭在烟灰缸，"后来我拿着这三万块帮你爸付了医药费。当时街坊邻居都传我是去当小姐了，不然哪能这么快就弄到钱，我也不辩驳，总比被她们发现我是个诈骗犯强。那之后我再没找过你舅舅，你舅舅也没找过我，再后来他贩毒被抓进牢房，蹲了七年。如今这事都过去十多年了，谁会想到，你舅舅手上竟然还留着我作案时的那些照片。去年冬天，他得知我跟老孟在一起了，又回来找上我，威胁我说如果我不给他钱，他就把这些照片捅出去，还说要跟我同归于尽，要去自首，大家一起坐牢。换以前，我不怕他，我们半斤八两。但现在我怕了，我有丈夫，有妈，有你，还有外孙女，好不容易组建起来的家，不能就这么没了。"

最后一句话揪住了我的心，原来，不管是我这样的普通女孩，还是我妈那样的强大女人，想要的都不过是一个家，一个任何时候都可以遮风避雨的温暖港湾。曾几何时，我以为我跟越泽也能有这样一个家，然而现在一切都回不去了。

"你给了他多少钱？"我又问。

"第一次八万，他说一次性付清。后来他又要了两次三万，这是第四次了。我没钱可给了，老孟那边都要起疑了。"

"你疯了！"我尖叫着从床上蹿起来，怕被外婆听到，马上又压低声音，"他就是一流氓，他根本不会收手！"

"我知道！"妈面色平静，似乎放弃了抵抗，"可我不能让他把我跟其他男人躺在一起的照片发给老孟！我更不能去坐牢。这次我输不起。"

我颓然坐下，随着双腿软陷下去的席梦思就跟我的心脏一样，眼前的生活突然变得无比陌生。为什么变成这样？难道现在这个其乐融融的家庭注定只是一个泡影？我又想起昨天继父找我商量为妈操办婚礼的事，想到他脸上幸福的神色，真是无比讽刺。

孟叔是个好男人，但不是蠢男人，如果被他知道这些事，后果会怎样？我无法想象。

"谢建国不会放手的，这事不会完的。"我摇头。

"我清楚，没人比我更了解他。"

"现在怎么办？"我完全想不出对付他的办法。

妈又掏出一根烟，却不急着点上，幽幽地用两根指头把玩着，很久后，她坚定地望了我一眼，"这事别再让让其他人知道，尤其是你外婆，听到没？剩下的我自己会想办法，你也别管了。"

◆ 04 ◆

我妈能想什么办法？继续给钱？跟谢建国同归于尽？他迟早会把我妈，甚至是我外婆和我一起给毁了，想到这个我就不寒而栗。我不能就这样当做什么都没发生，眼睁睁地看着这一天到来。

之后的那三天里，谢建国暂时没再找上来，只是每次妈的手机一响起，我整个人都跟着心惊肉跳。

这样提心吊胆的生活下去不是办法，那天晚上我犹豫再三，还是偷偷给谭志打了个电话。其实我跟谭志算不上关系很好的朋友，之所以认识他也是因为越泽。不过他给人的感觉一直很踏实，也值得信赖，当然，还有一个原因是，他是我唯一认识的律师。

谭志的电话很快接通。

"喂？"

"谭大哥，是我，七喜。"

"噢，七喜呀。还好吗？"谭志有些后知后觉的惊讶，应该才刚从工作中抽离出来。

"挺好的。谭大哥，你现在忙吗？"我没什么耐心。

"还好，在公司处理一些文件。"

"这样啊，那我不打扰你了，改天再——"

"你等等！等下，"那边传来起身的声音，"没关系，这些文件我交给助手处理就行。你找我有事吧？"

"其实是有一些事情。你要是忙的话……"我踌躇着。

"哎呀,咱俩就甭客气了。说吧。"

"你是律师,比较懂法,所以我找你……不是,是帮我一个朋友来找你咨询下。"

"行,但说无妨。"谭志很爽快。

接下来,我把我妈的事情大致说了下,不过,妈妈变成了"我朋友的妈妈",我的舅舅也变成了"我朋友的舅舅"。从头到尾,谭志都没有插嘴,要不是电话里不时传来喝茶的声音,我简直以为他人不在了。

"事情就是这样,我那个朋友现在很着急,他不希望妈妈被抓去坐牢,但也不可能再允许舅舅一直勒索下去。你觉得,这件事有什么解决方法吗?"

短暂的沉吟后,谭志专业地分析起来:"事情比较复杂,但有几个突破口。我简单说下。第一点,这个案子虽然有欺骗行为,但是被害人是基于怕被实施暴力和曝光所以交出财物,属于敲诈勒索而不是诈骗,情节上会轻很多。第二点,通过你的描述我并不清楚你朋友的舅舅手中的掌握了多少案件证据,如果只是单纯的照片,那么你朋友的妈妈完全可以一口咬定当初是被你朋友的舅舅威胁才犯罪,属从犯,你朋友的舅舅坐过七年牢,社会公信力几乎为零,这对你妈有利,要是情况好,最轻处罚几乎可以免刑。"

"你的意思是……让我朋友的妈妈先去自首?"

"可以,但并不是最好的处理方法。任何事情一旦搬到台面上势必会闹大。如今可以确定的是,你朋友的舅舅手中有你朋友的妈妈的不雅照。这个传播出去对你朋友的妈妈的名誉和生活会造成很大的伤害,甚至产生无可挽回的后果。所以我其实还有一个办法,不过这个办法不算正当,纯当我私人给你朋友的建议,仅做参考。"那边声音变得谨慎,又透着微妙的暗示,"对于以下的话,我可不承担任何责任喔。"

"谭大哥你放心吧,我懂的。"

"你朋友的舅舅这种行为,属于典型的光脚不怕穿鞋,不惜鱼死网破也要恐吓你朋友的妈妈给钱并且多次得逞,可见在他眼中,自己再关进牢房待两年不算什么事，而你妈却损失惨重。但是，就他现在对你朋友的妈妈的行为，已经构成了严重的敲诈勒索罪，只要能收集足够多的证据，最高可达十五年有期徒刑。而你朋友的妈妈，我认识不少厉害的律师，可以帮她打官司。把这些条件一般上来，你朋友的舅舅就觉得得不偿失，因为就算他选择鱼死网破，那么他要付出的牢狱代价会是十几年，而你妈可能只是缓刑一年，这笔生意他肯定不会干……"

"你的意思是，我朋友可以想办法，反制约他的舅舅？"

"对，必要的时候甚至可以制造一些对你朋友的妈妈有利的假证据。但这个电话里说不清楚，得找个时间，从长计议。现在当务之急，就是让你朋友的妈妈先稳住你朋友的舅舅，下次他再次对你朋友的妈妈进行勒索时，你可以马上通知我。"

"嗯……嗯……"我支吾着。

电话那边的声音突然变得敏锐："等等，七喜，这该不会是你自己的事吧？"

"啊？怎么可能啊……"我极力否认，"是我朋友的事啦。诶，我就想到你是大律师，才问一问的。"

"嗨，什么大律师啊，无名小辈。再说我现在都从商了，别人的事我才懒得管。但如果是你就不同了，我跟越泽是好朋友，你的事我一定义不容辞。"不知为什么，我隐约觉得谭志猜到了我就是当事人。

"嗯，谢谢了。"我想到什么，扯开话题，"那个，上次对不起，突然走掉，害你跟越泽吵架了。"

"没事！他就是那臭脾气！我习惯了。"

"总是，真的挺抱歉的……"我手心出汗，忙换了一只手拿手机，"越泽他……最近还好吗？"问出这话后我自己都觉得不可思议：艾七喜，我在干什么？赶快挂电话！立刻，马上！可是手却不听使唤。

"挺好的。比之前更拼了，这几天都是没日没夜的工作，有时候一天只睡两三个小时，我怎么说都不听劝。"

"那……沈碧呢？"果然，我没法不在意她。

"沈碧？你怎么认识她呀？"

"哦，就那天过来公司时你们在开会，我在待客厅撞见了她，聊了几句。刚想到，就顺便问了下……"

"她呀，工作跟越泽的交涉比较多，经常一块加班，这两个工作狂基本已经把公司当家了。"

"听说……她很厉害。"

"厉害？是挺厉害的，人家之前可是在世界五百强的公司待过。"谭志话中带笑，言语诚恳，"说起来，真是多亏了他，没她的营销策略和人脉网，公司目前开发这些软件想要拉到理想的合作商还真是难，光靠着线上那些用户下载，根本入不敷出。"

听到谭志对她这么中肯的赞美，我脸上像被人狠狠扇了两嘴巴。原本还想听一听她的"坏话"聊以自慰，结果落得个自取其辱。现在倒好，我竟然连恨这个女人的理由也找不到了。事实证明，她确实是那个更合适越泽的人，而我不过是一次次绊住他的脚步影响他的判断的早该远离他的"祸水"。

想到这，我对自己的失望又加深了一层。我突然意识到，原来这些天，我真正在生气的不是越泽，也不是沈碧，而是自己的无能。

"对了，干女儿还好吗？"见我沉默，谭志问话了。

越泽去美国的那一年中，谭志得知我怀孕后，非要认淼淼做干女儿，我当时还调侃道现在的"干爹"可不能随便认，但他坚持自己是纯洁的干爹。

"挺好的，刚睡了，谢谢关心。"

"你看，出生这么久了我都没时间来见见她呢。你这会要方便的话拍张照过来瞅瞅呗。我一直想要孩子，我老婆不肯生，说不定给她看看淼淼的照片她会心动。"

"好啊，你等下啊。"淼淼正在婴儿车中熟睡，我用手机拍了一张照，用微信发给了他。

很快谭志那边出现了一段语音回复："光线不太清晰，你有像素高点的手机吗？"

"我妈手机像素很高，要不我用她的试试？"我问。

"行。"谭志回答。

我忙跑去客厅拿我妈的手机照了一张给谭志发了过去。

"这张清楚多了，鼻子像越泽，嘴像你，完了，一看以后就是红颜祸水。"那边开着不痛不痒的玩笑。

"希望你老婆能心动，赶紧也给你生个小祸水。"孩子被夸，做妈妈的我自然开心。

这时我妈的手机微信上发过来一个文件，附上了谭志的一段语音："其实是越泽想看淼淼的，哈哈，别生气。他现在就在我旁边加班，我刚偷拍了一张他帅气的加班照，你要不要看？"

我一阵尴尬，这男人，真爱多管闲事。

文件发过来了，理智告诉我不能看，但理智根本不管用，我第一时间点开了。我确实想看看他，想知道他工作的怎么样，哪怕只是他工作的一个背影也好。

我心情忐忑得等了半天，谁知文件打开失败，弄了半天手机还差点死机。算了，看来连老天都在暗中监督我——既然决意离开他，又何必藕断丝连。

我换回手机，谭稚这会开始跟我道歉了："刚是我自作主张，没生气吧？"

"没事……"

"其实作为朋友，谭大哥我还是要说你两句。"

"谭大哥，我不太想谈这事……"我有些为难。

"你要真不想谈，刚才找我旁敲侧击越泽的事情做什么？"

我语塞。

"你放心，越泽没在办公室了，这话就咱俩听见。虽然不清楚你们之间发生了什么事，但作为一个见证着你们从假戏真做到孩子都有了的朋友，我真心觉得你们这对苦命鸳鸯不容易，那么多大风大浪都过来了，现在才多大点事儿啊。你实话告诉谭大哥，是不是在吃他跟沈碧的醋啊……哎，你别瞎操心，他们两个都那么要强，纯粹的革命友谊，绝对没可能！要不我给你俩约个时间好好谈谈，两夫妻嘛，床头吵架床尾和……"

"谭大哥，事情没你想的那么简单。"

"简单也好，复杂也罢，这天底下就没解决不了的案子。要谭大哥说啊……"

"爱情不是案子。"我斩钉截铁的打断，我倒希望它是件案子，赶紧白纸黑字给我判个结果省得我夜长梦多，"谭大哥，今天真的很感谢你，淼淼要醒了，我得去陪她了，拜拜。"我几乎是仓皇地掐了钱。

女人啊，
无论活到什么岁数，都不应当亏待自己。

第 五 章

◆ *01* ◆

　　自谭志那通电话后，事情过去了一星期，期间舅舅依然没有打来电话。我的神经不再高度紧绷，危机感和紧迫感慢慢退却，我妈也逐渐恢复了镇定，一如既往有条不紊地过着自己安逸的小日子，每天逛街打麻将看电视。

　　就在这时，家里迎来了另一位访客。

　　上午八点，有雾，阳光稀薄。我顶着蓬乱地头发，穿着居家的人字拖，坐在家附近的一家粉店吃早饭。

　　粉店老板林阿姨应该是我搬到孟叔家后认识的第一个邻居。她长得很有福相，圆墩墩的身体，红润胖溜的脸，嗓门大，热情得不行。第一次上她这吃粉时我还带着淼淼，她硬是多给加了一个蛋，当着全店客人的面喊道："不多吃点，怎么发奶啊。"那真是我吃过压力最大的一碗粉。

　　"娃娃怎么样啊？"林阿姨站在盛满滚烫开水的大锅炉旁娴熟地捞着面条，一边问我。

　　"挺好的。"

　　"一个人带娃不容易啊。"她把面端到我桌前，用围裙擦了擦手，"我家那口子爱喝酒，儿子十多岁时他就肝癌走了。我本来呢，是在一家纺织厂干活，挣得钱不够咱们娘俩花，就自己开起了这家粉店，现在算算，有十一年咯。诶，我说，澳大利亚那地方怎么样啊？"这会没客人，她索性在我对面坐下，"我儿子现在在那边留学。"

　　"哦，挺好啊。那个地方好。"其实我也不知道好不好，我对澳大利亚唯一的了解就是来自微博上面那些被人疯转的可爱的考拉和袋鼠，"您孩子有出息啦，将要给你带个洋媳妇回来。"

　　"嗨，别提了……"阿姨心里美滋滋的，脸上却假装不屑，"我可不爱什么洋媳妇，到时候讲话都听不懂，还要用手比划，多烦啊。阿姨还是喜欢你这种姑娘。"

　　"阿姨您就别挤兑我了。"我苦笑，"我这种买一送一的单亲妈妈，谁还敢要。"

　　"话可不能这么说。这年纪轻轻的就敢作敢当，男人跑了也坚持把娃生下来，你这种好心肠的姑娘这年头上哪找啊。"

　　"就是。他们不要你，我要。"

　　我猛的回过头，苏小晨正静静站在店门口，隔着下面锅里飘出的阵阵水汽，他身影朦胧，笑容温润。久别重逢的悸动和疼痛感涌上心头，让人恍若隔世。2011年的那个冬天，他也对我说过类似的话：他不管你，我管。

　　我放下筷子，揉了揉眼睛，是七月。

　　林阿姨捂着嘴窃笑起来，"哟，我说你怎么拒绝阿姨呢，原来已经有对象啦，长得真帅，跟明星似的。"

　　"不是啊，就是朋友。"我解释。

　　正巧这时又来了几个客人，她忙起身，"好啦，对象也好，朋友也好，你们慢慢聊，我去招呼客人了。"

　　小晨走进面馆，在我对面坐下，我这才发现他手里提着一大堆礼品。他不说话，就那么挺直着背，嘴角挂着淡淡的笑。

　　"笑什么。"

"也没什么，见到你就心情好。"

我愣了下，假装没听见，"你还没回星城？"

"嗯，这几天一直待大熊家，今天下午就回去了，走之前想来看看你。"他笑容干净又阳光，充满着元气。他拿出纸巾，帮我擦了下油腻的嘴角。

我慌忙接过，"看我？"

"嗯。"

"你是在担心之前那件事吧？"我很感激。

"也有这个原因。"他不否认，"怎么，不欢迎吗？"

"怎么会。"我笑着放下筷子，"就冲你带了这么多见面礼，我也不忍心拒绝啊。"

我妈见到七月后微微吃惊，显然还在担心前几天的事。不过七月打消了她的疑虑，他十分礼貌规矩，完全不像会没事飙出一句"阿姨那天你被人踢了没受伤吧"这种话的人，何况，我妈很快就收到了七月的见面礼，一支巴宝莉的口红，把我嫉妒得要死。

外婆的礼物是一些针对心脏疗养的保健品。

孟叔的礼物是一根高尔夫球杆，我都不知道我什么时候透露过孟叔爱打高尔夫球的事给他。

就连我的女儿淼淼也有礼物，一个小黄人的玩具，拿在手中轻轻摇一摇就会发出又贱又可爱的笑声。他蹲在婴儿车旁，陪淼淼玩了一会，淼淼很喜欢他，眉开眼笑地吱吱叫。

"喂，我没礼物吗？"我故意问。

"有啊。"七月煞有介事地回答，拍了拍自己的胸。

"什么意思？"

"我就是礼物啊！实话告诉你吧，我今天是上门提亲的。"他朝我眨了下眼。

"美死你吧。"我给了他肩膀一拳。

"开个玩笑啦。"七月从背包里拿出一本育儿类的科普书，"最近网上排名第一的育儿书，很权威，可以多看看。等淼淼大点了，我再给她买点童话书，一定要给孩子每天讲故事，从小听故事的孩子长大了心地会比较善良。"

我还来不及为他的细心和贴心感动，妈抢先搭话了，"善良有什么用，人善被人欺，马善被人骑。我看啊下次你还是送咱一本《厚黑学》吧，让七喜天天给她念。"这个又冷又硬的玩笑还真是她的风格。

"《厚黑学》太深奥了，我都看不懂，孩子应该当催眠曲了吧。"孟叔温厚地笑，又看向七月，"你是七喜的好朋友吧，以前怎么没听她提过。"

我正犹豫要怎么讲，七月已经对答如流，"我读高一的时候，七喜姐当过我的家庭教师，咱俩算是亦师亦友吧。后来我跟爸去新加坡住了一年，最近回国才联系上。"这家伙，真是早有准备。

"噢，这样啊。"孟叔点点头。

"就我女儿这种未婚先孕的社会反面教材，还能给人家当家教呢！"妈半讽刺半玩笑地接了话，她真是一秒钟都不放过损我的机会，"你是叫苏小晨对吧，今天中午就在咱家吃饭啊，阿姨好好招待你。"她演技很好，俨然跟七月第一次见面。

"那就打扰了。"七月欣然接受。

我妈当然没有"招待"七月，她永远是把话说得漂亮又轻松的女主人，活儿则留给"仆人"来干。

十点多我跟外婆就进厨房捣鼓起来，而她一边涂着指甲油，一边跟七月畅谈，准确说，是高明委婉地拷问，把人家上上下下里里外外的情况都给摸了一个透，大到房子车子，小到家里吃饭的餐桌布浴室贴的瓷砖，通通没有放过。

七月果然招架不住，找机溜到了厨房，抢过我手中的大白菜，帮忙洗起来。

"知道我妈的厉害了吧。"我欠身开始切菜板上的洋葱。

七月吐吐舌头，"你妈是不是真把我当上门女婿啦？"

"得了吧，她就是一媒婆，所有男人在她眼中都跟商品一样有性价比的，还分排名。这叫职业病。"

"那你觉得，我在阿姨心中能排第几？"

"回头我去翻翻她的小本子就知道了。"

"不是吧，这么专业！"七月当真了，不可思议地张大嘴，像是第一次看到会飞的玩具直升机的孩子。我想笑，却打了个喷嚏，洋葱味马上浸到眼睛里去了，眼泪哗啦呼啦地流，他忙洗手上来帮我擦。

外婆这时上前，一脸神秘地笑道："小伙子，我记得你。我住院那会，你陪七喜来看过我的。奇怪，你们以前不是一对吗？"

我这次可不是被洋葱呛到眼睛了，整个人都呛了，不停咳嗽。

七月愣了下，忙解释，"是呀，可是我被她给甩啦。"

"七喜真没眼光。"外婆呵呵直笑，"你现在还喜欢我外孙女吗？要是还喜欢，婆婆第一个支持你。"

"真的呀！婆婆你可说话算话喔。"七月看我一眼，坏笑起来。

"当然。她现在都是破鞋了，哪还有她挑三拣四的份啊。"

"外婆！"我的脸色比碗里的猪肝还要难看，此刻我愿意相信我妈是外婆亲生的了。

午饭吃得很愉快。七月很健谈，又懂礼貌，一家人都对他印象很不错。尤其是孟叔，他以前也在新加坡长住过，谈起新加坡的风土人情政治文化两人就没完没了，大有相见恨晚忘年之交的架势。

吃完午饭，七月起身告辞。

我送他下楼，上车前七月给了我一张名片，上面的写着大熊的名字。"刚吃饭时听孟叔说，他在筹办跟你妈的婚礼。如果需要拍婚纱照，可以联系他。他们那家店也承接婚庆。"

"好，先谢啦。"

"不客气，先走了，拜拜。"

"再见。"

挥手告别时，我发现自己竟有一丝的不舍，是不舍七月，还是不舍得苏小晨？我渐渐有些分不清了。

回到家，三位大人继续着饭桌上的话题，并展开了激烈的讨论。关于谢丽雯小姐跟孟何方先生的婚礼到底要如何操办一事，外婆的意思是：这是一件大喜事，婚礼一定要气派，多年来的嘲笑和风凉话是时候结束了，这次要在亲戚朋友面前彻底抬起头，来个扬眉吐气的咸鱼大翻身。

我妈持反对意见，她一副死猪不怕开水烫的超然模样，"我当初要在乎那些闲言碎语，哪能活到今天啊，早该死上一万次了。"

"呸呸呸！什么死不死的，都要结婚了也不嫌晦气！"外婆不开心了。

"本来就是，我谢丽雯落魄的时候也没靠过他们谁，现在凭什么还要去贴冷脸啊，成全别人，恶心自己这种事我可不干。"妈用鼻子冷哼一声，不耐烦地推了下沙发上的孟叔，他正在用平板电脑找酒店，"别找了，随便弄一下得了。"

孟叔推了推鼻梁上的老花眼睛，斯文地笑了笑，声音温和却有力量，"老婆，这次，我更同意咱妈的意见，结婚还是要气派点好，花点钱没事，不能跌份儿，让街坊邻居看笑话。"

"你傻啊，钱花再多也是吃力不讨好，人家背地里该说什么一样说。"我妈对于这种小市民心态太了解了，谁让她自己就是。

"也不光是为这个。"孟叔深情款款地看了我妈一眼，"婚礼不搞气派点，怎么配得上我的漂亮新娘。"

我妈原本还打算发难的嘴停下了，少女才有的羞赧飞快地闪过脸颊，她佯装生气地瞪了孟叔一眼，边起身回房边喊："不说了不说了！你们一伙的，我争不过你们。"

用脚趾头想也知道，她这会肯定是躲房间偷着乐。

那一刻我突然非常嫉妒我妈，她是幸运的，虽然在她最年轻漂亮的那些年里，经历了诸多苦难和折磨，可最终她还是等到这一天，在她还不算太老的时候，有个体贴她包容她真心对她好的男人，关键是还身体健康，经济充裕。她也一定是这么想的吧，并为此深深自豪和虚荣着。

我一眼就看透她了，谁让我也是女人。

下午两点，外婆跟孟叔都午睡了。我窝在沙发上抱着淼淼一起看韩剧，妈在我前面极不自然地走来走去，被严重干扰的我怒了，"谢丽雯同志，你到底想干吗？"

"没干吗啊？"我妈很无辜。

"你整个人跟个热锅蚂蚁似的，再过几分钟就得炸了吧。"

她这次没有接茬，反而有些拘谨地在我身边坐下，笑容里透着淡淡的讨好，"我说，你上次不是在网上看中一款短外套在等打折吗？别等了，再等都过季了，妈给你买吧。"

"哎，其实也没有特别喜欢啦，一千多块好贵的，别破费了。"面对妈的不按常理出牌，我有点受宠若惊。

妈蹙眉踌躇了下，似乎也不能忍受自己的虚伪了，"算了我直说吧，你明天有空吗？"

我点点头。

"陪我去看下婚纱？"

我噗嗤一声笑了，"谢丽雯啊谢丽雯。瞧瞧你自己，还说不在乎呢，我看你现在满脑子里就只有结婚了吧。"

"什么啊？！"妈夸张又心虚地瞪大眼睛，"我是不在乎这种形式的。但你外婆说得对，不能在咱亲戚眼里跌份儿呀。"

"行行行，更年期的女人都这么善变么？"我把熟睡的淼淼轻轻放回婴儿车，站起来伸了个丑态尽出的懒腰，"话说回来，你相信我眼光？"

"你挑衣服的眼光还是很不错的。至于挑男人嘛，啧啧……"

"明天没时间，自己去。"我一屁股坐回去。

◆ 02 ◆

第二天我跟我妈偷偷去了一趟婚纱店。

对于偷偷去这件事，我不太理解。我妈耐心地跟我解释："你别看老孟平时老老实实的，思想其实很开化。他以前老跟我说，中国人结婚新娘的婚纱不是秘密，一早就公开了，还到处拉着拍婚纱照，没意思。西方结婚，新郎都是结婚当天才能看到新娘的婚纱，这才像话。"

"天啊！"我惊呼，"孟叔太浪漫了！"

"我看上的男人还用说。"妈得意的笑了，"这女人啊，最美的时候不就是穿婚纱那一天吗？所以，只在那一天穿，只有那一天让心爱的男人瞧见，男人才能永远记住那一天，以后生活再苦再累，经历的风浪再大再险，回想新婚那一天依然还会是美好的回忆，也是生活的动力。"

我妈表达能力欠佳，简单说，她就是希望结婚那天自己能美艳无双，美到让自己的老公觉得捡了一个大宝。很多时候，一件物品摆在橱窗里的零售价，决定了它被买回家后是丢进仓库还是摆在墙柜上。

很好，果然是精明了一辈子的女人。

下午阳光正好，照进婚纱店的落地玻璃窗，奶白色的室内被蒙上一曾干净的暖黄色。妈最终挑选了一款抹胸拖尾的白色复古婚纱，没有纱巾，头发端庄地盘起，她皮肤保养的很好，白皙消瘦的锁骨上挂着精致的紫水晶项链，端庄典雅，风韵犹存。真的，如果不是她女儿，我不会知道这个女人已经四十三岁了。除了染尽风霜的双眼，她的美丽几乎没怎么被岁月侵蚀，上帝简直太偏袒她了。

她款款走出更衣间，笑容中竟然透着一些少女的羞涩和拘谨。

"别笑，鱼尾纹全出来了。"我故意气她。

"啊？有吗？"她反应夸张，赶忙伸手抚平自己的太阳穴，又问，"说实话，我现在像多少岁？"

"还不错，怎么看也才四十岁吧！"

"你是我亲生女儿吗？"妈不开心了。

"好好好，大美人，三十岁总可以了吧。不能再低了，给你女儿留条活路行吗？"

她这才满意地转身，瞬间从高贵的公主切换成精明的市井大妈，"老板，这婚纱能再少点吧？我看料子也没你说的那么好嘛。还有啊，束胸有点松，尺码还得再改改。"

接下来，我跟谢丽雯女士就坐在婚纱店的待客厅的红色小沙发上，喝着老板亲自端过来的乌龙茶——谈成生意之前，招待我们的可一直是白开水。

内房的裁缝正在给婚纱改尺寸，两个女人慵懒地倚靠在沙发上，眯着眼睛享受着难得的闲暇时光。当然，真正能怡然自得的只有我妈。很快她就看出我的心不在焉，走进婚纱店的那一刻我其实就有些伤感了，毕竟曾经的我也想过，有一天自己会穿上婚纱被某人抱着走进教堂。

"又在想那姓越的王八蛋？"妈一针见血。

"什么啊？我们之间早结束了！"我慌忙狡辩，"我是在担心谢建国那事。"

"都让你别管了，这事我自己会想办法。"妈脸上的不悦稍纵即逝，显然不想多谈，话题马上跳走了，"话说回来，昨天来找你的那孩子就不错，长得好，还懂事，你考虑下。"

"妈——"我差点要跪地求饶了，"我跟他没可能，你死了这条心吧。"

"怎么没可能啊！我看他对挺有意思。"

"我一直当他是弟弟。"我翻了个白眼。

"现在不是挺流行姐弟恋的嘛，俗话说得好，女大三抱金砖，关键家里还有钱。"

"哎呀烦死了，钱钱钱就知道钱。你到底有多爱钱啊！"我侧过身，心烦意乱地看向窗外。

"爱钱怎么啦？爱钱有什么不对！我当初跟你爸就是因为没……"她仓皇停嘴，有些懊恼自己的失言。

跟妈重新生活的这一年里，如果说我们之间还有什么雷区，只能是爸了。每次谈到他，绝对是不欢而散。

气氛急剧转冷，一时间我什么都不想谈了，起身就走。我妈一把拉住我，"坐下。"

"有事先走了。"

"坐下！"妈加重语气，用力把我拉下来了，"刚是我对不起还行不吗？"

我犹豫了一下，还是赌气的转过身，"妈，其实有些话，我早想问你了。"

我妈一愣，似乎猜到我要说什么了。

"你真的爱过我爸吗？"

妈的身体狠狠颤了一下，过去很久后，她才缓缓放下手中的茶杯，苦涩地冷笑了一声。

"当年你外公还没死，手上管着三个化工厂，你妈我是村上唯一读过大学的人，我还学芭蕾舞，那时候村里的姑娘们哪知道芭蕾舞是什么啊，顶多也就是逢时过节一起扭两下秧歌。我十八岁还没满，村里的媒婆就快把我家门槛踩坏了，而你爸呢，用现在的话说就是无业游民、二流子。我要不爱他，我会偷着户口本跟他去扯结婚证不惜被你外公扫地出门？我要不爱他，我会委屈自己二十岁就生下你，变成一个每天窝在筒子楼宿舍里发臭变烂的黄脸婆……"我想打断她，可她越说越激动，"我谢丽雯要是不爱他艾华强，我会为了保住他的工作去跟他科长走那么近？会让街坊邻居骂我婊子？"

她哭了，一切发生得太突然。这么多年，她从还没见过她当谁的面哭过，"如果他没死，我这会还跟他耗着呢，我这辈子都得被他榨干。七喜，你是我女儿，谁都可以问我这个问题，谁都可以怀疑我没爱过他，但是你不行！"

我起身绕过茶几，上前抱住她，"对不起，妈，我不是成心的……我就是心情不好，我堵得慌，不知道要怎么办？我看你现在这么幸福我嫉妒死你了知道吗？我故意气你的，我故意让你不开心……对不起……"

"女人何苦为难女人。"妈叹息一声，两三下抹干了脸上的泪，又来帮我擦脸，"快别哭了，外人都看着呢。不哭啊，丢人，要哭回家哭……"

婚纱迟迟没弄好，两个女人莫名其妙乱哭一通后，又像什么事儿都发什么那样坐在那儿继续喝茶。期间我还恬不知耻地让人帮我续了一杯乌龙茶，就好像这里本来就是茶馆而不是什么婚纱店。

之后妈跟我聊到继父，她生命中的第二个男人。准确说，是她爱上的第二个男人。若要单说她生命中的男人那还真是数不过来。对此我妈坦然得很：有些女人，是注定要吃苦的。老天爷给了她美貌，就不会再给她安稳。有那么一瞬间，我觉得我妈就是不要脸的野生哲学家。

关于继父孟叔，他会变成如今的好男人，是因为他曾有过一段不幸的婚姻，让他懂得了珍惜。他跟原配是指腹为婚商业联姻，两人不能说没有感情，但是一切都被安排好而不是自己选择的爱情总少了点什么，外加两人都是独生子女，性格好强，结婚之后也一样，各自忙着自己的家族企业，三十多岁才生下了一女儿，这在当时算是很晚育了。因为这个宝贝女儿，两夫妻日渐冷淡的感情总算找回了一点慰藉和寄托。两人自然是爱女儿的，却依然忙于事业。有钱人习惯了有钱带来的便利和优越，也见惯了商场的残酷现实，反而比一般人更没安全感，生怕哪天就会全盘皆输一无所有，对野心和欲望的追逐根本无法停止。孩子请全职保姆带，上学后又请了司机专门接送。

孩子六岁那年，司机辞职了，合适的新司机一时没找到。那几天两夫妻轮流接送孩子，某个星期五双方都忙得不可开交，以为对方会去接，结果就是那天，女儿失踪了。两夫妻这才意识到自己的疏忽有多严重，一开始他们以为是被绑匪绑架，如果是要钱那还好说，他们有钱，倾家荡产也愿意赎。可并不是绑架，更像是人口拐卖。就那样，无论他们找了多少关系，想了多少办法，六岁的女儿就此人间蒸发。

那之后，夫妻之间的关系彻底名存实亡。他们怨恨对方，也痛恨自己，女儿成了一道跨不过去的坎。夫妻俩逃避似的更加专注于事业，有时候一个星期都说不上一句话。再后来他妻子在外面有了男人，是她的一个得力下属。他几乎是后知后觉地发现，原来自己的人生竟是那么孤独又无趣。

那之后他突然看开了很多，原本要上市的公司选择急流勇退，减小规模，他放弃了可能成为富豪的机会，变成了一个普通的有钱老板。这几年，他一直在等自己的妻子主动提出离婚——毕竟她还不算老，可以组成新家庭，重新生活。

就是在这样一个时候，孟叔认识了谢丽雯，也就是我妈。

那是五年前，某个下着细雨的春天夜晚，在一家颇有格调的咖啡馆。我妈当时刚跟一个不靠谱的男人分手，那会她已经三十八岁了，早已青春不再，再怎么天生丽质也比不过那些活力热情的年轻女孩，可是没办法，自我爸死后她就不能停止恋爱，再者她也一直是靠男人活下来的，那时我妈只觉得浑浑噩噩的日子里，如果连爱情都没了，生活该有多难熬。

失恋的她象征性地伤心了会，来到常去的咖啡馆，物色或者说等待着下一个愿意跟她恋爱的男人，上到五十岁下到十八岁都行，只要愿意为她买单并开口说爱她。

然后她等到了孟何方，我现在的继父。

孟何方当时的穿着非常普通，看起来像一个卖保险的。他有些笨拙地问："我可以坐你对面吗？"

谢丽雯感觉不悦，对于那种把她当成小姐的男人她见多了。她虽然生活放纵，却有自己的原则，只谈恋爱，不做小姐，更不当小三。

很不幸，当时我的继父就被我妈当成了猥琐中年男，她皱着眉头，极不耐烦地赶人，"别烦我，我不是小姐，见过这么老的小姐吗？"

继父一愣，脸居然红了，连连挥手，"不不，你不老，你很好看，很漂亮。"我妈瞪了他一眼，他更紧张了，"啊不不不……你误会了，我也没把你当小姐，我只是说你很好看。我就想……跟你说几句话。不介意吧？"

我妈乐了，心想还没见过这么害羞的男人，行吧，正好陪老娘打发下时间。

"你快乐吗？"

男人刚坐下，劈头盖脸一句话把谢丽雯吓得不轻。她听过形形色色的开场白，比如"你多大？""有空没？""你哪人？""咱们是不是见过？"等等，还从没遇到过一开始就问这种问题的，还问得特别诚恳。

我妈啼笑皆非，讥讽的话在唇齿边游移好久还是作罢，转而认真地回答："快乐？清醒的时候不太快乐。幸好我大多时候都不怎么清醒。"

对面的男人很规矩地正坐着，思考了会，赞同地点头："也是，活的太清醒，人就不快乐。谢谢。"

他起身离席。

这次轮到我妈措手不及了，她正要摆开架势来戏谑他，他反倒走了，还真是只说了"几句话"。我妈心想这男人有点意思，便喊住他："喂，你等下。"男人回头，她直截了当地问："你结婚了吗？"

对方点头。

"离婚了吗？"

对方摇头。

"真可惜，不然咱们可以谈场恋爱什么的。"

"一定要谈恋爱吗？朋友不可以？"

"也可以，但是朋友的话，你还愿意帮我结账吗？"我妈指了指桌边冷掉的咖啡。

"当然可以。"他露出淳朴的笑，这种淳朴跟性情无关，单纯是上年纪了而固有的轻微迟钝造成的错觉，他扬一扬手，"老板，这里再来一杯拿铁。"

妈的脸微微有些动容，那是女人特有的岁月和磨难也带不走的柔情，"后来我们就成了朋友，每星期在这家咖啡馆待上一两个夜晚，聊天，什么都聊。他喜欢听我讲故事，讲我经历的那些风尘事，我看得出他跟我不是一个世界的人，不过既然他爱听，我也乐意讲。后来我才知道，原来我们认识的第一天，是他女儿的忌日。也不叫忌日吧，就是他女儿失踪的第四年。他很难受，撞见一个郁郁寡欢的女人，正靠着一杯咖啡和一包香烟，不慌不忙地消磨光阴。他觉得不可思议，他以为的人生应该是充实的、拼搏的、有意义的，可在我身上他感受了另一种人生，用他的话说就是比较颓废虚无吧。他很好奇我这样快不快乐？得到答案后他非常欣慰，原来不管是哪种人生，快乐的时间都很少。"

"妈……"我对眼前的女人油然而生一股敬佩，"如果你再多读点书，我觉得你肯定可以当作家，亦舒啊张小娴啊那种。"

妈璀然一笑，"挖苦人是吧？还想不想听？"

"听、听。快说，后来呢？"

"后来我还是和他睡了，是在一年之后。按我以前的进展速度，这算特别慢了。很奇怪，我居然真的跟他保持了很默契的朋友关系整整一年，那一年里，我也再没跟任何男人往来……"

按照我妈的叙述，那天下着大雪，她们从咖啡馆出来后，街头很冷，路边的积雪埋到了小腿，继父的车发动不了了。他从车上下来，跑到车后头去用力推，车依然纹丝不动。

那一刻，生活的苍凉和无奈都压在他那弯曲的背脊上，他朝我妈尴尬地笑笑，然后憋红着脸继续推。当时我妈忽然就想到了我爸，那年她十七岁，他二十二岁，他们第一次幽会，跑去外公的化工厂，那天我妈穿了高跟鞋，却不小心卡在一个下水道的井盖缝隙里，他想帮我妈拔出来，彰显自己很男人很可靠的一面，结果憋红了脸却怎么也拔不出来，把我妈逗得直笑。说也奇怪，这么多年了，我妈喜欢的，永远是又笨又对她好的男人。

当晚，我妈知道，自己爱上了孟何方。

那会我妈已经知道他很有钱，但她想就算他没钱，就算这个男人比他爸还没用，她也爱他。然后我妈对孟何方说："别回去了，睡酒店吧。"那晚是我妈主动的，他没有拒绝。后来两个人一起躺在床上，我妈抽烟，他不抽，只是专注地抚摸着我妈瀑布般的柔软长发，说："我都不知道你生过孩子。"

妈苦笑："我女儿都十八岁了，不过早不认我了。"

他触景生情："我女儿也十四岁了。你女儿还在，不管怎么说都比我强，要珍惜。"那是当晚的最后一句话。

见我一脸沉醉，妈以为我走神了，用手在我眼前挥了挥："还在听吗？"

"当然啊！这么糜烂的故事，完全是我的菜好吗！"在这之前我以为自己的人生够乱了，没想到她的更传奇，果然姜还是老的辣。

"我只知道糜烂是用来形容宫颈的，一听就不是什么好词。"她白我一眼，抬头望向内房的裁缝，"婚纱应该快好了，我长话短说吧。"

第二天早晨，我妈醒来后发现继父一直没睡，就那么深情地看了她一整晚。他说："我想结束这种生活。"

我妈知道，他指的是他原本的生活。

后来我妈就做了孟叔的情人，其实做情人是有悖她的原则，可是那天早晨，她突然觉得身边的男人很可怜，当她直视他微微松弛的眼窝和浑浊的灰色眼眸时，总能在里面找到一种惺惺相惜的温情，她觉得，自己可以安慰他。她一直认为，女人生来这个世界的使命之一，就是给男人以慰藉。

当然，我妈对人生并不乐观，她相信总有一天孟何方会腻，等他觉得这种生活也乏味了，她就主动离开，不添麻烦。

却不料，这种生活一过就是三年，三年后的某一天，孟何方对我妈说："我跟她离婚了。"那会他们也是躺在酒店的大床上——自从确认情人关系，他们便很少去咖啡馆了。

我妈大吃一惊，翻身起来问："什么时候？你怎么从没跟我说！"

孟叔一脸平静："昨晚签的字，没什么好说的。"

我妈脸色煞白，马上起床穿衣服，几乎是要逃走。她觉得自己罪不可恕，不管怎么说她拆散了一个家庭。孟叔没有起身，只是看着她慌张的身影像只无头苍蝇在房间里乱窜，直到她打开房门要离开时，他才喊住她："谢丽雯，我们结婚吧。"

我妈就在那时哭了，她不敢回头，只是哭，"算了吧，我怕，我怕婚姻。我已经栽过一次了，我折腾不起了。"

孟叔的声音淡淡的，却透着力量，"我也栽过一次，我也折腾不起了。这阵子我想了很多，如果不管我们怎么努力人生的快乐都那么少，两个人一起面对，说不定会好点。"

"很棒吧，就是这番话把你妈我给彻底俘虏了。"妈美滋滋地回忆完，掏出手帕擦了下其实很干净的嘴角。

我已经一脸崇拜。

我妈又叹了口气，"其实我今天跟你说这么多，不为别的，只是想让你答应我一件事。"

"什么事？"我早已陶醉得七晕八素。

"回头等我们完婚了，你别叫他孟叔了，喊他爸吧，他配得上。"

我点点头，更想哭了，"烦死了，现在更嫉妒你了！"

"这有什么好嫉妒，都是命。"她长叹了一口气，又感伤起来，"每次想起你爸啊，还是觉得，这辈子都没这么爱过一个男人，这有多爱啊就有多恨，恨不能跟他一块死。没想到他先死了。现在想想，真要感谢他死了，不然我肯定还陷在那个泥潭里，没完没了地折磨他，折磨自己，折磨你，一个家永无宁日……"她平静地望着我，眼中闪烁的光却透着不容争辩的力量，"你真想过这种生活吗？"

我摇摇头。

"这就对了。女人啊，无论活到什么岁数，都不应该亏待自己。我走过的弯路，不能再让你走一遍。"尺码改好的婚纱被一个年轻店员恭敬地送上来，这是我妈留下的最后一句话，说完她优雅地掏出LV钱夹，取出信用卡，去了柜台。

◆ *03* ◆

　　谢丽雯女士跟孟何方先生的婚礼，最终定在了5月1号。一个虽然俗气但也确实喜庆的好日子，最重要的事，亲朋好友们的上座率绝对高。

　　又那么心事重重地过了几天，终于到了4月1号愚人节——苏小晨的忌日。

　　最近微博上面那些诲人不倦的情感大V总是说：时间是伤痛最好的良药，岁月能抚平一切，世间没有过不去的坎。可这都过去一年了，老实说，我还是没有真正接受苏小晨离开的事实。

　　每次想起他，我仍然固执地觉得这只是一个愚人节的玩笑，有时候走在街头时，总会错觉下个路口他说不定就蹦出来了，生龙活虎地站在我面前，跟我打招呼，朝我微笑，然后不由分说地拉起我的手，说要带我去一个地方。想到这，就很想哭。有时候走着走着，眼眶就红了，路人还以为我是个神经病。

　　这天我醒来得很早，在衣柜里翻出我第一次见苏小晨时穿的衣服，一条水蓝色的无袖连衣裙，这条曾经被王璇璇夸奖"端庄文艺小清新，闷骚浪荡家教范"的新款，如今已有点过时，管它的，就当复古吧，为了搭配它的气质，我给自己画了一个红唇，梳了一个成熟的大中分。

　　上午十点，我坐上摇摇晃晃的火车。一路上我一直在想，要不要给越泽打个电话。

　　为什么？理由呢？一个声音问。

　　一个声音回答：不管怎么说，当初利用七月骗他总是不对的，毕竟苏小晨是因为我们而死，还是他的救命恩人，他有权知道真相。如果可以的话，我希望他能跟我去拜祭一次苏小晨，跟他好好道声谢。

　　一个声音又问：除了这个就真的没有其他理由了吗？其实你就是想见他吧，不管你之前摆出一副多么绝情多么的样子，你根本放不下他，你高估了理智的力量，低估了感情的厚度。

　　我用力掐了一把手，疼痛的出现，急事中止了两个声音的对话。

　　下火车后，我还是鼓起勇气拨通了他的手机，电话没有人接。我又惴惴不安地编了一条短信过去。

——在吗？

刚来得及上出租车，手机就响了。

——在忙

我先是呆了一下，接着猜看清楚屏幕上这冷漠得伤人的两个字，一阵强烈的羞耻感涌便全身，叫我无地自容。那一刻我真恨自己犯贱，我情愿没有收到他的短信，这样我至少还能自欺欺人他其实是真的在忙，而不至于像现在这样，一句不耐烦的敷衍，连个句号都吝啬打。

——感情里没有一劳永逸，今天说爱你的男人，明天可能已经爱着另一个女人。

沈碧的声音就那么猝不及防的出现了。

她说的没错，如今看来，在越泽的生活中我已经无足轻重了。我不是没有想这一天会来，只是，没想到它来得如此快。

胸口堵得慌，我死揣着手机，仿佛抓住的是不让自己被漩涡卷走的救命绳索。我觉得有些好笑：艾七喜，是你自己要跟他撇清关系的，是你自己放出那么冷酷绝情的话。现在这些不就是你想要的结果吗？你什么好难过的，好像被辜负的是你自己。

中午我来到了星城郊区的墓地，四月天里，漫山遍野的葱绿色，无数的白色墓碑像是漂浮在绿色海洋中的小纸船。

我来到苏小晨的坟前，从包里拿出了一支红色玫瑰花，轻轻放在了他的墓碑前的小石板上。玫瑰并不合时宜，但我相信苏小晨会喜欢。

其实我有好多话想跟他说，可真到了这，又什么都说不出了。墓园里特别寂静，阳光暖和，微风拂面，不知不觉就感染了我，站在这种地方，会觉得自己突然离纷扰的世界很远很远，比起此刻的宁静，尘世里的那些纷扰就像一场梦。

我从包里拿出两瓶啤酒，席地而坐，一瓶给苏小晨，一瓶自己喝。刚打易拉盖，苏小晨那瓶酒就被人拎起来，我眯着眼睛抬起头，苏小晨正站在逆光中，他缓缓蹲下，打开了啤酒，跟我碰了下杯，仰头喝下一口。

明知这个人是七月，可我还是花了好久时间才说服自己。

"吓死我了，还以为他真的活过来了。"我苦笑。

七月不说话，他将手中的白色满天星放在了墓碑前，又朝着苏小晨的照片扬了下啤酒，喝上一口，算是敬酒了。

"你怎么来看他了？"我说。

"原本应该是爸……"似乎意识到这个称呼在此刻不妥，他改口道，"王叔自己来的，但这段时间他情绪特不稳定，我不想他再受刺激了，坚持替他来。不过就算这样，估计这会他也捧着他的照片躲在房间里哭吧。"

我理解地点了点头。

七月往墓碑凑近了些，盯着一寸照上的清秀少年，啧啧地感叹着："还真是像在给自己上坟啊。"我知道他没有恶意，但这个玩笑，一点也不好笑啊。

"七月，你失去过重要的人吗？"我突然问。

七月蹙眉，认真想了想，"不知道算不算。三年前的秋天，孤儿院里带我们长大的阿姨死了，淋巴癌。我参加了葬礼。"

"你哭了吗？"

七月摇摇头，"坦白说，是有点难过，但没哭。现在回想起来，也不觉得难过了。"他又问我，"你呢？"

我脸色一定很差，但我懒得掩饰了，"我爸死的那年我初三。当时我伤心得晕了过去，我几乎是亲眼看着他被车撞死的。一年前的今天，苏小晨也当着我的面死了，我本来能阻止的，可我没能抓住他，眼睁睁看着他冲进了大火中。去年冬天上映的一部电影，李安拍的，叫《少年派的奇幻漂流》。看过没？"

他点点头。

"里面有一句话说：人生就是不断地放下，遗憾的是，我们总是来不及好好告别。"

"我记得。"

"我觉得说得太对了，很多时候人都是毫无准备的，就被推到了生死离别的路口。那种感觉像是胸口被什么剐去一大块，伤心过后一直空空的，有时候一个人走在风中，会觉得自己的胸口在漏风。苏小晨死后，我就发誓，一定不能再让这种事情发生在自己身上了。可是这种事我如何能控制呢？唯一的办法就是不再对任何人和事抱有期待，不曾拥有，也就不会有失去的痛苦了。"我抹了下脸上的泪，"对不起，说了些乱七八糟的。"

"不曾拥有，就没有失去的痛苦。"七月咀嚼着我这句话，眼中是很深沉的苦涩，"确实如此。可是，如果一个人什么都不曾拥有，能叫活着吗？"

我怔住了。

"我以前就什么都没有，是很轻松自在。可我一点也不快乐。"他灼热的目光看得我有些羞愧，"你呀，都不知道我有多嫉妒你。哪怕你现在在为了一个死人伤心难过，这些我都嫉妒得要命。因为这才是活着啊。可我呢，在这个世上，像可有可无的一阵风，吹过了，消失了，什么都不剩。比起我，苏小晨要幸运得多，至少他还有王叔，还有你，你们真真切切地记得他，这世上，他没有白来。"

我不知该说点什么，眼前的这个少年，总是轻而易举就能慰藉我低落的情绪，方法却是揭开自己的伤疤。

"七喜姐，你只是在逃避。"七月话锋一转，澄澈的眼神直抵人心。

"逃避？我逃避什么？"我心虚地问。

"你觉得自己对苏小晨的死负有不可推卸的责任。你不知道如何面对自己这份沉重的愧疚，所以选择自我惩罚，选择让自己过上这种担惊受怕不敢期待的生活。好像这样，就可以减轻自己的罪恶感。我说的对不对？"

一击即中，心脏像被一个拳头攥住。

接下来的时间里，我们默默喝酒，不知道过去多久，我终于鼓起勇气承认了，"你说的对，我在惩罚自己。"

七月放下酒，温柔地望过来。

"这一年里，我从没真正接受过他死掉的事实。很多个晚上我都会梦见他，我忘不了，也无法回避。尤其是最近，越泽回来找我之后，不瞒你说，我感觉心好像慢慢活过来了，可同时也更加痛苦和矛盾，我常会做噩梦，每次梦里苏小晨都是鲜血淋漓惨血肉模糊，一遍又一遍地叫我的名字，问我为什么抛下他……有时，我真希望死的是自己。他那么善良，那么好，最应该幸福的是他啊……可他却死得那么惨，那么不值得……而我呢，我还在这里苟活，你说，我有什么资格跟越泽在一起，有什么资格谈未来？你不觉得这很可耻吗？"

"别问我，七喜姐，我不知道，也无法了解你的痛苦。"七月的声音透着忧伤和无奈，他看了一眼墓碑上的照片，"但是，他那么爱你，为你做了那么多，一定不是为了让你变成现在这样。"

"我应该怎么样？"我茫然了。

七月认真思索了下，仰起头，"我以前的散打老师很喜欢我，对我青睐有加。他总对我说，抛开脑子里的格斗技法，如何攻击，如何防守，那只是初学者才需要的，越到后面你看不透的敌人和没接触过的打法会越来越多，固定的经验不再牢靠，只会束缚你，这种时候你应该顺应本能，听从自己的心声。"

"听从自己的心声。"我干涩地重复。

"对。"他点点头，伸过酒杯，露出干净地笑，"来，七喜姐。干杯。为了死去的人，为了还活着的我们。"

"干杯。"我举起酒杯仰头喝下一口，冰凉苦涩的液体很快在胸口化成暖流。身体里在发生轻微的改变，好像有什么冰冷生锈的零件在慢慢回温和运转。

◆ 04 ◆

离开墓园后，为了感谢七月——其实我也不知道在感谢什么，但就是想谢谢，我决定请他吃顿午饭。

七月不爱西餐，喜辣。我左思右想，带他去了晴天餐馆。

那是一家很低调的私房菜馆，坐落于步行街附近一条热闹的市井小巷。餐馆没有华丽的装修，隐藏在众多老旧的青灰色瓦房之间，店门口有一棵巨大的榕树，茂盛的枝叶形成了天然的遮阳伞，榕树上挂着一个叫"晴天餐馆"的匾额，树荫下摆着十多张白色餐桌。这家店是一对夫妻在经营，主做川菜和潮州菜，价格公道，口味正宗。之所以叫晴天餐馆，是因为露天经营，下雨天不做生意。

大一那年我和王璇璇偶然的一次光顾后便深深爱上了这家店，每次都会吃撑，然后手拉手去步行街逛上一下午什么都不买，回头再去淘宝搜同款。那时候的时光真好啊，年轻单纯，没心没肺，难过的时候哭一场，伤心的时候吃一顿，第二天又朝气满满地复活了。

我跟七月来到晴天餐馆时，客人还不多。我们捡了一个偏角落的位置，等菜上之前先要了两杯饮料。

我看六月对这家餐馆很感兴趣，便讲起这家店的传奇故事：晴天餐馆的老板是广东人，老板娘是四川人，两人都在星城读大学，一个学法律，一个学会计，大二那年通过学校里的烹饪兴趣小组认识了，然后相爱。毕业后双方父母都希望孩子能回自己的城市生活，两个年轻人觉得怎么选都不公平，于是想到一个折中的也很一意孤行的办法，第二年，就有了这家菜馆。

"这就是为什么这里店又有川菜又有潮州菜了。"我总结道。

"果然，不管人还是店，有故事的总能更吸引人。"七月赞赞称奇，抛出一句很有哲理的话，微妙地看了我一眼。

我轻轻一笑，不回答。

很快蒜泥白肉先上了，我忙夹起一块扔他碗里，接着是卤水鸭，我也给他夹了两筷子。七月吃了两口，突然问："阿姨跟叔叔的婚礼定好了吗？"

"恩，下个月一号。"

七月忙掏出钱包，拿出一张名片，"上次给了你名片你有去联系吗？大熊说他们店是你老家最好的店，不过我不知道他有没有骗我。"

"还没呢？过几天就联系。"我笑容变得僵硬，只因又想起了舅舅的事。如今婚礼只剩下一个月，只怕谢建国那无赖不会放过这个机会来勒索我们。

"怎么了？"七月发现我的心不在焉。

"王叔……"我犹豫了下，决定试试，"王叔现在还有黑道的势力吗？"

这个问题过于唐突，七月颇为意外。

"据我所知，王叔金盆洗手很多年了，他以前的那些兄弟也都过起了正经日子。"七月放下筷子，犀利地看向我，"突然问这些干什么？"

"没什么……"

少年眼中闪过敏锐的光，他问："是不是上次那个男人又找上你们了？如果你想找帮手，我一个就够了，我帮你去教训他。"

我摇摇头，不知如何解释。

事情没那么简单，七月或许可以帮我教训舅舅一次、两次，但真要彻底唬到他，恐怕还是要找一大群凶悍的黑道才行，让舅舅意识到自己在做的事无异于以卵击石。只有这样，强大的威胁感才可能让舅舅知难而退，但无论如何，这都是下策。

七月的脸色出现了微妙的变化。

"怎么了？"这次轮到我奇怪了。

"没事。"他声音放轻了不少，给我夹了一大片肉，"来，吃菜。"

我感觉他一定在我身后看到了什么，我还来不及转身，熟悉的声音就飘过来。

"你是怎么找到这家店的？"不管世界多吵闹，这个有着电台主持人般磁性而微微低沉的嗓音总能轻易揪住我的心，是越泽。

"上次谈客户时对方介绍的，味道还不错我就记下了。你想吃什么？"这个声音很好分辨，就跟她的人一样，谈吐优雅，咬字清晰，悦耳中透着冷静，是沈碧。

"你点就行了。"

"要来点酒吗？"

"不了，一会还有工作。"

"喝一点没事的吧，要不换红酒？"

"这里有红酒？"

"当然，你可别小瞧这家店。你听过这家店的故事没？以前老板跟老板娘都在星城上大学……"

后面的话我渐渐听不清了，浑身的力气被飞速抽走，世界似乎在往一边倾斜，我感到头重脚轻，需要双手扶住椅子才能勉强保证自己不倒下去。与此同时，我脑子里都是那条冷漠到伤人的短信。

——在忙

所谓的在忙，就是悠闲地坐在这，跟沈碧共进午餐，并且讨论着要不要喝点红酒。

我闭上眼，努力迫使自己冷静下来。世界重新平稳，我用微弱得几不可闻的声音对七月说："我们走。"

七月点点头，拿出两张钞票放在了桌上。低调地走到我身边，用臂膀挡住我慢慢离开。要怪就怪这个时间段客人太少了，我们的动作还是引起了身后人的注意。

"七喜？"越泽叫住我。

在这声不确信的呼喊下，我身体的失衡感又回来了，我死死抓住七月的手臂，不敢回头，咬牙往前走。

越泽确认就是我，立刻起身追上来，两三步就挡在了我们面前。

"你怎么在这？"他眉头紧锁，表情讶异，深邃的眼低涌动着破碎而忧郁的光。

我脸色苍白，还是故作轻松地努力迎上他的目光，"我不能在这吗？你能上这跟人吃饭，我就不行了吗？"

越泽的身体微微颤栗了下，"我不是这意思……"

"嗨。这不是七喜吗？真巧。"沈碧迎了上来，表情落落大方无懈可击，"这位是……"她看向七月。

"我男朋友。"我抢在七月前面回答，这句不经思考的话像一枚重磅炸弹，两个男人的表情都出现了一秒的脱节。

"噢——"沈碧一眼洞穿我的谎言，她精致的脸上露出了意味深长的笑容，"贵姓？"

"免贵姓苏。"七月很客气。

"苏啊，好姓。"她点点头，"苏先生，七喜是个好姑娘，你可要好好对她喔。"

"这个不用担心。"七月大方自信的微笑，故作甜蜜地将我搂进怀中，仿佛我们真是一对热恋中的情侣，"她的好我再清楚不过，尤其是在有对比的时候。"对比两个音节被他格外强调了下。

沈碧微微一笑，不气也不恼。

"既然都认识了，不如一起吃个饭？"她说这话时手轻轻放在了越泽的手臂上，这个自然而然的暧昧动作像一把尖刀插进我的胸膛，我几乎闻到一股血腥味涌进鼻腔里。

就在前一秒，我还天真的以为，不管过程多么痛苦，我还是可以慢慢离开越泽，也迟早会挺过来。然而此刻当我亲眼看到他跟别的女人在一起说笑聊天，我才发现自己是多么的痛苦，以及嫉妒。

"我看不用了，突然没什么胃口了，你们慢慢吃。"七月看出我已经在崩溃边缘，他伸手护住我，帮我慢慢转身。

一只手就在这时逮住我的手腕，我来不及甩开，对方又自动松开了。越泽单手悬在半空，欲言又止，那张精致而忧郁的脸庞，像是艺术家饱含绝望雕刻出来的遗作。

既然退无可退，那就仰起头颅吧，就让我再好好看你一眼吧。

名贵的西装熨得光滑平整，在颀长的模特身材上熠熠生辉，专门打理过的短发配合着好看的头型和修长的脸部线条，英俊迷人，俊朗的下巴光洁干净，一星半点的胡茬都找不到。看来我们分开的这些日子里，你并没有如我所像的那般失魂落魄。看来，是是我高估了自己，更高估了我们之间曾经的爱情。都说换个枕边人，就是换一个世界。想必你在沈碧的世界中，一定过得很好吧。越泽，我真替你高兴。

"再见。"我强迫自己笑着告别。

"七……"

"再见。"我又说了一遍，这次眼神中带着前所未有的恳求。

求你了，事已至此，我们都别再做徒劳的挣扎了，那只会加深伤害。求你了，我输了，我什么都没了，至少让我留下那可怜的尊严吧。

男人张了张嘴，却没发出声音，悬在空的手徒然垂落。

你有多爱一个人，在一起时是察觉不到的。分开以后的某一天，你才会恍然发现，他的痕迹早已无处不在，生活中的很多习惯也都是跟他在一起时养成的，就好像通通打上了他的专属标签，今后出现再多人也覆盖不了，这时呀你才会明白，曾经的自己有多爱他。

◆ 01 ◆

我妈跟孟叔的婚礼越来越近，这些日子，我唯一可以做的就是让自己忙起来，照顾淼淼，自习大学的课程，帮家里筹办婚礼，只有每天都累到虚脱，才不会去胡思乱想伤心难过，深夜也没有力气再躲在被子把眼睛哭肿。

既然是结婚，当然少不了婚纱照。我按照七月的推荐，找上了漫思结婚工作室，这家工作室同时也承包婚礼策划。

当我拿着七月给的名片找到大熊时，才惊讶地发现，七月真的没骗我。

前台把我领进工作室并喊了一声"大熊"，很快一个巨大的身影就出现在我左侧，我差点以为是一面墙壁要朝自己倒塌过来，慌忙扭头，第一反应是：天啊，这哪是人啊，简直就是一头巨熊。

不过待看清脸后，竟发现这只"熊"意外的有些喜感，虽然身材彪悍魁梧，却长着一张肉嘟嘟的娃娃脸，带着黑框眼睛，笑得时候露出一口亲切的白牙，憨态可掬。

我说出七月的名字，他立马了然，热情地领我去了小型会谈室，给我看了五种婚礼策划方案，我选择了最常规的一种，大熊颇为失望，我笑着解释："不是我结婚，是我妈和我继父，大人们喜欢正常点的。"

"正常点我理解，但也得有意思嘛！"大熊据理力争，"我觉得第二种方案就很符合啊。"

"这套？"我用手指了指。

"对！"他的小眼睛闪闪发光。

"让我妈穿半透明的纸制婚纱是干什么？还有我继父放着Q7不开为什么要踩三轮车来接亲啊，这哪里符合了。"我抚额。

"环保啊！今年流行环保。"

我敢断定，这套方案肯定是大熊自己策划的，而且还没客人接受过。

"很有创意，不过还是不用了。"我尴尬地笑着，心想还是叫其他人去环保吧，我就想把婚礼办得土豪点，别让我妈在父老乡亲们面前丢脸就成，"咱们还是来谈谈婚纱照吧。"

大熊转身在电脑上噼里啪啦敲了几下键盘，回头告诉我："刚查了，之后的三天都是晴天，接着便是一个星期的雨。雨天就不能出外景了，只能棚拍。"

"你们这里有婚纱出租吗？"我问。

"当然有，不过你们自己没准备吗？"

"有准备，但那一套我妈想结婚那天再穿，在这之前要保密。"

"我懂！"大熊理解地点点，"你看嘛，你妈妈思想那么西化，我真心建议她试一试第二套方案，她肯定会赞同的。"

"谢谢，我心意已决！咱们还是定下拍婚纱时间吧。"我看了看手机上的日历，"要不就后天吧，后天星期六，我妈跟我继父都有时间。"

"行。"大熊爽快地答应，马上又拿过来一个制作精良的大相册，"你看，婚纱照呢我们这里有七种套餐！我强烈推荐你们玩COS大餐，你看，这是美剧越狱主题的，穿着囚服在监狱里拍照炫酷有没有！还有这是古装剧的，到时候新郎新娘可以扮成杨过和小龙女，没大雕？哦那个简单，我亲自上阵！别急啊，还有这个，好莱坞风格的，加勒比海盗，酷吧！绝命毒师喜欢吗？制毒的……不喜欢啊？那行，这里还有钢铁侠、蜘蛛侠，再看这个，绿巨人……"

我突然很佩服七月，是靠什么方法跟大熊保持那么长久的友谊。

两天后的一清早，我陪同我妈和继父去了漫思结婚工作室。摄影师、摄影助理、化妆师、还包括主动请缨来当助手的七月，呼呼啦啦十多号人。

拍照的主要两个地点分别是岚镇一个欧系主题建筑的公园和植物园，都比较常规。至于大熊那些鬼马的创意我一个也没采纳。

在我的严格把控下，婚纱照拍摄顺利进行。拍完公园的三套衣服后已经下午一点，为了赶时间大家就近在肯德基解决的午饭，我跟大熊去柜台买食物，途中他还口若悬河地跟我胡侃，短短三分钟里我就被迫知道了他的诸多人生经历，大学学的是工商管理，结果毕业后跑去健身房当健身教练，这样的工作持续了六年，某天突然厌倦了，便辞了职满世界穷游，也是在这途中认识了七月，两年后，回到岚镇，当起了婚纱摄影师。老实说，我还蛮佩服他这种干劲十足的行动派。

孟叔在外面接公司电话，我抱着全家桶回来时，七月正在跟我妈单独交谈着什么，我走过去，他们两个立刻停止了话题。

"聊什么呢？神神秘秘的。"我狐疑地看了他们两眼。

"你管得着吗？"妈呛回来。

七月抿嘴微笑，没有讲话。

"我才懒得管。"我饿坏了，拿过一块原味鸡啃起来，这女人，八成又在撮合我跟七月。

去植物园之前，大熊叫司机中途先绕去了郊区的田园，漫山遍野的油菜花像一片黄色的海洋，非常漂亮，我都忍不住跑去田野里，让七月帮我拍了几张。

去植物园主要是拍樱花，我老家的白色樱花比不上日本的粉红色樱花漂亮，但也别有一番风味。新郎新娘为了配合樱花的主题，换上了和服和木屐鞋，这也算是所有婚纱照中最大胆的一套主题照了。

大熊和两个拿反光板的助手鞍前马后地招呼着新郎新娘，七月也拿着自己的单反帮忙拍花絮，剩下我跟化妆师在一旁看着大家的私人物品，化妆师是一个干瘦却充满元气的女孩，大眼睛，很深的双眼皮，尖下巴上冒着几颗青春痘。

"在想什么呢？"女孩问我，有些娃娃音。

"没什么。"我有点怅然若失，反问，"你看起来对樱花没什么兴趣。"

"第一次看倒是很兴奋，这两年来多了，就很平常了。"化妆师女孩倒是很坦白。

"我是第二次看，第一次是两个人，在星城的植物园。那会也没觉得樱花有多漂亮，不过很开心就是了……"回忆见缝插针地涌上来，片刻的开心过后是巨大的落空。

"跟男朋友？"她八卦地看过来。

"前男友。"我笑得有些难看。

"诶，都这样啦。以前读大学时我跟我前男友同居，每天都很穷，又懒，天天宅在房间里玩网游，吃泡面，吃了一个月，难吃死了。"她嘟囔着拉下嘴角，"那时候我是真的觉得自己这辈子都不会再吃泡面了。结果毕业后来这儿上班，有时候拍东西要弄到很晚，大家就吃泡面，结果我发现泡面还是挺好吃的，而且每次一吃就忍不住想起他，想起那段在一起的时间。"

我没接话，她歪头看着樱花林里忙上忙下的一大群人，声音悠哉地接着讲："他们说呀，你有多爱一个人，在一起时是察觉不到的。分开以后的某一天，你才会恍然发现，他的痕迹早已无处不在，生活中的很多习惯也都是跟他在一起时养成的，就好像通通打上了他的专属标签，今后出现再多人也覆盖不了，这时呀你才会明白，曾经的自己有多爱他。"

她说的真对。其实一段感情的结束，远比我们看上去的要久，人虽然不在一起了，可是彼此给对方留下的痕迹，却要难以想象的漫长岁月才能抹去，甚至，终其一生都抹不去。想到这，我又哀伤又难过。

《荷塘月色》的铃声在这时响起，来自妈的手提包。我从包中翻出手机，才看一眼就吓得扔掉了。

化妆师以为我是不小心，忙弯腰帮我把手机捡起来，看了一眼，"是个陌生号码，我们喊下阿姨吧……"

"啊不用！我来就好。"我赶忙夺过手机，走远了几步。

铃声还在响，我感觉手中揣着的不是一个手机，而是一个随时会爆炸的炸弹——这个可怖的陌生号码我太熟悉了，我就知道，谢建国不会轻易放过我们母女俩。可我该怎么办？告诉我妈？不，她现在正挽着她的新郎对着镜头幸福地笑呢？我不能这么残忍。

我慌张地按下接听键，声音颤抖。

"喂？"

◆ 02 ◆

电话里，谢建国狮子大开口：二十万，一次性给清，以后绝不再来纠缠。这种鬼话我当然不信。不过当时情况紧急，我怕被妈发现，只好向谢建国保证，让他给我两个星期时间，我一定会筹好他要的二十万。

见我答应得这么干脆，谢建国倒是有些意外，不再纠缠，只警告我别耍花招。结束通话后，我忙删掉通话记录，再将手机放回包里，假装什么事情都没发生过，继续跟化妆师女孩有一搭没一搭地聊天。

承诺的二十万自然是谎言，我根本不知道上哪里去弄这么多钱，就算有这钱，我也绝对不会再给他了。答应舅舅不过是我的缓兵之计，至少能先让我妈跟跟孟叔的婚礼能顺利办完。可是婚礼结束后要怎么办？我还没想清楚，但一定会有办法。总之，我绝不会允许舅舅把我妈的幸福，还有她好不容易经营起来的这个家毁于一旦。

回家的一路上我魂不守舍，脑海里闪现出一个名字，那个人是我唯一的救命稻草了。

晚上我躲在房间里，拨通了谭志的手机。这次我决定豁出去，在电话里跟他坦白：之前咨询过他的那件事的当事人，就是我跟我妈。

电话里的谭志沉默了一小段时间，才缓缓开口："咱们得面谈。"

第二天我跟谭志见面了，在星城的一家咖啡馆里。一大清早出发，转了几趟车，外加前一晚上几乎没合过眼，见到谭志时我只剩下半条命。顾不上寒暄，我们要了俩杯咖啡便直奔主题。他见我一个人，问："你妈妈没过来？"

"其实，昨天舅舅又打电话过来了，是我接的。她跟我继父马上要举办婚礼了，这个节骨眼上，我暂时不想让她知道。"

谭志皱眉思考了下，一敲桌子，"没事，我们先开始准备。"

他拿出一个笔记本和一支钢笔，让我把所有事情都告诉他，任何细节都不能错过。我断断续续地讲，我所掌握的信息比较散乱和片面，不时会被谭志打断，他思路很清晰，总能快速帮我整理和归纳。

两个小时很快过去，这个过程中我相当悲观，感觉自己不过是无力地把整件事复述了一遍。谭志却一直很冷静，我全部讲完后，他盯着手中的笔记，右手飞快转动着钢笔，期间不停地咂着嘴。五分钟过去，他抬起头，一脸"尽在我掌握中"的自信。

"有办法吗？"我忙问。

"没问题了，我刚推算了一遍，如果你舅舅真打算鱼死网破，我也完全可以帮你妈撇清关系，而且还能反咬你舅舅一口。不过这事涉及到证据，你现在要做的就是尽可能拖住他，别让他结婚那天来闹场，剩下的交给我。"

"可是你要怎么搜集证据呢？"我一直以为这事情会是让我跟我妈来做，比如设个什么套让我舅舅跳进来之类的，眼下事情进展如此顺利，反而让我不敢相信。

"放心，我可是有私家侦探。"他笑容神秘，接着他扬手打了个响指，对走过来的服务员说，"我要点餐。"

"好的，请问您需要什么？"

"给我来一份菲力，一份西冷，都是七层熟。"

"等等。你不是吃牛肉过敏吗？"

"真亏你还记得这么清楚。"谭志合上菜单，朝我有些抱歉地笑了笑，"放心，我不吃。这是给你们点的。"

"我们？"我糊涂了。

"七喜你一定要原谅我，我也不想出卖你！实在是被逼无奈……"谭志收拾好东西，丢下这句没头没脑的话，一溜烟跑走了。

我想喊住他，却发现不需要了——我看到了越泽。

他从门口的方向朝我缓缓走来，在我对面坐下。整个过程不到二十秒，我却觉得像一个世纪那么漫长。

我的心脏狂跳，却分辨不出是开心还是难过，唯一能确定的是，谭志"出卖"我一事早已被我抛之脑后。值得庆幸的是今天自己的穿着还算得体，也化了一个气色还不错的淡妆，不会像上次交锋那样狼狈。

越泽无言地望着我，空气一点点凝固。

很久后他才缓缓开口，声音有些梗，"我们谈谈吧。"

我再也忍受不了，飞快地站起来，径直冲向厕所。我刚来得及开水龙头，就"哇"的一声哭出来，这些天所有的委屈和心酸翻江倒海地涌上来，让我的情绪溃不成军。

我花了好久时间才平复好心情，掏出手机发了条短信，然后拿出纸巾整理了下妆容，鼓起勇气离开了厕所。

热腾腾的牛排已经送上来了，越泽一口没吃，只是耐心地等待着。我坐回桌前，尽量有尊严地平视他。

"你想谈什么？"我问。

"是因为沈碧吗？"他目光锐利。

我缄默。

如果说，苏小晨是卡在我心头的一根刺，那么如今的沈碧就像一把插在胸口的匕首。巨大的挫败感化为尖锐的疼痛瞬间钻进我的心里，我又嫉妒起来，并且开始自卑。我真讨厌这两样东西，可我摆脱不了，可能从三年前的那个夏日午后我见到这个男人的第一天起，它们就像DNA一样刻入我的血液、细胞和骨髓中。

"4月1号你给我打电话，我的手机并没放在身边。后来你给我发了一条短信，是沈碧擅自帮我回复的。我并不知情，后来她才告诉我。我之后想打电话给你解释，但你不接。给你发微信你也屏蔽了。"

我冷冷一笑，"抱歉，我不知道你们已经亲密到手机都可以相互保管了。"

"公司刚开发出一款新的应用软件，有iOS和android两种系统的。我的手机刚好是android系统，所以就拿去测试了。"我注意到越泽的左手正掐住右手的虎口，修长的指关节因为用力而发白，"七喜，这只是巧合。"

"巧合？"我不看他，一个劲地点头，"我问你，我们认识这么久我却从不知道你有过一个叫沈碧的前女友，这也是巧合吗？你开公司后从没跟我讲过你的合作伙伴是你的旧情人，这也是巧合吗？"

越泽一怔，目光转为暗淡，深邃的眼窝让我有些许陌生。

"我跟她是在大三一次联谊上认识的。那时候我还活在为弟弟复仇的阴影中，无论对待生活还是感情都是，我跟她是有过一段，可很快就结束了，她不过那些错误感情中的一个，我并非有意隐瞒，只是觉得自己糟糕的过去不值一提。"

我自暴自弃地笑了，"我也只不过是其中一个。"

"你不是！"

"我是。"

"不，你不是！"他提高声音，眼神能将人灼伤。

"如果我真的不是，那么我就应该能感觉到自己的独一无二。越泽，知道我为何要离开你吗？因为你从没给过我安全感。跟你在一起的日子里，我每天都活得提心吊胆患得患失，我甚至经常会忍不住去想，如果不是因为意外怀上了淼淼，咱俩的关系或许早就结束了。"我一定是伤心过头了，竟然能这么冷静。

越泽哽住了。

"越泽，有句话你一定听过。最后在一起的人，都不会是自己最爱的人，而是最合适自己的人。"

"胡扯！"

"这不是胡扯，你我都很清楚。"我坚定地看着他，这次轮到他不敢直视我的双眼了，"不瞒你说，那个沈碧，这些天我嫉妒她嫉妒得要发疯，可我越是嫉妒就越清楚自己难过的是什么。不是她比我漂亮，身材比我好，能力比我强，这些都不是，而是她比我更适合你。而我呢？我之所以能跟你在一起，能走到这一步，更多是因为命运跟我们开了太多恶劣的玩笑，如果当年我跟你弟弟的死没有关系，我没被牵扯进阮修杰的圈套，我没怀上你的孩子，如果那些事都没有发生，你还会喜欢上我吗？"

我绝望地笑了，"越泽，你扪心自问，如果我只是一个大街上一抓一大把的普通大学生，你还会爱上我吗？不，你不会，擦肩而过时你甚至都不会多看我一眼。而我，如果当初我没有因为缺钱跟你假结婚，没有死皮赖脸地对你纠缠不放，我也不会让苏小晨受那么多苦，我可能早就跟他在一起了，过着安稳平静的生活，没有伤害，没有谎言，没有卑微可怜的委曲求全。"

"那场大火不是谁的错，发生的事情已经无法改变……"

"真正无法改变的是我们啊！"我激动地打断他，"越泽，不管你信不信，爱情里是有门当户对的，只不过它指的不是经济基础和自身条件那么简单。我们之间的距离，从来没有因为我的努力而缩短过一分一毫！"

越泽心痛地摇头，"七喜，如果你觉得我离不开沈碧那么你错了。我现在就可以解散公司，我不要了。我之所以想创业，只是想给你和淼淼更好的生活——"

"你根本没搞清楚重点！"我大声打断，"重点不是沈碧，就算没有她也会有第二个、第三个沈碧，而我永远不会是那个沈碧，也不配是。我累了，我真的累了！我们都放过对方行不行啊？"

"没搞清楚重点的是你！"他低吼一声，终于失态地吼出来，在场客人都望过来，脚步轻快的服务员都跟着驻足了。

他努力闭上眼，极力压抑着什么，想深吸一口气却又中途放弃。

"在美国治疗的那段时间，我什么都看不见，像个废人，痛苦和绝望就是一天的全部。直到半年后，我才等到了匹配的眼角膜捐赠，我欣喜若狂，觉得自己终于可以重获新生，和过去的一切都斩断关系。手术很成功，可是重复光明的那一刻，我发现原来我一点都不开心。那之后，我徒步旅行去了东南亚，那几个月里我去了无数个地方，跟数不清的陌生人聊天，可这一切都没能让我找到答案，反而更加让我看不清人生的方向，我很恐慌，我不知道自己怎么了，放下了仇恨的我，生活再没有任何意义。那还不如让我继续做那个什么都看不见的瞎子，虽然痛苦，至少不会空虚绝望。某一天，我坐在越南的一家小旅馆里，窗外的天空昏暗，下着雨，嘲讽的风不停地吹进来。我就那么坐了一整天，试着把生命中不重要的东西都扔掉，我一件一件地扔，越来越少，几乎要变成一副空壳，可最后我发现……"他停下来，发出艰难又哽咽声，"只有你，我无论如何都不想扔掉，只有你，让我觉得自己还活着。"

差一点我就冲上去抱着他大哭，差一点我就什么都不想管了。

可我不能，我不再是那个艾七喜了，我必须保持冷血、清醒，我必须离开他，这对我们是最好的收场，对身边人也是最好的结果。

我起身疾走，刚走出旋转门，就被越泽追上来。他拉住我的手，但立刻又仓皇松开了，他看到了七月。

七月把车停在路边，大步走到越泽身边，他温和的脸上第一次出现了锋利的敌意，"你怎么又在这？我警告你，以后别再缠着我女朋友了！否则我对你不客气。"

七月上来护住我，柔声说："他没把你怎么样吧？"

我摇摇头。

"下次来星城早点告诉我，我好提前来接你。一会有什么安排？饿了没？有一家新开的寿司店还不错，我带你去。"他摸了摸我的头，手揽过我的肩，话语间是无微不至的宠溺和呵护。

我任由七月带我上车，我不敢看车窗外，逼迫自己直视前方。余光中的那抹消瘦的黑色身影，像一座摇摇欲坠的碎石像，在大风中慢慢被吹散。

七月把车开出很远后，才收回了自己精湛的演技，无奈地摇了摇头，"我就知道，你这么着急发短信喊我过来，准是需要挡箭牌。"

"对不起，又利用了你。"

"没事，举手之劳。"车子停下，他看向前方的红绿灯发呆，三十秒后，他再次发动汽车，漫不经心的声音夹杂着发动机引擎声一起传来，"不过你要老这么玩，我可不敢保证会不会假戏真做噢。"

我想扯出一个笑脸，努力配合他的玩笑。可我无论如何也笑不出来。

"哭吧，我什么都听不见。"七月微微叹了口气。

我垂头，用力捂住了脸。

艾七喜，恭喜你做到了。你终于斩断了一段错误的孽缘，没给自己任何退路。你成功地做出了正确的，对所有人都好的选择。可是为什么，明明做了对的事，心里头却那么的痛苦。

◆ 03 ◆

天气预报难得靠谱了一次，5月1号确实是个好天气，万里晴空，微风拂面，夏至未至的岚镇温柔的像个含苞待放的少女。起床后的我第一件事就是打开窗户，清新的空气扑面而来，这让我对今天的期待又高了不少。

按照老家结婚的习俗，一大清早孟叔必须像一个土豪，喔不，他就是土豪，率领着浩浩汤汤的亲友队——二十多辆贴上喜字的名车，在岚镇招摇过市一大圈以达到满城皆知的效果，再来上门接亲。按理说应该去新娘家，不过外婆住的那栋老房子早拆了，所以改为酒店，我陪着我妈在婚礼前一晚入住。

上午十点，新郎带着一群人堵在酒店房门外，作为伴娘兼"闺蜜"的我当然不会轻易开门，不过对方显然有备而来，直接从门缝里塞进来了几个大红包。

好吧，我开了门。

"新娘呢？！"新郎孟叔穿着优雅的白西装，胸口袋上别着一朵玫瑰花，宽阔的下巴刮得干净光洁，微微有些稀疏地头发用啫喱水喷得朝气蓬勃，果然是人逢喜事精神爽，今天的孟叔起码年轻了十岁。

"别急啊！"我指了指"闺房"，其实是隔着朦胧玻璃的浴室，条件有限只能凑合了，"先找到新娘的两只高跟鞋，找不到新娘是不会出来的。"

"开门时不是给红包了吗？这伴娘也太滑头了，就不怕以后嫁不出去吗？"新郎的朋友们开始抱不平了。

"吵什么吵，不想娶拉倒，出门右转不送！"我第一次领教到什么叫狐假虎威有恃无恐。

新郎没耐性磨嘴皮，火急火燎地找起来，翻箱倒柜大半天死活只找出一只鞋，其他人也开始帮忙，仍是一无所获，就差没撬地板了。孟叔笑嘻嘻地从西装口袋掏出一个大红包塞我手里，"七喜啊，再不出发就晚啦，通融通融嘛。"

"早点给嘛！好说。"我贼兮兮地清点了一下红包里的钞票，对内容满意后才从自己的手提包中拿出了另一只高跟鞋，不用说，这一可耻地行为又遭到了广大亲友团们的集体唾弃。

新郎激动地夺过鞋，屁颠屁颠地跑去浴室门口，紧张地喊着："雯雯啊，出来吧，鞋子找到啦。"

——还雯雯呢，酸死了。

玻璃浴室内的朦胧身影沉默几秒，缓缓推开了门。新娘披着一个女神大中分，穿着洁白典雅的复古婚纱，哪怕身处逼仄的小空间，依然遮挡不住她的万丈光芒，在众人的惊叹声中，孟叔直接傻了，想说点什么赞美的话却词穷了。

"新娘美不美啊？"我在一旁喊着。

"美，美……仙女一样。"孟叔脸都红了，结结巴巴地问，"七喜，我、我可以抱她吗？"

"问我干吗啊？问新娘啊！"我简直服了，真没经验，敢情他第一次婚白结了。

"哦，对对对……"他慌得都有点六神无主了，一脸憨笑地看向新娘，"我可以抱你吗？你看，这穿鞋挺麻烦的……"

妈一直在微笑，有些拘谨，大概是在担心不安分的鱼尾纹会偷跑出来折煞她苦心经营的美丽。

妈没说话，含蓄地点了点头，今天的她真的少女了。

得到了同意，孟叔冲上去将她横抱在怀里，抱得美人归的新郎瞬间变了一个人，转身豪情万丈地对着自己的亲友团宣布："新娘是我的啦！"说完他不负众望地从口袋里掏出一大把红包来了个天女散花。

我"噗通"一声跪地上了，跟几十个膀大腰粗的男人一起投入到抢红包的战争中，只恨自己没有三头六臂。

岚镇倒是有个天主教堂，但外婆坚持教堂那种"古怪"的地方不吉利，结婚最终选择了传统的中式，所有流程都是大熊那家婚庆工作室一手包办，场面倒是气派，但并没有太多新意，纯粹图个热闹。

孟叔定下一家四星级酒店的大厅堂，从正门口通往婚礼司仪展台的红地毯长达三十米，两边的酒席摆了上百桌，宴请的大多是孟叔的朋友，新娘这一方的亲戚撑死也就坐满了两桌，七月也到场了，他随着散客坐在厅堂的角落。期间我一直想过去跟他打声招呼，却没有机会，只是隔着人群朝他笑了笑。

热闹了一阵，便迎来隆重的结婚仪式。

正午十二点，甜蜜浪漫的背景音乐戛然而止，在司仪的引导下，座无虚席的大厅渐渐安静下来，大家不约而同地把目光焦距向身后缓缓打开的大门。

今天的两位主角站在门后，新娘漂亮妩媚，新郎英俊潇洒。神圣庄严的结婚交响曲奏起，这对光鲜亮丽的新婚夫妇在亲朋好友的见证下登上舞台，可惜刚步入红地毯，紧张的新郎就踩到了新娘的裙摆，两人一起摔了个狗吃屎，要不是我妈迅速护住自己的束胸，差点春光乍泄。

这个意外让全场沸腾了，幸灾乐祸的尖叫不绝于耳，两夫妻十分尴尬，在并无恶意的哄笑声中慢慢站起来，满脸通红地傻笑，那幸福的小夫妻模样，叫人嫉妒得要命。

孟叔也不是省油的灯，很快力挽狂澜，直接给了新娘一个公主抱，在众人的尖叫声中走向舞台。妈小鸟依人的把脸贴在继父的胸口，全程幸福感爆棚。在经过我和外婆的座位时，她越过丈夫的肩膀，红着眼睛轻声对我和外婆说了些什么，我听不见，但我猜那口型应该是：谢谢。

我来不及鼻酸，外婆干枯的眼窝已经湿了。她端详地静坐，背挺得笔直，直到有些刻意，就那么一直目送着新郎新娘在漫天飞舞的玫瑰花瓣中下步入舞台时，她才不动声色地深深舒上一口气，脸上是老者特别的慈爱和包容，眼里却闪烁着生离死别时才有的苍凉和哀愁。那一刻，我是理解外婆的，我甚至认为我们的精神已经融为一体，我们都深知这一天的来之不易，这个世界上，真正领会过幸福的人，都会深知幸福的来之不易。

正常婚礼下来，除了那个不怎么像话的"鸳鸯狗吃屎"外，一切都很圆满。客人们也都很尽兴，就连我妈那一方曾经水火不容的亲戚们的脸上也露出难得的和颜悦色。

如今想来，他们的敌对也是有原因的。外公性格强势，在世时虽然风光无限，却没少跟亲戚们结仇。后来家道衰落，又出了我妈和我舅两个不争气的儿女，一个撕毁婚约跟男人私奔给家族蒙羞，一个吃喝嫖赌不务正业，离了婚又坐了牢。在她们眼中，这都是理所应得的报应。

谁能想到，现在我妈又"翻身"了，还嫁给了个仪表堂堂的成功男人，人生大起大落真是奇妙，这也印证了我妈那一句粗俗的名言：不活到最后一秒，谁也别急着立牌坊。

我跟在新郎新娘背后，替他们端着掺了水的白酒，一桌一桌地敬过去。进行到一半时，我蓦地瞥见大厅门口处的一个身影，心立马凉了半截。

我放下酒壶，找机会出了酒店大门，那个身影似乎在等我发现，很快又闪进了马路斜对面的一个狭窄逼仄的过道，等绿灯的那一分钟里，我祈祷着别让最坏的事情发生，我愿意用一切交换今天的风平浪静。

一分钟后，我穿过人行道，走进那个隐秘的小过道，最坏的事情还是发生了。

舅舅叼着一根烟，站在阴暗的过道里等着我。见我来了，他虚伪地笑了，"外甥女，眼神儿挺好使啊，我还怕你认不出舅舅呢。"

"你为什么会在这？我们说好两个星期后给钱的。"

"操！"舅舅将烟头扔在地上，狠狠踩了一脚，逼上前一步，"你真当我傻啊，你妈结婚这事我会不知道？我告诉你，现在就给我二十万，否则我今天就让她颜面尽失。"

"你现在让我去哪找二十万？！"我努力控制着愤怒的情绪。

"你当然没有。"他小人得志地奸笑，"但你妈有。实话告诉你吧，我根本不相信你，所以后来我又给她打了电话，她答应今天给我钱。"

"你！"我怔怔得退开两步，顿时恍悟，我果然还是太天真了，事情根本没我想的那么简单。这些天我妈一点破绽都没有露出来，把我都骗过去了。原来我们母女俩一直在相互隐瞒，都想自己把事抗下来。

"你妈的电话打不通，你来的正好，现在去帮我把她叫出来，要是没看到钱，我马上去婚礼上闹。"他老奸巨猾地拍了拍鼓起的上衣口袋，"看到没，全是你妈当年跟其他男人睡一块的照片，你猜一会我要去现场把照片一张张发给大家，让亲朋好友们都看看这婊子的骚样，你那有钱继父会有什么反应……"

我崩溃了，身体不听使唤，一耳光扇在他脸上，"谢建国你他妈无耻！"

谢建国扭回头，不可思议地看了我两秒，不要脸地大笑起来，笑了几声后他突然发力把我推到墙壁上。

我的后脑勺重重地撞击了一下，头晕目眩中，一只手掐住了我的脖子，"小贱种，今天爷就让你看看什么叫无耻！"他目露凶光，另一只手开始扒我的衣服，"我现在就把你给扒光了，拍了照一起送给你那继父，让他好好看清你们娘俩是个什么货色！"

"谢建国……你……你不得好死……"舅舅掐住我脖子的手越来越用力，我的头被迫往上仰，屋顶切割出的长形天空离我越来越遥远，越来越模糊，我想求救，却发不出声音，另一只手还在粗暴地撕扯我的衣服，前所未有的屈辱和害怕让我的身体变得冰冷而僵直，我觉得自己会不会死在这了。

突然间，两只手同时消失了，我顺着粗糙的墙壁滑落，剧烈地咳嗽起来。有力的双臂将我扶起来，是越泽。他脱下自己的西装把我裹好，伸手捋顺我脸上凌乱的发丝。

"能站稳吗？"他问。

我说不出话，虚弱地点头，以为自己在做梦。

"没事了，别怕，有我在。"声音沉稳而温柔。他转身，单手拉下自己的领带，慢慢卷起衣袖，走近正抱着下巴在地上打滚的舅舅。

"站起来。"越泽冷冷地说。

谢建国扶墙站起来，还没来得急站稳，越泽又是一拳打过去，舅舅整个人掀翻在地。这次他再也站不起来来，越泽不慌不忙地逼近，抓住他的衣领一把将他拎起来，重重地摁在墙上，另一只手慢慢握成拳。

"别打、哎哟！别打了！有事好商量，有事好商量啊……"舅舅哭丧着脸，鼻子嘴巴都是血。

越泽的眼神像刀一样锋利，那只握成拳的手最终没有打下去，而是伸进了他那鼓起来的口袋里，我来不及阻止，里面的照片被拿出来，但根本不是我妈的不雅照，而是一些裁剪成照片形状的旧报纸。

越泽露出意料之中的冷笑，"我就知道，以你这种性格，十年前的犯案证据怎么可能还留着。你是赌徒，不过是抱着赌一赌的心态撞撞运气，竟被差点被你得逞了。"

舅舅说不出话，只是惊恐地喘着粗气。

"你手上没有筹码了，现在轮到我了。"

"你、你想做什么？"舅舅害怕地挣扎着。

"谈谈我手上的筹码。"越泽从自己口袋拿出一个U盘，在舅舅疑惑的脸前晃了晃，"知道这是什么吗？这里面全是你勒索谢丽雯女士的通话语音，情节十分恶劣，如果立案定罪你最少要叛十三年！让我想想，十三年后你再出狱可就真是老无所依了，建议你到时候可以锯断一条腿什么的，去地下人行道里当乞丐，我跟七喜路过时说不定会给你丢一两块钱。"

"不可能……你没有证据……"

"我是做手机软件开发的，在别人的手机里安装一个语音窃听软件不过小菜一碟。"越泽把U盘扔给舅舅："这个备份就送你了，回去好好听听，认一认自己的声音。"

"你……你窃听他人手机，你这是犯法。"舅舅还在垂死挣扎。

"理论上是没错的，不过只要受害人不起诉我，这种小事完全可以私下解决，倒是你，只要我把这些证据送给检察官，等着你的就是十几年的牢狱生活。"

无数片段在脑袋里盘旋：当初给谭志打电话时，他让我用我妈的手机给他拍照，后来又发过来一张越泽的照片，我点开，差点导致手机死机，窃听软件一定是那时候神不知鬼不觉地装到了我妈的手机上。

原来，一切都在越泽的计划之中。我第一次跟谭志通电话时他应该就在旁听，且猜出我是当事人，当机立断地让谭志在我妈的手机上植入窃听软件。后面的一切，都不过在等着我舅舅自投罗网。

事已至此，我不得不佩服越泽的心思细密和行事果决。原来从头到尾，我都误解他了，他一直在帮我、关心我、保护我，只是以我不曾察觉的方式。

"情况就是这样。"越泽的声音透着手术刀般的冷静和阴寒，我跟着回到了现实，"我现在可以一拳打碎你的下巴，把你送进大牢。当然，我也可以放过你，但有一个条件。"

"我答应，我什么都答应……"

越泽看着眼前这个毫无尊严的窝囊废，满意地笑了，"从现在起，永远不要再提起十年前的事，也永远不要来骚扰七喜一家人。要是再让我发现……"

"不不不，绝对不会……我发誓，我绝不会再出现了……"舅舅彻底认栽了，只差没跪下来磕头了。

"很好，你可以滚了。"

"我滚！我马上滚，有多远滚多远……"用屁滚尿流落荒而逃来形容舅舅一点也不为过。

越泽转身看向我的时候，冷酷无情的冰山脸已经融化，只剩下微蹙的眉头，上面刻着说不出的心疼。

他朝我伸出手，却又收住，最终只是礼貌性地轻轻护住我的肩，带着我走出幽深的逼仄过道。

"谢谢。"我强忍住哭腔。

"没什么好谢的，我不过是……"越泽没能说下去，放在我肩上的手迅速拿开。我抬起头，看到了我妈。

她已经换下行动不便的白色婚纱，穿上了红色旗袍，双手紧揣着一个鼓鼓的黑色手提包。显然，她已经陪着孟叔敬完了所有的宾客，并且看到了自己手机上的"陌生来电"，然后拿着准备好的钱匆忙赶过来。可是她没有看到舅舅，只看到自己的女儿衣衫不整满脸泪水，而越泽毫发无损地陪在她身旁。

我妈脸上的神色复杂地变幻着，但最终，她阴冷的脸色已经表面了水火不容的立场。

"妈，你听我说。刚才是——"

妈一把将我拽到自己身边，帮我整理好凌乱衣服，又抹掉了我脸上的泪水和发丝，最后才将披在我肩上的西装扯下来，扔还给越泽。越泽并没有接，西装打在他胸口，无声地划落在地。

她拉着我就走。

"妈……"

"阿姨……"

我跟越泽几乎同时发出声音，我妈处在临界点的情绪就在那一刻爆发了，她几乎是尖叫着，"今天我结婚！"

不单是我跟越泽，走过的三两个路人都被这一声给震住了。

"我知道……"

"既然知道，你还出现在这里做什么？！我之前跟你说得不够清楚吗？为什么还要缠着我女儿不放？你就非得选在这天来惹事吗？！"

"不是这样的，妈你听我说，刚舅……"我赶忙收声，马路对面孟叔已经焦急地跑过来，后面还跟着七月。

"雯雯，雯雯……"孟叔满脸涨红，显然有些醉了，但他还是很清楚自己要干什么，半哄半求把妈拉走，"回去吧，亲戚朋友都在里面等着呢。今天咱们结婚，有话好好说，不吵架啊、不吵架……"

"谁要跟他好好说了啊！你瞧瞧，瞧瞧这个畜生对我女儿做了什么？"

"行行行，不说啊，咱不说……"孟叔劝住了我妈，看了我一眼，我拼命摇头却不知如何解释，他心领神会，假装生气地瞪了眼越泽："还不走！我们一家人不欢迎你！！"

越泽纹丝不动站在原地，他像一面无动于衷的墙，无视了所有的愤怒和攻击，只是静静凝望着我，希望我说点什么，好像我口中拥有解除他封印的咒语。

新娘情绪激动，还是恶毒地谩骂着，新郎拖着新娘，七月挡在中间维持着场面，情况无比混乱，我已经不知要从哪里开始解释。

"越泽，你先走吧。"我泪眼朦胧，"走啊！算我求你了。"

越泽的眼中划过一丝很深的失落，他轻轻偏了下头，无可奈何地扬了扬嘴角，似笑非笑地转身了。

走出几步，他蓦地停下。

一恍惚，时间想到了两年前的夏夜，那晚我从寝室跑出来，提着一个烂掉的行李箱无家可归，从机场回家的越泽半路停下跟我打招呼，当时他也是那样转身就走，而我一边看着他离开的背影，一边祈求着他不要回头，不要回。

两年后的几天，我也同样祈求着。

这一次，他还是回头了，他的脸上再找不到犹豫和彷徨，眼神里闪烁着坚定的光芒，"不，我不走。"

所有人都出乎意料地呆住了，他看向我妈，"我爱她。就算是你，也不能阻止我。"

我捂住了嘴。

我没听错，他说他爱我，毫不犹豫，掷地有声。眼泪猝不及防地涌出了眼眶。顷刻间，心中的天秤义无反顾地朝反方向倾斜，多少天了，原来我一直在等的，只是这句话。我知道自己马上回走过去，抱住他，再也不松手。

可是我妈阻止了我。

她一愣了秒，仅仅是一秒，忽然间她就变了一个人似的冷静下来，"你刚说什么？再说一遍。"

"我爱她。"

"你爱她？"我妈意味深长地哼笑一声，话锋一转："哪怕淼淼不是你的亲生女儿？"

越泽最先错愕住，再是我，接着是所有人。

"你没听错。"我妈异常平淡地补充："淼淼根本不是你亲生的。现在，你再回答我，你还爱我女儿吗？"

"妈，你……"我感觉莫名其妙，不知道这是在演哪一出。

"你很清楚我在说什么。"妈底气十足地顶回了我的话，仿佛我真的知情一样，接着她的目光又移向了七月，在场所有人中，七月大概是除了我妈最镇定的一个人了，"七月，把DNA亲子鉴定报告给我，你今天带过来了吧。"

"带过来了……"七月有些为难，"现在吗？"

"对，现在！本来想私下寄给他，既然他今天来了，就当着大家面说清楚好了。"

我妈接过七月从背包里拿出的一叠纸，扔向越泽，越泽整个人都懵了。他花了很长时间才让自己恢复神智，迟钝地低头看向脚边的纸张，弯腰慢慢将它捡起来。他脸色苍白地看着那份薄薄的报告，翻开第一页，原本涣散的眼神飞快地被什么东西给抓住了，瞳孔放大，震惊、愤怒、痛苦，最终都化为了绝望的死灰！

报告从他手中滑落，轻飘飘地掉在地。他踉跄着一连后退了好几步，苍白无力的张着嘴，颤抖的身体几乎要站不稳了。

妈回头看了一眼迟疑的七月。

"说啊。"

在妈的威逼下，七月轻叹了口气，走上前一步，"越泽，你都看到了，事实就是这样。淼淼其实是我跟七喜的女儿，以后希望你不要再来缠着我们一家人了。"

"妈，七月……你们在胡说什么？"我整个人都快精神错乱了。

"我没胡说，鉴定报告就在那，你可以自己看。"妈声音依然冰冷。

我慌张地捡起已被丢弃在地上的报告，翻开的一瞬间，我自己都差点被骗过去了，上面显示，淼淼的DNA跟七月的是吻合的。

"不，不可能……这太荒谬了！绝对是假的……"我极力否认！

"七喜，别骗自己了。"七月打断我，"其实我很早前就怀疑过，这孩子到底是我的还是他的。我把这事跟你妈坦白了，所以拍婚纱照那天，你妈偷偷给了我淼淼的头发，让我去做鉴定。七喜，其实你也不确定对不对？只是当初你以为我死了，所以才让自己相信孩子是越泽的，你不希望孩子一生下来就没有爸爸。"

"不，不对……"

七月就在这时用力地抓住了我的手，他恳求地看着我，手上的力度慢慢加重，"七喜，别骗自己了。如果孩子不是我的，为何我一出现，你就开始想方设法离开越泽？你只是不忍心伤害他，才一直骗他。现在是时候说出真相了，七喜，他迟早会知道的，我们不能骗他一辈子……"

"七月……你、你知不知道你在干什么？"我极端恐惧地看着他，眼前的人竟是那么陌生。

七月目光沉重，他在撒谎，他脸上的愧疚写得清清楚楚。讽刺的是，此刻这份愧疚反而加深了谎言的可信度。

"阿姨，你带了淼淼的户口本吧。"七月问，我猛然一惊！

我妈点点头，从包里翻出了户口本，七月接过。

"不！"我要阻止，可来不及了。

七月走到越泽眼前，打开户口本，摆在他眼前，"七喜一直在骗你，孩子的名字不叫艾淼淼，叫艾思晨。"

是的。我骗了越泽，孩子名叫艾思晨。我当初坚持要给孩子取这个名字，是为了提醒自己，永远不要忘记苏小晨的死，如果没有他，我们母女俩根本不可能还活在这世上。

今年年初越泽回来找我，问我孩子的名字时，我出于私心只告诉了他孩子的小名：淼淼。其实，会叫淼淼这个小名并不是什么五行缺水，在字典里，"泽"意指很多水聚集的地方，淼淼也是很多"水"组成，暗示着越泽才是孩子的亲生父亲。那时我真的以为自己永远不能再理直气壮地去爱他，才以这种偷偷摸摸的方式纪念我们的爱情。

关于七月的真实身份，我曾有很多次机会告诉大家，但我没有。此刻，最不应该解释的时候，我若托盘而出又还有谁会信？什么新加坡，什么王叔的养子，什么一模一样的少年，怎么听这都像是临时编凑、漏洞百出的故事。

我俨然成为了《狼来了》中那个爱撒谎的小孩，站在山坡上，无论如何喊着狼来了，也再没人相信。

我无能为力地看着越泽，张着嘴，却发出声音，只剩下无力的空洞。

"艾思晨……"越泽沙哑的念出了声，脸上的痛苦变为了彻彻底底的麻木，他撑起颓败的身躯，转身。

我拉住他，"越泽，你听我说！根本不是这样的？"

"放手。"越泽声音冰冷到极点，像是寒冬清晨从树梢滑进你背脊的一滴冰露。

我的手颓然松开，并非那寒彻骨髓的冷漠，而是，我看到他在哭。那么自尊隐忍的一个人，竟然当着我的面，当着这么多人的面，在这个人来人往的街头，哭了。

我艾七喜今天是中了什么大奖啊，竟然在同一天见证了我最爱的男人的告白和眼泪。

他剖开胸膛，掏出自己的鲜血淋漓的真心，只为了告诉我他爱我。而可我又做了什么？我自私、任性、猜忌、优柔寡断、狭隘卑鄙，作茧自缚，终于在今天，把这颗心碾成了粉碎。

越泽摇摇晃晃的离开了，像是一副没有灵魂行尸走肉。

我杵在原地，整条街道都变成了默剧，没有声音，没有颜色，他渐行渐远的消瘦背影像一道永不愈合的伤口，锋利地划破了我的胸膛。

我闭上眼，

脑海里是越泽的脸，我本想看到一张对我微笑的温柔脸庞，可那张脸庞却眉头紧蹙一言不发，深深的失望和心伤刻在了他深邃的眼眸中。没关系了，就这样吧，我在无边的黑暗中抚摸这张脸，轻轻地，心疼地抚摸，从额头，到眉眼，到挺拔的鼻梁，紧抿的嘴角……我告诉自己：最后一次想你，最后一次，我爱的男人。很快，黑暗会遁去，你也将消失。

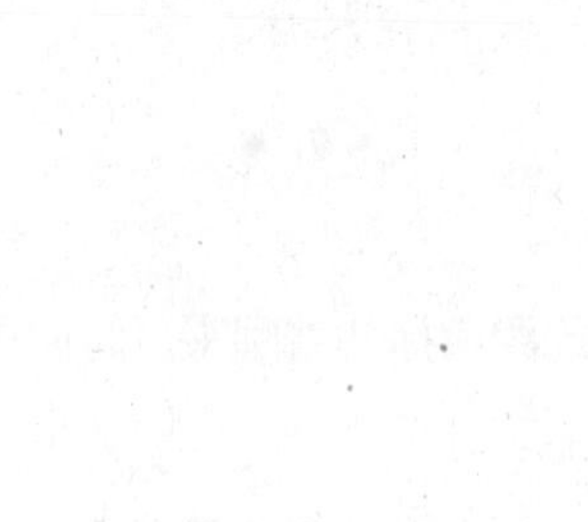

第七章

◆ 01 ◆

敲门声响起，我从昏睡的泥潭挣扎着醒来。时间应该是白天，窗帘缝隙里透着刺眼的白光，让我一阵昏眩。

我四肢无力，意识恍惚，闭上眼睛想要继续睡过去，房门外传来了外婆苦心的规劝，"七喜啊，你都闷在房里一天一夜了，再怎么伤心，也要出来吃点东西呀？你要再不开门，我只能去叫开锁师傅啦……"

我打开了门，外婆担忧地站在门外，被我憔悴的模样给吓住了，一时竟不知要说什么。

"外婆，我没事……"我声音沙哑得几乎变形，绕开她去了趟厕所，看到婴儿车上的淼淼睡得比我还香，又放心地折回了房间。

外婆端着一碗粥堵在门口，"吃了它再说。"

我接过粥，挤出一个让外婆放心的笑容，再度关上门。世界回归了颓废的昏暗，我把粥放在一边，找出枕边的手机，给越泽打电话，依然是关机。我忘记这是第多少遍了，我知道这是徒劳，可除此之爱，我不知道还能做什么。

"吃点吧。"外婆还守在门外。

我倒在床上，外婆的声音又无奈又心疼，"七喜啊，有件事我不知道该不该对你说。其实你妈办婚礼的前两天，我见到过他。"

我的心狠狠痛了一下，我知道，外婆说的是越泽。

接下来，外婆隔着门告诉了我整件事。

当时是下午，外婆推着淼淼的婴儿车，在小区的健身广场晒太阳。两个关系不错的邻居跑到婴儿车前面逗淼淼玩。外婆就坐在旁边的长椅上看着，突然手机响了，其实就是我妈打过来的，很小的一件事，但手机这种东西对外婆来说还是很陌生，所以她每次说话都用最大的音量，吼得我妈都听不清楚，而她自己又有点耳背，沟通十分困难，花了好几分钟才讲清楚。等她回过神时，婴儿车旁边的两个邻居已经走了，取而代之的是一个带着鸭舌帽穿着普通便装的男人，他背对着外婆，蹲在婴儿车旁边。虽然打扮有些奇怪，但看起来并没有坏心眼，童心未泯地跟淼淼玩闹着，手中拿着一个能发出声音的灰太郎玩具，把淼淼逗得乐不可支。

外婆悄悄走近，没有出声，渐渐能听到他的说话声。

"宝宝，来，叫爸爸，叫声爸爸我就把这个送给你。"

"叫不叫？真的不叫啊？"

"算了，你还小，等你长大点了再叫好不好？"

"淼淼，你妈妈还好吗？你说，你妈妈还会原谅爸爸吗？你摇头是说不知道吗？没关系，就算妈妈不原谅爸爸，就算她给你找了新爸爸，爸爸也会一直陪你们身边，一直保护你们的。这是我跟淼淼的约定好不好？"

"你点头就是好的意思咯，来跟爸爸拉钩。拉钩会不会……不是大拇指，是小拇指，对对，淼淼真乖……"

最终，他没来得及跟淼淼拉钩，他发现了外婆，慌张地站起来，把鸭舌帽往下拉了拉，朝外婆鞠躬道歉，转身快步离开了。

外婆愣了老半天，才反应过来他是越泽。

"七喜啊。外婆应该早点告诉你的……是外婆不好……"

哭干的双眼再次湿润，我把头钻进枕头底下，哪怕世界已经如此狭窄昏暗，悲伤还是见缝插针，让我无处可逃。

一分钟后，我打开了房门，外婆还站在门口，似乎知道我会出来。

我上前一步，抱住她嚎啕大哭，外婆微微踮起脚尖，心疼地摸着我的后脑勺，就像回到了小时候，那时候啊，无论我心里有什么委屈，都能被这双布满掌纹的神奇大手给融化。可现在我才知道，世界上有比委屈更叫人难受的事，它叫错过和遗憾。

三天后，我振作了起来，至少在家人眼里是这样。其实只有我自己清楚，我依旧痛苦、悔恨，一想到越泽离开前的那张脸就万箭穿心，但生活还得继续，淼淼也等着我照顾。

晚上，我跟我妈进行了一次谈话。

本来这个时间，我妈应该跟孟叔在夏威夷度蜜月的，不过她显然没了心情，自从婚礼上那么一闹，她的女儿魂都丢了，不吃不喝不说话，把自己关在房间好几天，现在终于等到她走出房间，她似乎迫不及待地想要更我谈谈。

这三天里，我也没有光顾着伤心，偶尔，我会问自己，到底在生谁的气？生我妈的气？是有一些吧，谁让她伙同七月还要搭上无辜的淼淼一起演戏欺骗越泽。可更多的，我是在生自己的气，如果当初我能果敢一点，少一些猜忌和软弱，根本不会酿成如今的局面。遗憾的是，人总是在犯错后，才能真正意识到自己犯了什么错。

现在，我错了，我给自己一些没有意义的惩罚，只要我想，我还能给自己更多惩罚，可这一切都没什么意义了。

我精神恍惚地坐在楼下的茶馆，妈跟七月坐在我对面，两人都神色微妙地喝着热茶，等着我责难。可我一言不发。最后还是我妈主动坦白了，"淼淼是越泽的孩子，那份DNA鉴定报告是伪造的。"

"我当然知道，我自己的事难道我还不清楚？"我无力地笑了，看了眼七月，"还有，他也不是苏小晨，苏小晨去年四月一号就死了，他叫七月。"

"这些我都跟阿姨说过了。"七月不敢直视我，声音里带着歉意。

"你别怪七月，是我求他帮的。要不是七月，我根本不知道你还瞒着我跟越泽藕断丝连，期间你们有过几次很不愉快的争吵，你还主动找七月当了挡箭牌，你这样做不就是想跟他断绝往对吗？妈这么做是有点歹毒，但也是在帮你……"

"帮我？！"我感到好笑，好不容易平复的怒气又冒出来了，"对，我一开始是打算跟越泽结束这段关系！但不是拿孩子骗他！你知道你这样做，他有多伤心吗？换成是你，莫名其妙就失去了一个亲生孩子，你能接受吗？"

"总会过去的，以后你们各自都能过上平静的生活。"妈原本铁硬的脸色有些动容，"你要恨就恨我吧，我早告诉过你，我情愿你恨妈，也好过以后你恨自己。"

我用力摇头，眼睛又湿了，"如果你知道越泽为我和你做了多少事，你就说不出这么绝情的话了。"

"什么意思？"妈疑惑了。

我已经顾不上七月还在场了，"你以为谢建国为什么到现在还没再来找你！你真以为是他良心发现吗？婚礼那天他其实出现了，他把我骗到没人地方要扒光我的衣服，是越泽及时出现救了我，而且谢建国他根本没有十年前你的那些照片，是越泽当场拆穿了他，他还偷偷搜集了谢建国勒索你的证据，反威胁他，让他知难而退。是他挽救了你和你的婚姻，还有这个家。可你呢，居然对他做出这种事！"

我妈难以置信地皱起眉头，"你别开玩笑，他怎么会知道这些事？"

"妈，你看我像在开玩笑吗？"我哭了，"他之所以会知道，是因为我曾经想过要找一个懂法的律师朋友帮忙，这个律师是他的好朋友。"

"什么律师？到底什么意思？"妈更加糊涂了，旁边的七月也满脸困惑。

接下来的十几分钟里，我把所有事情都托盘而出。

"这些……你之前为什么不告诉过我？"我妈语气软了下来，有些懊恼。

"因为我也是婚礼那天才知道的，我根本没机会说。算了，眼下说这些还有什么意义。"

"七喜……"妈还想说什么，但我摇摇头，"妈，我不恨你，我没这资格，我和你一样都是罪人。我们原本可以相信他，接纳他，可却选择了误会他，伤害他。现在，你的目的达到了，越泽不会再来纠缠我，他只会恨我，恨他的亲生女儿。从今以后，淼淼将永远失去他的亲生父亲。妈，你告诉我，以后孩子长大了问起她为什么没有爸爸时我要说什么？我是不是要说：孩子，乖，去问你外婆吧，她知道你爸在哪？"

妈用力捏住手中的茶杯。

"失陪。"终于她还是坐不住，起身走了。

我真歹毒，明明说好不恨她，却还是三言两句就伤到了她。

不大不小的茶室里飘着淡淡的檀香味，可这并不能使人心情平和下来。妈走后，剩下我跟七月相视而坐。

"对不起。"良久后，七月道歉了，他是真的在道歉。

我摆摆头，不知说什么，这几天，光是痛恨我自己就已经精疲力竭。

"七喜。别怪你妈，不管怎样，她是为你好。"忘记何时起，他不在叫我七喜姐了，跟以前的苏小晨一样，叫我七喜姐时，还是一个温柔干净的大男生，可当叫我七喜时，一切都有了微妙的改变。

"我知道。"我摇摇头，"我刚，刚才就是一时嘴贱，回家我会跟她道歉。"

"老实说，我没想过你会这么难过。我本以为，你是真的想要摆脱他。"七月的脸上满是自责，他自嘲地笑了，"我都不知道是你当初演技太好了，还是我对自己察言观色的能力太过自信了。"

"别说了……"我几乎恳求。

"不，请让我说完。七喜，是我低估了你跟越泽之间的感情，或许就连你自己也低估了。我本来想帮你，却反而伤害了你。但是，事情并不是不能挽回。我有自己的身份证，还有苏小晨的死亡证明，我们可以约时间见个面，好好说清楚。整件事并没那么复杂。只要你想，一切都来得及。"

"真的吗？"我的身体开始回温，仿佛体内点燃了一小簇火焰。

"当然。"七月很肯定地点头，"他现在不肯见你，不肯接你电话，没关系，你可以给他的工作邮箱发封邮件，今晚就可以发。把事情的来龙去脉讲清楚。相信我，他绝对会看，他不会无视掉的，如果他还爱你，他会原谅你。"

我陷入了沉思。

安静了一会，七月话锋一转，"但是，七喜。有件事，我现在也必须告诉你。"

"什么？"我楞愣地看向他。

"在你发出这封邮件之前，我希望你能认真地考虑一下我。"

"七月，别开这种玩笑……"

"这次不是玩笑。"七月目不转睛地盯着我，"我是认真的。"

"七月，我想这之间可能有什么误会……"我太累太累了，身体疲倦地往沙发上靠，"对，你跟苏小晨简直就像孪生兄弟，常让我找到熟悉又温暖的感觉，但你并不是他。苏小晨对我很好，好到曾让我无法拒绝，从他死后到现在，我一直活在愧疚和悔恨中，他在我心中永远有一个位置，谁也代替不了。如果可以，我愿意拿一切换他活过来，包括自己的命。可是，我现在才明白，我爱的一直都是越泽，就算苏小晨活过来，我还是……"我咬牙，"还是无法答应他。"

"我知道。"七月意料之中地平和，看不出丝毫失落，"我想你可能也有些误会，我是想代替苏小晨。但我并从想过要利用你对他的愧疚趁虚而入，我不是什么好人，倒也不至于这么卑鄙啦。我只是想让你知道，如果你肯给我一个机会，我会向你证明，我并不输给越泽，我能给你幸福。如果你愿意，我可以当淼淼的爸——"

"七月。"我打断他，"别说了。"

七月理解地点点头，笑容里有一丝落寞，"你放心，我只是表明心意而已，绝对尊重你的决定。回头我会把我的身份证复印件发到你邮箱，方便你向越泽解释，需要我的地方也随时打我电话，我的手机二十四小时为你开机。"

他放下茶杯，静静站起来，注释我的目光真诚又坚毅，"我现在所做的一切，不是为苏小晨，是为自己。"

◆ 02 ◆

回家后我整夜未睡，坐在电脑旁清醒地敲下每一个字，关于这些天发生的所有事，关于我内心的所有想法。尽管我比谁都清楚，这样做除了让自己在道歉和赎罪中感到一丝慰藉，什么也挽回不了。

那封邮件写得很长很长，将近两万字，我曾以为除了毕业论文，再没有什么东西能让我写这么长。一直到天亮才完成，我不敢回头看，生怕文字中这些赤裸裸的罪状会让我失去发送的勇气，我任由疲倦和恍惚的精神麻痹自己的理智，借着整夜酝酿出的冲动，点击了发送。

那之后，整个人都空了。

后来我睡着了，我做了梦，梦到自己打开电脑，收到了越泽回复。刚要点开邮件时，苏小晨就出现了。这次，他不再是那个鲜血淋漓血肉模糊的可怖模样，他回到了我们刚认识那会，安静地坐在我身旁的椅子上，笑容单纯地看着我，"七喜姐，你干什么呢？"

"我要看越泽给我回的邮件。"我说。

"为什么要看？"苏小晨的眼神无辜而茫然，"现在不好吗？我这样陪着你不好吗？"

"不，不是的……"我胸口一阵阵地钝痛，我流着泪，拼命摇头，"对不起，苏小晨对不起，我真的很想看那封邮件，你别怪我好吗？对不起……"

"你忘了我吗？七喜姐，你要忘掉我吗？"

"不是的，对不起……"我伸手去打开，邮件里是空的，只有触目惊心的一片惨白。

我回过头，苏小晨不见了，椅子不见了，墙壁和天花板不见了，我脚踩的地板也不见了，我开始失重，往虚无而苍茫的深渊下坠。

我在慌乱中惊醒，浑身的冷汗，时间临近中午。

我第一件事就是起床，打开电脑，点进邮箱，可是什么都没有，越泽没有回我邮件。

后来的很长一段时间里，我都重复着一件事，无论是在吃饭、看电视、逛街、还是带孩子，隔不了十几分钟，就会习惯性地看一下手机QQ，查看邮件消息，就像查看时间一样，不同的是，时间能传达给我准确的信息，提醒着我该做什么，邮箱的空白却一次次地冲溃着我的生活，让我不知所措。

七月说得对，越泽作为公司的老板，不可能不查看自己的工作邮箱。他一定看了，然后无视。这种结果早在我预料之中，可真当它摆在眼前时，我还是承受不了。或许是报应把，没多久，我迎来了第二次全线崩溃，这次不是精神上，而是身体上。

我感冒了，真是怪事，六月天里竟然感冒了。全身乏力，食欲不振，上吐下泻，在家死撑了两天，痛不欲生，最后被送往老家的市医院，医院询问了下病情，给我做了检查，才发现并非感冒，而是急性黄疸型肝炎。

接下来便是火速住院治疗，在医院待了二十多天，每天打针吃药，住院的日子不算难熬，唯一适应不了的是不能再看淼淼了，医生表示我在彻底康复前都不要跟孩子接触。

期间七月倒是隔几天就来探望我一次，到后来简直比我的家人还勤快，给我打针的护士小姐到后面都认识他了。他每次都给我带了很多进口水果，多到我根本吃不完，只能分给同房的病人，大家都打心底羡慕我，说我有福气，男朋友对我好。

每次我都只能干巴安地笑着回应他们的赞美。也是那些天，我才明白：有时你所看到的幸福，并不一定真的幸福。那些你所以为的不幸，也不一定真的不幸。自己想要什么，害怕什么，不甘什么，只有自己最清楚。

我的二十三岁生日，也是在医院度过的。凌晨，我躺在安静的病房，收到的第一条祝福短信来自七月。那天，家人在医院帮我庆祝生日，我吹熄了蜡烛，许了愿，吃了蛋糕，后来大家离开了医院，我抱着手机等到十二点，我以为自己还能收到最后一条祝福短信，结果等到的只是第二天的天气预报。天气预报说：明天晴转多云，持续的高温将会得到改善，适合出行、逛街、约会、恋爱。

我呆呆地坐着，就那么一遍一遍地重复着那条短信，直到视线模糊。

一个月后，我出院了。身体还很虚弱，在家继续养着，外婆对我的看护程度不亚于当初刚生下淼淼时的坐月子。八月份就那么慢悠悠地过完了，月底去医院做康复检查，情况很好，没有发展成慢性肝炎，算是彻底根治以绝后患。

我的夏天，就在一场大病中结束，狼狈而匆忙。因为我的生病，提前断奶的淼淼也快满一岁了，现在她能尝试着吃一些软面条、米粥和蛋羹，我倒是从来没担心过这小家伙的饮食，反正外婆总能变着花样给她弄好吃的，家里最有口福的就是她了，长得白白胖胖的。

暑假结束的前几天，夜深人静，我躺在床上，沐浴着月光，想起了苏小晨。

我想起两年前的某个夏夜，我们一起在江边上散步，有一搭没一搭地聊着，漫不经心，心情愉快。那时的我们还很年轻，精力充沛，天真烂漫，对于未来有所期待，那时的我们并不知道，残忍的命运很快就会把我们抛到天各一方。

最近我依然会频繁梦到苏小晨，但已经不再是怀着悔恨的铭记，更多是单纯的怀念，那种感觉就像夏夜凉爽的风，吹过窸窸窣窣的树叶，吹过我的脸，我的发梢和我柔软又不安的心。

很奇怪，这场病痛在我身体留下了损伤，另一方面，又好像冲走了什么暗沉的杂质。

九月中旬，我拖着大病初愈的身体，回到星城南林大学，开始了我的大三学业。报名那天，七月陪我一起去的，他一口一个学姐，叫得我怪不好意思。

他学的是计算机工程，我打趣说那种地方美女资源稀缺，竞争压力很大的。他的眼睛笑成两道弯弯的月牙，"没关系，我会经常找学姐的中文系组织联谊，为咱们系的男同胞谋福利。"我看着林荫下七月明眸皓齿的清爽笑容，有那么一瞬间，错觉自己还是那个没心没肺大大咧咧的大学生艾七喜。

接下来便是大学生活，新同学，新宿舍，新老师，一切都是崭新的，我却再没有当初刚入大学时的朝气蓬发。有时候想想，大学生究竟是怎样一种群体呢？告别了高中时代的天真烂漫，第一次远离父母老师的监管，拥抱自由，却又来不及真正接触到社会上的人情冷暖和惨烈竞争，对于生活跃跃欲试充满激情，对于未来就算不盲目乐观也依然心生憧憬。而我呢，中途跳出大学，在社会这个乌烟瘴气的大染缸里摸爬滚打了一圈，如今再回来，大学生的一切仿佛变成了美好也幼稚的过家家。

　　同寝的两位女孩有一个来自四川，都说四川出美女，她却是个不折不扣的小胖妞，是个吃货，名叫邱秋，大家都叫她球球，性格乐观开朗，人生最大追求是：吃遍天下美食，胖而短暂地活着。

　　另一个姑娘叫小菲，来自广州，除了普通话不太标准，其他地方一点也不像广东人，无辣不欢，吃一碗面有半碗是辣椒，人长得娇小甜美，精力充沛人来疯，常有不同的男孩子约她，最怕的事情就是孤单，上个厕所打个开水都要有人陪。

　　比起徐梦蕾这种奇葩，跟这两个小姑娘和睦相处完全无压力，但，也仅此而已。

　　每当两个姑娘一边对着镜子试着新买的淘宝A货一边花痴地讨论某某系的帅哥很像城市猎人里的李敏镐时，我只能在一旁附和地笑，根本插不上嘴。

　　在她们眼中，我只是个安静的不太合群的普通大学生，每次聊心事总是含糊其辞一笑了之。有什么办法呢？如果哪天她们真要听我说出自己的故事，估计会摸着我的额头问："多久没吃饭了，饿出病了都。"

　　是啊，就连我自己都不相信。

　　平缓宁静的时间慢慢流逝，我也逐渐习惯了每天的主题就是教室、宿舍和食堂和图书馆，外加还有七月这个男朋友的全天陪伴和呵护——我身边几乎所有的同学都以为这个成绩优异笑容温暖的优质小学弟是我的男朋友——除了偶尔还会隐隐作疼的心，我想不出生活有什么不满足。

　　十一长假我回了趟老家，七月坚持开车送我。为了不让我为难，他每次的理由都是：我去找大熊玩，顺便送你。

　　可怜的大熊，被他利用了无数次还不知情。

　　才一个月不见，淼淼又变化了好多。原本粉嘟嘟的肉脸慢慢长开了，五官的形状更加清晰，一进门我就慌慌张张地从外婆手中抱起她，生怕这个鬼崽子忘记了我。幸好，她还算争气，一眼就认出了我，挥舞着笨拙的藕节般的小手，眉开眼笑。

　　她一笑，我眼睛就湿了。

　　并不单单是多日分离的想念全部爆发，而是，她一笑起来，嘴巴和鼻子都像极了她的爸爸，那一刻我感到心痛又无力，我从没有哪怕一秒钟，真的忘记了他。

五一假结束后，我坐着七月的车回大学。假期间堵车严重，我们下午从老家出发，傍晚车子才艰难地驶进了星城的二环，七月关掉了车上的电台，回头看我，"你怎么了？"

"啊？什么……"我回过神来。

"你这几天都很心不在焉。"

"我不一直是这样吗？"我心虚地笑。

"话是没错，但你这几天走神特严重。你知道你说上一句话是什么时候吗？"

"什么时候？"

"两个小时前了。"一提这个七月就来气。

"这几天太累了，没休息好。"我搪塞着，却欲盖弥彰。

七月犹疑了下，还是淡淡地开口了，"七喜，我之前跟你说过的事情，你考虑得怎么样呢？"一个星期前，他再次跟我告白了。所谓的考虑，就是要不要试着跟他在一起。

车厢内再次陷入沉默，我突然有点想念那个吵闹的电台了。

我望向车外，夕阳彻底隐没，灰蓝色的沉闷天空像一块巨大帷幕盖住了高楼大夏，有一种"黑云压城城欲摧"的感觉，似乎要下雨了。我们所在的马路堵得水泄不通，无数车尾的红色信号灯像一串串漂浮在水面上的灯笼，一直延伸到视线尽头。

"七喜。"七月温柔的声线将我拉回来，"算了，你别为难了。我以后都不问了。只要你能开心点，怎样都好。"他话中带着淡淡的委屈，更多的，却是发自肺腑的无奈和成全。

"对不起……小晨……"窗外无数的红色尾灯突然间模糊了，想是被揉碎在黑色的宣纸上，慢慢晕染开来，我眼中的泪水在打转，"前面的路口，能停一下吗？你先回去吧，我还有点事。"

七月凝神看着前方，叹了口气。

他知道我想做什么，但还是什么都没说。

◆ 03 ◆

我来到越泽公司所在的大厦，灯火辉煌的豪华大厅，悬在头顶的巨大水晶吊灯让人眩目。我还清楚记得第一次来这的光景，时间比现在要晚一点，天气还很冷，但我心情却是热切的，期待着跟他的会面。不像现在，苦涩又悲伤。

一路上，我无数次问自己，为何还要来这?

我不太清楚，只是，如果这就是结局，我希望能听他亲口告诉我，我希望能有一个让自己彻底死心的了结。否则，我没办法就这样不明不白的继续新生活。

我来到7楼的C部写字楼，不料大门紧闭。透过防盗的玻璃门，我看到里面的办公桌都空了，门栓上挂着一个指示牌：越科手机软件公司已搬迁到本栋13楼A部，刹那间，胸口像扎进了一把破碎的玻璃。

当一个人爱着另一个人时，手机存着她的昵称，银行卡密码是她的生日，QQ名字里有她名字的谐音——这些都是即时的，爱结束后，这些全部都会跟着消失。而越泽，也终于不爱我了。

回到电梯口，看着上下楼的两个黑暗按钮，内心无数个声音在告诫自己：走吧，你不该来这，无论你想做什么都为时已晚。

伸出手，却还是按了上行键。

两分钟后，确认自己的心已经足够平静和坚硬到承受任何打击后，我走进公司大门，前台换了新人，她不认识我，礼貌地微笑着问我找谁。

"我找越总。"

"请问您有预约吗?"

"没有。"

"我帮你看下越总的行程表……啊，不好意思，越总这两天正在出差，要不，您改天吧。"

"这样啊，那好吧。"

心有不甘，却也只能这样。

"等一下。"一个声音及时喊住了我。

我回头，沈碧抱着文件，站在大会议室的门口，她是第一个走出房间的，身后陆续涌出开完会的员工们，有几个似乎认出了我，目光在我脸上微妙地滞留了几秒。在混乱的人来人往中，我跟沈碧久久的对望。她清清嗓子，先开口了，"有什么事，跟我说吧。"

我点点头。

我没有话跟她说，但我看得出她有话想跟我说。

她领我去了她的独立办公室，相对简洁的空间，一张老板办公桌，一台笔记本电脑，一张红色待客沙发，上面还放着一条毛毯，她大概经常熬夜加班。

"咖啡还是茶？"她声音平和，不是来吵架的。事实上，我也没那个力气了。

"随意。"

一分钟后，她端着咖啡递给我，还开了个玩笑，"放心，没毒。"

我撇撇嘴。

两人无声地喝着咖啡，沈碧没坐，双手捧着马克杯，身体倚着办公桌，侧脸看向飘窗外的华灯初上的繁华星城，眼中尽是疲倦，却又饱含着柔情，她似乎想到了什么开心事，情不自禁地微笑。

直到现在，我也不得不承认，她的笑很美，跟我妈那种妩媚的美是不同的，更多透着一种孤芳自赏的冷艳。

"我最爱夜晚的大城市。"她开口了，更像自言自语，"小时候，家住镇上，每到十点之后，窗外就一片漆黑，只能听到猫头鹰和狗叫，那声音啊，凄冷冷的，叫人难受。从小，我就特别讨厌那种寂寥又凄冷的夜。可大城市就不同了，不管多晚，永远是灯火通明通宵达旦。无论我是失眠，熬夜加班，还是别的什么原因清醒着，只要拉开窗帘，看一眼外面的城市，就觉得自己一点也不孤独，反而很振奋，就好像有个声音在告诉我：怕什么？大千世界，没什么是不能输的，没什么是输不起的。"

"为什么跟我说这些？"我并非没耐心听下去，只是不太明白。

沈碧没有直面回答，又说："世上有四种人，乐观主义者，悲观主义者，乐观的悲观主义者，还有悲观的乐观主义者。七喜，你是哪种？"

我摇摇头，"我没想过，但肯定不是第一种。"

"我是第四种。这种人是很奇怪的，明明骨子里对生活不抱丝毫的希望与好感，却又活的比谁都拼命。"沈碧傲慢地笑着，毫不掩饰，"从小到大，我就觉得周围的同龄人都很蠢，或许他们有些人能拿数学奥赛第一名，有些人能分分钟就把校内网给黑到瘫痪，有些人钢琴过十级，有些人是奥运会的备选运动员，但在我眼里他们还是很蠢，且一点也不懂得隐藏自己的蠢。我觉得他们很可悲。

"大二那年，我参加了一场联谊，那只是我参加无数场联谊会中的一场。那天我还是老样子，把自己打扮得光鲜亮丽，让我对得起系花这一称号，我混在人群中，保持微笑，对每一个前来找我搭讪的男同学都抱以虚假的热情，配合着他们谈一些他们感兴趣的话题，并给他们一种自我感觉良好的错觉。你知道，男人都是表现欲很强的生物，很多时候我们女人只需要扮演成一个好听众，就这样，我享受着众星捧月的虚荣，联谊晚会进行到尾声，突然之间，我又对这一切感到索然无味，老实说，我自己都受不了我善变的心情。我远离热闹的人群，在角落坐下来，默默喝酒，看着眼前和自己再无关系的热闹。身后忽然传来一个人的声音，他说：我不明白，既然你瞧不起他们，干吗又讨好他们？"

沈碧的眼神就在这时被骤然点亮，她微微翘起性感的红唇，"我转身，看到一个男生，我猜不出他的年龄，他虽然年轻俊朗，给人的感觉却很深层内敛。其实这些都无关紧要，我当时的第一反应是：天啊，真帅！我都要忘记上次单纯被一个男人的脸迷倒是多少年前的事了。应该是我十二岁那年第一次在电影里看到金城武吧。他微微歪着头，笑容迷离，眼睛深邃又漂亮，藏着一些捉摸不透的忧郁。我反问他：你不也一样吗，那你还来这里做什么？他愣了下，随即摆出玩世不恭的笑，瞬间变成一个坏孩子。他的笑特别迷人，相信你也领教过了。他淡淡回答：因为你呀。我知道这只是一个信口拈来的谎，但我假装相信了。为什么不呢？"

沈碧没指望我发表看法，继续沉醉在回忆中，"就这样，我跟越泽认识，并很快在一起了。怎么说呢，我们是同类，骨子里都特别悲观，生活态度肆意又妄为。对于这个世界的虚情假意看的比谁都透，却又不想离开这些虚情假意，就像抽烟的人明知道抽烟有害健康却还是不停的抽。我们很默契不给对方任何承诺，也从不过问对方的私事，待在一块纯粹为了短暂的欢愉，大学生嘛，谈恋爱谁指望过天长地久啊。不得不说，如果一个女人想要找情人，当时的越泽绝对是完美的。

"半年后，我离开了他，当时我大三，被上海一家公司看中，还没毕业就破格录取。走的那天我提着简单的行李离开他租的单身公寓，我简洁明了地告诉他，我走了。我自然不希望他留我，因为我肯定会走，可当他真的一点也没打算挽留我时，我又有点说不出的失望。之后我去了上海，混得还算不错，可以说勾心斗角的职场就是为我这种人而准备的。我以为自己会继续往上爬，出国进修，移民，坚定不移地按照我的人生计划走下去。"

回忆在这里停下来，她似乎在等我问她为什么会回来，可我只端着咖啡杯沉默。

"也不知道是什么时候起，我开始厌倦这种生活，我感到人生无趣，曾经那个人不为己天诛地灭的信仰也不再能支撑我。我都不知道自己干吗要过这种把整个世界都当成敌人和垫脚石的日子，我不知道意义在哪里？就算有一天我成为了英国女王又如何呢？每次自我怀疑时，曾经跟越泽在一起，每天睡到自然醒，每天去楼下吃麻辣烫喝瓶装啤酒也能开怀大笑的时光就变得更加美好。它就像橱窗里的那一瓶无论我攒了多少钱也买不起的香水。某天，我想通了，既然买不起，那就抢吧，把橱窗砸碎，谁来阻止我，我就开枪打死谁，就这么简单。"

我们手中的咖啡都冷了。

她轻叹了口气，"不管你信不信，这些事我还是头一次跟人说。"

"为什么是我？"

"不知道，可能你是我生命中最接近朋友的敌人吧。"沈碧表情真诚，不像是奉承，事实上她没有任何理由要讨好我，"现在，来谈谈你想知道的事情吧。"

我点头。

"越泽去北京出差，谈一个大项目，一时半会不会回来。"

"我知道，前台告诉我了。"

"那说点你不知道的事。越泽的工作邮箱一直是我在打理，你发给他的那封邮件，最先收到的是我，我没有把这事告诉越泽。"顷刻间，一股羞耻感顷刻间涌上脑门，但很快，侥幸心理又取代了这一切。沈碧这种聪明人显然看出我的期待，她似笑非笑，慢慢地接着说，"但我也没有把邮件删除，所以我相信如果他想知道，他现在已经知道了。"

"……"我的呼吸都在这个瞬间停住了。

说到这她露出胜利者的微笑，却并不让人讨厌，"老实说，那段时间我也很担心，可你看，最后他还是没有再找过你。所以，我赢了。"

是的，她赢了。

我早猜到会这样，覆水难收的除了爱，还有伤害。我伤害了越泽，无论我如何解释和澄清，这些都不会改变他被伤害的事实。

"七喜。"她单独叫我的名字，突然俯身向前，转不转经地盯着我，"如果你们真的合适，无论是我，还是那个叫七月的人，或者你妈，都无法拆散你们。"

我艰难地起仰头，等着她的结论，那个我早就清楚的结论。

"你还不明白吗？事情之所以走到这一步，只说明你们的爱情从一开始就是错的。你现在还出现在这，没有意义的。"

"我只是想知道……"

"越泽很好，如今他已经振作起来，每天都很充实，但绝对没有像之前那样靠工作来逃避悲伤，他已经度过了最难的日子，他已经走出来了。生活不是偶像剧，没有谁离开了谁会活不下去，你经历了那么多，应该比我更明白这一点。今后，他会有更好的前途和未来，这些我会证明给你看。而你要做的，就是别再来打扰他，你要再这样拖泥带水，会把他彻底毁掉的。我不会允许。"

我缄默。

很久之后，我缓缓抬起头，"沈碧，你爱她吗？"

沈碧有些始料未及地怔了一下，冷笑着反问："七喜，这个问题应该我来问你。你爱越泽吗？"

"爱。"我斩钉截铁。

"你爱他什么？"

我答不上来了，我从没想过这个问题还会有进一步的思考。

"你不知道爱他什么，但我知道。我爱他英俊的外表、他的才华、精明、冷静、执着、深情、骨子里的单纯。我爱他什么我从一开始就清清楚楚。而你，大概只能回答我：爱一个人，是不需要理由的。呵，这种回答不过是自私无知的借口。你说不上来，是因为从没认真想过你希望从他那得到什么，又准备好了付出什么。你这种人的爱永远是感性高于理性，可感性是多么虚无缥缈的东西啊？你爱上的，不过是那个曾经爱着你的越泽。你爱时，他什么都好，不需要理由。哪天不再爱他，也可以不需要理由，就算有理由，也永远是先顾自己感受的自私理由。你打着爱情的名义折磨的他精神，践踏他的自尊，为所欲为，从不珍惜。这就是为何你会一点点失去他，最终把他亲手送给我！"

我想求她别说了，可她没打算放过我，"七喜，这个世界上，比你更了解越泽的是我。他的深情、坚忍，那些别人看不见的好，我比你清楚一百倍。毫不客气的说，你根本配不上他。当然，或许我也配不上。唯一不同的是，你的那次机会已经用完，Game Over，懂吗？而我还有。"

当头喝棒不过如此。

我是如此痛恨眼前的女人，可我更要感谢她，把我骂醒——我的机会用完了，我失去了越泽。我后悔了，可来不及了。我听到一个声音在嘲笑我，并非来自沈碧，而来自周身的每一个角落。

它说：自作孽，不可活。

我闭上眼，脑海里是越泽的脸，我本想看到一张对我微笑的温柔脸庞，可那张脸庞却眉头紧蹙一言不发，深深的失望和心伤刻在了他深邃的眼眸中。没关系了，就这样吧，我在无边的黑暗中抚摸这张脸，轻轻地，心疼地抚摸，从额头，到眉眼，到挺拔的鼻梁，紧抿的嘴角……我告诉自己：最后一次想你，最后一次，我爱的男人。很快，黑暗会遁去，你也将消失。

我睁开眼，站起来，没有哭。

"替我好好爱他。"

"我会的。"

走出大厦，街道湿了，外面不知何时下起了蒙蒙细雨，路灯之下，头顶的雨点像一阵阵金色的细密花火。潮湿的夜风拂面而来，透着稀薄的凉意，秋天就这么悄然而至，而我毫无准备。

我走下阶梯，眼前的车水马龙让认迷失方向，我呆立在街头，茫然了。

很久后，我转身，七月就站在雨中。背还是跟我们第一次见面那样，挺得笔直。他大概守候很久了，刘海湿哒哒地垂落，T恤黏在骨架分明的肩膀上。他紧锁着眉头，静静凝望着我，眼中是淡淡的心疼和不知所措。

我提着手中的包，缓慢地走到他身边，我歪了歪头，试着挤出一个笑容，打声招呼，却失败了。

七月上前一步，用力将我揽进怀中，耳边是他沉沉地叹气声，"哭吧，哭出来就什么都过去了。"

曾经爱你时，

哪怕为你痛苦，哪怕尽是痛苦，可我活着。

后来我不再执着、尖锐和愚蠢，我很容易原谅谁，忘记谁，理解谁，很少嫉妒，不再争抢，时常微笑，每天都说很多「挺好的」「还不错」这种话，大家欣赏，甚至喜爱我。可我不再活着，我想，我只是还没死去。不过，就这样吧，挺好的，还不错。

第 八 章

◆ 01 ◆

　　我也不清楚自己算不算接受了七月。只是，对于他无微不至的照顾和关心，我不再是礼貌客气地婉拒，慢慢的，我会试着接受和感激。在这之前，我从没意识到自己竟然是那么自私的一个人，就连我爱着越泽时，依然是自私地爱着。

　　当我意识到这些时，我无法再回避七月的好意。我总是忍不住想，如果换做是我那么喜欢一个人却得不到回应，该有多难过啊。既然我这辈子，已经无法再纯粹地爱一个人，那我说什么都不能再伤害爱我的人。

　　生活一如既往，有课上课，没课的时候就泡图书馆看书。什么书都看，比起通俗小说我更爱看世界经典名著，曾经那些让我觉得沉闷晦涩的砖头书，如今变成我甘之如饴的精神乐园。躲在那些离我很遥远的故事里，看着他们悲伤快乐，挣扎彷徨，救赎和毁灭。真奇怪，在这些虚构的故事中，我反而感觉到自己真正活着。

　　七月转校过来重新读大一，对于他这种聪明人而言，学业轻松得不像话。因此他的时间特别多，几乎天天来图书馆陪我。他不喜欢看书，总是带一个iPod shuffle，比纽扣大不了多少，夹在领口处，塞上耳机，静静听音乐。有时我看得入神了一连两个小时都不讲话，他也不觉得无聊，耐性好得出奇。

有时我会于心不忍，愧疚地合上书，拉他离开图书馆。每每这时，他嘴上总会是说"没关系啊你继续看"，脸上却会露出孩子撒娇得逞后的笑。在那一瞬间，我几乎分不清楚他究竟是七月还是苏小晨，不过这些也没那么重要。

之后的日子里，七月变得更加理直气壮。先是靠着那张讨人喜欢的好看脸蛋跟宿管大妈迅速好搞关系，然后再用吃不完的日本进口零食堵住了球球跟小菲的嘴，如此一番糖衣炮弹的轰炸下，从此他出入我的寝室就像出入自己的第二个家。叫我起床，给我带早餐，打开水，陪我上课，送我下自习，慢慢成了他的日常。

偶尔还会有突发情况，一般都是这样，先发过来一条短信：还不睡？

——你怎么知道我没睡。

——刚看到你更微博了。

——算你厉害。

——饿了吗？

——好像有一点。

五分钟后，寝室门就会被人敲响了，七月提着香喷喷的三人份夜宵站在门外笑意盈盈，时间是十二点。

偶尔，也约会。

一般是星期天，七月开车接我去吃饭，然后看场爆米花电影，再找家咖啡馆坐一坐，或者去公园或者江边散散步。每个星期天的晚上，汐江都会有大型的烟火展，我们一连看了四次。第五次我没去成，他拿DVD录下来，第二天送到了寝室，我没来得及感动，球球已经开始找纸巾了，夸张地哭诉，"七喜跟你一比咱的青春简直被狗吃了啊。"小菲在旁边漂亮地补刀，"还是中华田园犬。"

被她俩这么一说，我才意识到自己真是生在福中不知福。有时我也问自己：人为何如此是不知足呢？我们永远活在为了取悦自己而浴血奋战的漫漫长路上，却从没能好好停下来，好好看一看四周，那些我们曾经想要的，其实早已经得到。有安稳而不辛苦的生活，健康、有人爱，养大淼淼的的生活目标也很清晰，我还有什么好不快乐呢？

直到某天我刷微博，看到一个叫彭湃的作者说的一段话：

——曾经爱你时，哪怕为你痛苦，哪怕尽是痛苦，可我活着。后来我不再执着、尖锐和愚蠢，我很容易原谅谁，忘记谁，理解谁，很少嫉妒，不再争抢，时常微笑，每天都说很多"挺好的""还不错"这种话，大家欣赏，甚至喜爱我。可我不再活着，我想，我只是还没死去。不过，就这样吧，挺好的，还不错。

猝不及防地，眼眶就湿热了。

我想我释怀了，为自己曾经的愚蠢和炙热，也为如今的聪明和温和。

时间继续过，我始终保持着每星期跟七月约会一次，每月回家看一次淼淼的生活。眨眼就到了十一月份。

深秋的星城热闹依旧，空气却陡然转凉，整座城市笼罩上一层淡淡的萧瑟。大街小巷都是凋零的香樟树叶，它们一层一层的铺陈在马路上，在汽车轮胎和人们的脚步中轻轻翻滚着，像是哀伤的低语。

某天上网，我无意间看到一条新闻，立刻被"星城""2012年""愚人节大火""精神病罪犯"这些字眼给勾住了眼球。我鬼使神差地点进去，果然，是阮修杰纵火杀人案的后续报道。

大概内容是：犯人阮某原本是意图跟越某同归于尽，却阴差阳错导致苏某死亡，这样的情况下量刑变得非常复杂，且犯人本身又患有严重的精神疾病，不好定罪，目前还在精神病院看护和治疗，但对于这样的处理结果很多网友表示不满，更有不少极端的声音说："无论是不是精神病，杀人偿命天经地义。"罪犯家属对于此事避而不谈，不接受任何采访。

那个天星期天下午，我第一次拒绝了七月的约会。几乎是偷偷摸摸的，坐车去了郊区的精神病院。

不知道算不算幸运，当天下午我见到了阮修杰。

他虽然是犯人和病人的双重身份，但要见他并没有想象中的困难，反而出奇地顺利。我买了一些水果和鲜花，谎称自己是阮修杰的远房亲戚，前台的护士没有起疑，一听阮修杰的名字，甚至都不用翻编号本，立刻清楚我要找谁，看来他在这很出名。

她让我签了一份简单的安全协议，领我去探望病人。

一路上我们闲聊着，护士说那时候这个病人刚杀过人，每天都有记者跑过来，监管比较严格。后来风波过去，记者和警察也来得少了，只有一个年轻女孩还时常会过来。至于的阮修杰的家人一次也没出现过，但每个月会准时打钱过来，其实他也挺可怜的。

护士的话中透着年轻人才有的怜悯，真诚却浅显，没经历过不幸的人在谈论不幸时，哪怕再认真，也总是隔着一层纱。

"他现在的病情怎么样？"我问。

"挺好啊，生活可以自理，也很少给医生添乱。可惜脸部被严重烧伤，样子蛮吓人的就是了。"她特别转脸过来叮嘱我，"一会你可要有心理准备。"

我点点头，做着深呼吸。

我们来到病人散步的操场，现在自由活动时间，有不少人。她四下瞄了瞄，指着不远处一个人，"喏，65号，阮修杰，严重臆想症和人格分裂。"

虽然已有准备，可看到他时我还是不由得一惊：阮修杰穿着蓝白条纹病服，外面套着一件深黄色无袖毛衣，戴一顶灰色帽子。即使隔了这么远，我都可以清楚看到他半边脸上狰狞的肉红色伤疤，一直延伸到领口下面。眼窝深陷，骨瘦如柴，眼神呆滞，像一尊没来得及彻底融化就匆匆凝固的蜡像。

他呆坐在操场沙池的秋千上，歪着头，双手交叉垂落在两腿间，一动不动，像是坐了一千年。

"他性格还蛮温和的，我有时也会跟他聊几句。不过你还是要小心点，聊天时不要跟他争执，不要讲一些激怒他的话，也不要在他面前用打火机，他对火很敏感。还有，以防万一别离他太近。操场有巡逻的保安，就是穿黑色制服的那些人，万一有危险就大声喊救命。"

"好，谢谢提醒。"我用力点头。

我把鲜花放在沙地上，在一米外的另一个秋千上坐下，隔着这道脆弱的分界线，我内心是高度的戒备。近看才发现他其实有表情，直视前方淡淡地微笑，可惜这个笑容是那么狰狞，被烧坏的脸部肌肉和血管组织在高温的炙烤下交织成暗红色的肉瘤状，两只布满血丝的眼球突在外面，仿佛一用力就会剥离出来掉在地上。

再回想起曾经那个年轻帅气的他，我不由一阵惋惜和心寒。

老实说，看到他现在这副摸样，我根本无法再恨他，当然我也并没有大度到能原谅他。要怪只能怪时间这个包治百病的庸医，两年过去，再惨烈的爱憎，如今也磨去了棱角。

我很清楚，眼前的人，已经受到应有的惩罚。既然如此，我为何还要来找他？我问自己：如果我不再恨他，也不再关心他的咎由自取，我为何要出现在这里呢？

真实想法蓦地从内心深处冒出来，我极力否认！偏偏越是抗拒，它就越是凸显，像是无论如何也按不进水中的皮球。

——越泽。

如今，这个名字中的任何一个字，不管以任何形式出现在我的世界，都能让我感到一阵惊心动魄，并拉扯出阵阵疼痛。

越泽，我一直极力避免着你，却避不开想要靠近你的本能。现在，我只能去靠近曾经跟你有关如今却已经陌路的人。这样，总不算打扰到你了吧？

阮修杰察觉到了我，迟钝地歪过脖子，依然是那个扭曲的笑。

"你好。"我忙说话。

"你好。"他的声音有些漏气，像一个风浊残年的老人垂死前的挣扎。我知道，那场大火不但摧毁他的容貌，还严重损害到他的声带。

"你……还记得我吗？"

"记得。"

我的神经立刻紧绷——我不过随口问问，本以为他早忘了我。我按捺住恐惧，又问："那……你说说我是谁？"

"你呀。"他怪异的声音里竟透着一丝雀跃，"你是骨精灵呀。"

骨精灵？我想起来了，是《梦幻西游》里的一个游戏角色，以前王璇璇也玩过一段时间这款游戏，她最喜欢的角色就是骨精灵。我长舒一口气，提着的心又放下来了——看来他是真的疯了，完全沉静在自己跟越泽、越森南一起玩网游的那段时光里，早已分不清楚现实世界和虚拟世界。

我该同情他吗？不，他比我幸福多了。至少，他一直和他喜欢的事物待在一块，哪怕是虚幻的。

不再害怕他之后，我们漫无目的地聊起来，从今天的早餐吃了什么聊到他最今天穿的什么颜色的袜子，又聊到了北极熊，聊到了火车，聊到游戏副本，聊着聊着，他突然打住，用中指堵住了嘴，示意我安静，像个小孩一样歪着脑袋，侧耳倾听。

"它来了！"他一本正经，有些兴奋。

"谁啊？"我问。

"大鲸鱼。"他笑了，"它来接我了。"

"接你去哪？"

"去月亮怎么样？今天大鲸鱼带你去月亮上玩好了……"一个熟悉的声音出现，我仿佛被点穴，浑身的血液都僵住了，一双手轻轻推了下我的背，秋千带着我荡起来。她又说话了，声音恬淡而柔和，"好久不见，七喜。"

三秒后，我鼓足勇气转过头，是王璇璇，我唯一的好朋友，也是我永远忘不了的陌生人。瀑布般的长发不见了，取而代之的是干净清爽的短发，浅蓝色的牛仔外套，黑色运动裤，看上去像个正从棒球场回来的年轻小伙子。改变最大的还是她的眼神和笑容，平静、淡然、坚韧。

我几乎是慌慌张张地从秋千上跳下来，任由它孤单地回荡在彼此之间。这个不曾料想的相遇，让我有些眩晕。

我该恨眼前的人吗？恨她让我的苏小晨葬身火海？不，我不能。因为我比谁都清楚，即使她当初什么也没说，苏小晨还是会那么做。况且，她并不想害苏小晨，她只是想救自己心爱的人，谁能眼睁睁看着自己心爱的人死去呢？换做我，我也做不到。

那么，我该开心吗？多少个日夜，我从没有一刻真正忘记过眼前的人，我最亲爱的好朋友，我永远的大姐头。

她肯定不会知道自从她离开后，我连一个讲真心话的朋友都没有了。对有些人而言，友情是比爱情更独一无二的存在，我艾七喜这辈子，都只有她这么一个朋友，就算我们今天没有见面，就算我们今后再不见面。

王璇璇似乎没有我这么多心理活动，相反，她十分坦然，把手中的小黄人递给阮修杰，像哄小孩一样哄他。

我看着小黄人，跟七月送给淼淼的是同款。当下最时兴的玩具，即使阮修杰都这样了，王璇璇也没有敷衍他，精心给他准备了见面礼。

王旋旋抬头看我，"他把你当什么呢？"

我半天才反应过来她在问什么。

"骨精灵。"我的声音有些涩。

"他会给每个人角色扮演，我是大鲸鱼。有时候是红色的，有时候是蓝色的……"她笑着解释，"要看我穿着什么颜色的衣服。"

我跟着笑，却笑得很不自然。

我踌躇着，还是问了，"近来……还好吗？"

"挺好的。"似乎怕我不相信，她强调，"真的。"

至此，我长长舒了一口气。

阮修杰像个小孩，对玩具爱不释手，他不停地摇晃着，小黄人就自动拍手，还发出很贱萌的笑声。我跟王璇璇坐在对面的长椅上，像两个家长，看着自己的小孩子玩耍。

我们慢慢打开了话匣，谈到彼此的近况，王璇璇说了很多。

自从2013年愚人节的那种大火后，她的生活被彻底改变了。不，严格来说，遇见阮修杰的那一天起，她的生活就被改变了。

孩子没多久出生了，王璇璇并没有带着他的孩子去找阮修杰的父母，自然也没有回自己家——他的父母很迂腐，这种大逆不道的事情是坚决无法接受的，父亲一气之下扬言要跟她断绝关系，母亲偷偷塞给她一张存折，哭着让她把孩子送人，等父亲消气了再回来和解。她没有听母亲的话，她当时只有一个念头，就是让孩子能健康快乐地长大成人。她并没有带着孩子走多远，就在一个叫南水镇的地方待下来，离星城几小时的车程。

对她而言，去哪不重要，适合生存就好。

那里的经济发展程度跟我老家岚镇差不多，物价比星城略低一点，很适合生活。王璇璇的银行卡里有四万块，但是养孩子特别辛苦，别看她胸大，却根本没有奶水，国内奶粉又不放心，只能买进口，贵得要命。四万块用得很快，孩子五个月大时，王璇璇去了一家超市当收银员，她身材恢复得差不多，偶尔也能接一些礼仪模特的兼职，大学时她身材好，常常会兼职模特。日子很辛苦，且也不方便照顾孩子，今年年初，王璇璇在一个大专学校门口盘下了一家美甲店，每天给那些爱漂亮的大学女孩做做指甲，孩子就放在店子里随时照顾。

她轻描淡写地回忆着这两年的心酸苦楚，口气里并无抱怨，说到这，她再次感激地望向我，"帮我好好谢谢越泽。美甲店现在开始盈利了，钱我会尽快还。"

"什么钱？"我糊涂了。

"你不知道？你们不是又在一起了吗？"王璇璇有些诧异。

"我们的事有点一言难尽，"我闪烁其词，"到底是什么钱？"

王璇璇没再追问，简单交代道，"是这样的，今年二月他突然找上我，得知我的情况，便帮我盘下了那家美甲店，花了十多万……"

我十分惊讶，"真的？"

王旋旋点头，"起初他找上我时，其实我还有些害怕，以为他是要来报复我。毕竟当初要不是我，那件事也不会发生。结果他却表明来意，说想帮我。我一开始不不相信他，以为他假惺惺，还对他冷嘲热讽恶言相对。我没想到第二天他竟然帮我把那家美甲店给盘下来了，还帮我预付了一年的租金。我并没告诉他太多自己的打算，可能是他从跟我合租的那个女孩嘴里打听到的。我当时很诧异，极力拒绝，可他非常坚持。离开前他告诉我，钱不用还，还他也不会要，如果我真想感激谁，就去找你道个歉吧？"

"找我？"我指着自己的鼻子。

"对。他说：'你是七喜唯一的朋友，现在她一个人在老家，很孤单，也很不容易。虽然你们再没有联系，但我知道，她一直当你是朋友，也希望你过得好。'"

"他……真这么说的吗？"我声音哽咽。

她再次点点头，"我其实也想过去找你。但是……想着想着，还是放弃了，我没有勇气。我总对自己说，再等等，再等等吧，等你过得更好一点，更幸福一点，或许那时候就没那么恨我了。或许，到时候我还能带着我的孩子来参加你跟越泽的婚礼，祝福你们……说不定我还能给你当伴娘呢……"王璇璇眼底流过些许哀伤，她苦笑了下，"没想到，一眨眼，又是一年过去了。"

"不要紧，能像现在这样遇见，也很好……真的很好……"我抓住了王璇璇的手，眼里含着泪，却分不清是为眼前的重逢而喜悦，还是为那段不再属于自己的感情而哭泣。

"七喜，不瞒你说。这两年，我有时候半夜醒来，想起曾经跟你在一起的那些日子，觉得就像一场梦。"她抬头看向仍然沉浸在自己世界中阮修杰，眼中没有难过，有的只是无限的温存和原谅，"人啊，都是命。你艾七喜爱上的男人一个比一个好，可我呢，爱上的却毁了我的一生。但有什么办法呢？这是我自己选的路，跪着也得走完。现在，我真的一点也不嫉妒你了。越泽是个好男人，你会幸福的……诶，你怎么哭啦？你真是一点没变啊，动不动就哭。"

我再也无法假装若无其事，抱着王璇璇放声大哭。两年之后，我终于又能把下巴抵在她温暖的肩上了，可这依然给不了我慰藉。

王璇璇并不知道，我遇见的那个好男人，已经离开了我。

◆ 02 ◆

后来我又见到了越泽，当然不是现实生活中，而是在一档很火的综艺节目上。

那一期的主题叫"小说里走出来的总裁"，被请来的嘉宾必须符合以下条件：三十岁以下、开公司、单身、帅气、业内有一定名气。

越泽作为被邀请的嘉宾之一，在众多形象气质佳的青年才俊中脱颖而出。电视上的他化了精致的装，做时尚的造型，光鲜亮丽，冰冷又疏离，像那些遥不可及的偶像，这大概正是他想要营造的效果吧。

当主持人把这位手机软件行业的新秀请上场时，节目里的观众和寝室里的两个花痴发出疯狂的尖叫。

"靠！假的吧。肯定是老总本人太丑了，特意请了个三线小明星来冒充。"听到球球这句评价时，我差点没一口水呛死。我埋头继续看书，手中的书却再也无心翻阅，视线被笔记本电脑上闪动的屏幕死死黏住。

看着他在主持人的刁难的问题下镇定自若地谈笑风生时，我除了意外还是意外。越泽那么低调的人，很难相信他会主动参加这种节目。想来想去只有一个可能——沈碧的安排。

像沈碧那么高明的人又如何会放过这么好的机会，一方面可以制造噱头对公司的产品进行软性推广，另一方面也是想让我看到吧。她曾信誓旦旦地跟我保证，有她在，越泽只会越来越好，越飞越高。

她确实做到了，这就是她的证明。

"一开始装没兴趣，现在看得这么入神！"小菲抓了一把球球手中的薯片，声音懒懒地损道，"你都有个那么帅的男朋友了，给姐妹们留条活路吧。"

"说得好像你没男朋友们一样。"我打起精神，坏笑着损回去。

听到"们"字球球噗嗤一声，零食碎末从嘴里喷出来。

时间继续走，圣诞节转眼又来了。

细心的七月老早就把我们这一天的约会行程安排满了，我却说想睡懒觉，让他下午两点再来大学校门口等我。

他并不失落，欣然答应。

其实我撒谎了，清晨七点我就醒了，拿出早已准备好的生日礼物独自去了一趟墓园，在苏小晨的墓碑前待了一会，意料之中的，我等到了同样来看苏小晨的王叔。

我们有一句没一句地聊天，王叔说着苏小晨的事，以前如何调皮捣蛋，遇见我后变得如何懂事成熟，当我提起我们第一次见面时他因为看到蟑螂而抱住我的腿哇哇大叫时，我跟王叔都捧腹大笑。突然间我感到很欣慰，原来不知不觉，我们已经能以这样的姿态和心情来缅怀他。

跟王叔告别时，我说："王叔，我知道这种话很假，也无济于事。但是真的，我一直觉得，他还活着，就活在我们周围。"

王叔看着我，又侧目看了一眼苏小晨的墓碑，他欲言又止，只是走上前，给了我一个长辈的拥抱。

离开墓园，我折去商场，在专柜给七月挑选了一款巴宝莉的经典款格子围巾，我站在镜子前，试戴了一下，羊毛柔软舒适，脑海中一闪而过的却是越泽戴着围巾的画面，某年大冬天，我颓坐在大雪的街头瑟瑟发抖，他穿着英伦风的黑色牛角扣大衣，像一个高大英俊的黑衣骑士，款款来到我身边，取下厚实温暖的围巾，为我层层裹好，再将我搂紧怀中，轻声说着："没事，没事了，咱们回家。"

那一瞬间的走神，让我产生一股背叛者的羞耻感。我飞快把这些画面从脑袋中删除，并放弃了这条不再纯粹的围巾，选了一只手表作为七月的圣诞节礼物。

返回大学时才下午一点半，校门口没看到七月，时间尚早。

我提着礼盒在学校里信步，发现多媒体教室一楼外面挤满了人，黑压压一片。我抱着凑热闹的心走近了一点，心蓦地狠狠下坠，接踵而至的是片刻的眩晕。

我最先看清的是一个真人等身高的平面宣传纸人，旁边是一面两米高的易拉广告横幅：越泽大学巡回演讲第七站，带你领略梦想的无限魅力。

心脏像被扎破的气球，在胸膛中狂乱地来回冲撞。

我想逃走，双脚却不受控制地往前迈。

多媒体教室的门外有个展位，上面堆着许多款式新潮的情侣手机。展板上写的很清楚，越泽公司开发的一款手机社交软件在跟国内的一家手机厂商搞合作。越泽开发的这款手机社交软件区别于其他社交软件，他的侧重点是情侣，几乎是为了秀恩爱而量身定做，甚至还有各种评分制度。这款软件因为操作简捷，主题明确，时尚潮流等优势迅速在年轻用户群体中占有一席之地，也因此，才顺利拉到了赞助商。

现在只要带着自己的另一半下载这款软件并注册，就能以超实惠的价格买到这款漂亮的情侣手机，很多人在围观，动心的人也不少，更有一些为了买手机而当场商量好，变成了合约情侣，我突然就想起了自己，当年我跟越泽，也是合约夫妻，那真是我人生中最漫长、最惨烈的一场假戏真做。

"喂，别管手机了！我是来看越泽的！"

"哈哈我也是！上次他在我表妹大学演讲，她帮我鉴定过了，据说真人更帅喔！"

"快进去，演讲都要结束了，别磨蹭了。"

几个小学妹叽叽喳喳地从我身边走过，迅速挤进了能容纳三百多人的多媒体教室。我原地挣扎，手心泌出细汗。

"同学，有兴趣解下下吗？"一个黄头发女孩递过来一张传单，语速飞快，"这款社交软件叫7C，你也可以理解成七夕。很好听有没有！我跟你说，现在很多大学生都在玩。你有男朋友的话可以一起体验下，没有的话只要玩这个也很快能交到男朋友喔，我们目前的用户已经达到两千多万……"

"谢谢，我会考虑的。"我匆忙结束谈话，假装离开，其实绕到了多媒体教室后头的一个窗口旁。

跟外面混杂热闹的场面不同，里面座无虚席，却纪律整齐。教室讲台上，配合着投影仪大屏幕下变幻的图像，越泽绘声绘色地讲解着这款产品背后的故事和理念。

他身材挺拔颀长，穿着一件黑色开衫毛衣，里面是蓝白色衬衫，像极了韩国偶像剧中的男明星，一旁的沈碧不苟言笑，单手托着他的长风衣，俨然一副高级助理的模样，相得益彰的组合让越泽看起来更有魅力：年轻有为、才华横溢、前途无量。

在之前的电视节目里，他更是被夸张地宣传成是仅创业一年就身价上亿的名人，自主带领团队开发软件，同时担任公司总裁，文武双全，励志又正能量。所有这些条件都符合年轻大学生门的崇拜和向往，也难怪会这么受欢迎。这些一定是沈碧一手策划的，公司产品能迅速在年轻人用户中开拓一片市场，相信越泽这张脸也功不可没。

此情此景，我明明应该祝福，心里却充满了失落和挫败。原来换一个枕边人，真的就换了一个世界。沈碧带给越泽的世界，比我能给他的世界璀璨耀眼太多。

我所在的窗口边人越来越多，大家推搡挤压着，只为了一睹越泽的真容，可惜他的演讲已经接近尾声。

沈碧看了下手表，故作姿态地适时打断，"下午越泽先生还有预约，今天的演讲差不多要结束了。最后五分钟，是留给大家的互动环节，在座的朋友有任何问题都可以问越泽先生，那么，请开始吧。"

沈碧话音一落，立刻有人站起来。

是一个带着眼镜的微胖的男生，脸上带着学霸特有的古板和傲慢，他一本正经地问了一个编程专业上的问题，也不知道是真心请教还是想让越泽当众出丑。越泽微微一笑，言简意赅地回答了他。我完全听不懂，在座不少凑热闹的听众也是似懂非懂，眼镜男心思考了下，似乎备受启发，心服口服地鞠躬说了声谢谢，坐下了。

很快又有人提问了，普通话标准，还带着笔记本，应该是记者。"越泽先生，你好。抱歉，我想问的问题可能有些沉重。我了解到，七年前，你同父异母的弟弟由于高考压力太大，投江自杀了。请问这件事情，对你有何影响？"

越泽没有任何迟疑，"虽然我们是同父异母，但关系一直很好。对于弟弟的轻生行为，我感到非常和痛心，也曾一度过得消沉。我现在依然想念他，更多的却是感谢他，是他让我明白生命有多可贵，让我变得更加坚强。如今的我，不管遇到多大的困难和挫折时，总是有一个声音会鼓励我：好好活着，要把弟弟那份没来得及过的人生一起精彩地过完。同时，我也想向所有对生活悲观的年轻证明，永不放弃，坚持梦想，人生就有无限可能。"

这段半真半假的回答，赢来一阵掌声。

"越泽先生。我想问问你对自己目前的事业满意吗？接下来几年里有何规划。"又有人问。

"目前还算满意，事实上，一年之内做出这种成绩在我预料之外，除了公司的努力，机遇也很重要。今后的规划，我希望两年之内公司能成功上市，我们会继续开发优秀的手机软件，当然也不排除加入手机市场的竞争，推出自己的产品。"

"谢谢。"

"我我我！这里！轮到我了！"站起来的是一个扎着马尾的干瘦女孩，大大咧咧地挥着双手，嗓门洪亮。

越泽微微颔首。

"我是代表您的广大粉丝来谋福利的！我想问，越泽先生你真的没有女朋友吗？这太不科学了！你该不会是像那些明星一样伪单身吧？"

一石激起千层浪，这个问题够八卦，在场大部分人都沸腾了。

越泽淡然一笑，就在所有人都以为他会避而不谈时，他直言不讳，"曾经有过一个很喜欢的女孩。"

"那现在呢？"双马尾女孩来劲了，"你不肯谈恋爱是因为她吗？老实说我才不相信呢？像你这种长得帅又有钱的男神一般都是花花肠子！"

气氛尴尬起来，不少越泽的拥护者开始插嘴反击，但支持马尾女孩的人也不少数，一时之间议论声四起。沈碧精致的脸上透出不悦，她在靠考要不要立刻结束。

"同学，你说得对。"越泽出乎意料的坦白像一个平地惊雷，大家心碎一地，发出了失望的叹息声。

"越泽先生我看今天就先——"沈碧想结束谈话，可越泽挥手打断了她，"不好意思，请让我说完。"

教室慢慢静下来，越泽平静地看向观众席，准确说是看向那个洋洋得意的马尾女生。

"我在还是你这个年纪的时候，确实很花心。那时的我和大部分理科男一样，觉得爱情不过就是荷尔蒙、肾上腺、多巴胺这些东西在作祟。爱情哪有我们美化的高尚圣洁，爱情不过是人类繁衍后代延续文明的美好伪装而已。我抱着这样的态度对待感情，游戏人生。直到某天，我遇见了她……"

"浪子回头的故事吗？"有人插嘴了。

"是不是很俗套？"越泽从容优雅地回应了调侃，眼中却闪烁着光亮，"你们或许会问，她是怎样一个女孩？其实她很普通，普通的漂亮，普通的可爱，但却独一无二。"

他停顿了一下，微微垂下眼，修长的睫毛盖在了深邃的眼睛上，"可惜她从不曾察觉，还有些自卑，常常把自己伪装成没心没肝的样子，其实只是害怕受伤。她明明很倔强，自尊心很强，却愿意为了我一次又一次地妥协和牺牲，甚至在我最绝望糟糕自暴自弃的时候也没有放弃我，带我走出困境，她做这些，并不为别的，只因为她爱我。

"我也是后来才渐渐明白，爱不是大脑皮层的一些细胞反应，爱是一种能力，每个人都应该拥有的能力。爱不是钻戒、鲜花、教堂、誓言、烛光晚餐这些锦上添花的东西，爱是时时刻刻想要和她在一起，睁开眼能见到她，闭上眼梦见她。一想到她，就觉得很暖，从心、到胃、到手掌、到全身的每一处，再麻木僵硬的心也能变得柔软。你不会再刻意记住爱的存在，因为它已经和你爱的那个人融为一体，呼吸一样自然而然又不可或缺。"

"既然这样，为什么还是没能在一起……"马尾女孩的话中没有了咄咄逼人，更多的是惋惜和感动。

越泽眼眸中荡着一丝凄寂，仿佛漂浮在天空的一缕孤单的云絮，"因为当我明白这些时，已经太迟了。"

一时间竟然鸦雀无声，不少人红了眼眶。我用力捂住嘴，眼泪无声地流。

越泽打破沉默，"不瞒大家说，这款手机软件在设计之初，我就是想当成求婚礼物送给她的，可惜再也没有机会。希望大家别像我一样愚钝，放下骄傲，珍惜眼前人。这世上，根本没有什么更好的爱情，此刻你爱着她，她也爱着你，就是最好的爱情。"

最后一段话不但直力挽狂澜，还给自己的产品赋予了不一样的意义，可谓一箭双雕。

沈碧带头鼓掌，顷刻间教室里掌声如雷经久不息。就在这时，沈碧朝那个提问的女孩看过去，微微颔首，露出精明地笑。随后她拿起风衣，为越泽披上。我突然又糊涂了——难道这场"突发意外"不过是他们事先安排好的一场戏？

可我来不及辨别真伪了，越泽在两个助理的看护下走出多媒体教室，我慌不择路地逃离了。

◆ *03* ◆

　　赶去大学学校门口的一路上，我擦干了脸上的泪，假装什么都没发生过。

　　七月等了有一会，他先发现我，远远地朝我挥手。我走上前，将礼品盒递给他。他开心地接过，并从口袋掏出了给我准备好的礼物，一个精致的灰蓝色礼品盒，见我为难，他立刻解释，"别担心，不是戒指啦。就算哪天我真要求婚，也不可能这么没创意。"

　　我笑了笑，感动又愧疚地接过。

　　这些天，我跟七月名义上在谈恋爱，其实根本不算是恋人，在别人看我来我们似乎很亲密，总是走在一块，可其实我们之间连牵手都很少，就更别提拥吻了。七月人很细心，我的心思他一目了然，从来不会强迫我做不愿意的事。

　　我知道他在等待，等我彻底放下上一段感情。我自己又何尝不是呢？

　　有时候，我真希望时间可以跳跃，能有一股力量瞬间把我送到十年以后，那时候淼淼已经上小学，我跟七月已经结婚，我们可能会有第二个孩子，会养一条温顺的大狗，我有我的家庭、生活和烦恼。再回想十年前的那场"灾难"，它的重要性甚至抵不过晚上给孩子准备的晚餐。

　　七月迫不及待地拆开我送他的礼品盒，将银灰色的手表戴上，举起手在我前面旋转起来，"好看吗？"他开心地笑着，像个炫耀礼物的小孩。

　　我也拆开他送我的礼物，是一条蒂凡尼的铂金项链，做工细致、色泽饱满，看的出价格不菲。

　　"喜欢吗？"他问。

　　我点点头，当然喜欢，自从身材恢复后锁骨也慢慢凸显出来了，我老早就想买一根项链配了。

　　"来，我帮你戴上。"

　　七月拿过项链，绕到我身后，我双手向后撩起长发，项链很快扣好，我刚想放下头发，后脖颈就感觉被人轻轻地吻了一下。

　　"呀……"我惊了一下，说不上害羞还是尴尬。

"这根项链的名字叫'以爱之名'，我现在以爱的名义把它封印了！以后除了我，谁也无法把它摘下来，不信你试试。"

"怎么可能……"我还真不信，马上去摸开口处，摸了一圈又一圈，竟然没找到，"天啊！你怎么做到的？"我惊奇地问。

"哈哈哈，想知道求我啊。"

"喂！站住！快告诉我！回头我洗澡不能摘可怎么办……"我跟他闹起来，刚追出两步，就蓦地停下来，浑身血液在一刹那间凝固。

我看到了越泽，他跟沈碧还有两个保安性质的工作人员站在十米开外，不远处停着一辆奔驰商务车。

沈碧在越泽耳边低语，神色有些焦虑，似乎在催他快点回上车。越泽一动不动地杵在原地，目不转睛地看着我，我不知道他站在那多久了，直觉告诉我，我跟七月交换礼物的一幕他应该都看见了。

七月察觉到我的异样，抬头顺着我的目光望过去，原本温馨的氛围急速消退，他收回孩子气的笑容，平静地走到我身边。

"七月咱们走吧。"我小声说。

七月不回答，两秒后，他坚定地抓起我的手，朝越泽走去。

"别过去了，我们还是走吧……七月，你别这样……"我几乎在哀求，可七月反而加重了力度。

来到越泽面前，四人微妙地对视，这一幕是那么似曾相识。

"嗨，真巧。"沈碧假热情地打招呼，"没想到你俩还是这的大学生。"

"是啊，挺巧的。"七月不疾不徐地回应，"你们怎么会在这？"

"越泽的个人巡回演讲，今天刚好轮到你们大学。"

"这样……"七月做出恍然大悟状，看向越泽，"早听说这事，原来主角是你啊。恭喜啊，事业爱情双丰收。"

越泽一言不发，从头到尾他唯一在做的事情就是看着我，我感觉自己的脸要被他灼热的目光烫伤。

"哎，小声点……"沈碧脸上的幸福和甜蜜有些刻意，她轻轻抓了下越泽的肩，又迅速松开，朝七月使了个眼色，"他现在可是公众人物了，时刻都要伪单身。"

说着她忙从身后助理提着的礼品袋中拿出两支手机，"来，这款情侣手机送给你们，记得玩一玩我们公司开发的情侣APP，挺有意思的。"

"不用……"

"没关系，反正活动也要免费送出很多。"沈碧没给我推辞的机会。

"那谢谢了。"七月帮我自然地接过。

"我们还赶着下一场活动，先走了。有机会再联系。"沈碧语气匆忙，我感觉的出她跟我一样想立刻离开——真正在较劲的是两个男人。

"越泽，走吧。再不走赶不上了。"沈碧再次催促。

越泽终于还是把目光从我脸上挪开，他慢慢转身，眼看就要离开，四五个女生突然开心地围上来。

"越泽，你真的好帅，比节目里看到的还要帅。"

"可以给我签个名吗？我真的好喜欢你！"

越泽一改之前的自信优雅，笑容僵硬地接过女生们递上来的小本子，挨个签名。签完名，其中一个女生又吵着要合照。

整个过程大概两分钟，期间我多次想走，七月却执意抓着我的手不放。

昔日那个善解人意百依百顺的大男孩这一刻变得强硬而任性。他不傻，相反他比我更了解我自己，他很清楚眼下的我必须直面这一切，如果我过不了心里这一关，就算现在离开了，那我也只是一个逃兵，逃兵是永远不可能幸福的。

那三分钟，对我而言就如同一个世纪那么漫长——我有多想逃走，就有多想抱住他；我有多爱他，就有多害怕他。极度的混乱与纠结让我濒临情感的崩溃。几个女生合拍之后终于心满意足地跑走了，但与此同时，更多凑热闹的大学生往这边走过来。

再不走，就真的走不掉了。

沈碧压低声音，几乎是严厉地喊道："越泽！"

越泽仿佛如梦初醒，他不再看我，别过头，朝商务车走去。我跟七月一路目送，沈碧为越泽拉开车门，他单手扶住车顶，刚要弯腰上车却停下来，两秒，或者三秒？我不知道。但那个背影是如此熟悉，那一刻我知道，没有理由，我就是知道。他会转身。

越泽转身了，他撞开身后的保安，朝我大步走来。

我没能看清他的脸，模糊的视线只来得及捕捉到他深邃的双眼中破碎的光亮，那么深沉，那么炙热。

他滚烫的双手用力捧住我的脸颊，冰凉的薄唇落到我的嘴上，仅剩的一点理智驱使着我挣脱，可他不由分说，一只手抱住我的背，一只手托住我的后脑勺，汹涌热烈，仿佛要把我抱进自己的身体中。

激烈的吻还在继续，慢慢变成原始而粗暴地撕咬，哪怕这样，我还是感觉得出他在极力克制着体内强烈的思念和占有欲。

我闭上眼，不再挣扎，心甘情愿地沦陷在他的拥吻中。多少个午夜梦回，我希望能回到这个宽阔的怀抱，感受这份温暖的气息。如今这些真实发生了，却是那么地不真切。

围观的人群中传来了尖叫，白色的闪光陆陆续续打在我的脸上，有人在拍照。

我猜要不了五分钟，越科公司总裁越泽强吻某大学女生的照片将在微博转遍，每一个爱八卦的人都能看到，接着，很快就会有媒体报纸争相报导，各种大V们也将跳出来转发凑热闹，或祝福感动，或冷嘲热讽，或指责这种恶劣炒作的行为……

然而这些再与我无关，整个世界只剩下越泽狂热而深情的吻。我感觉自己像漂浮在的冰冷寂静的海面上，又像侵泡在滚烫柔软的温泉中，像慢慢飘起，又像沉沉下坠。我闭上眼，任由自己沉沦。

突然，我又睁开了眼！

不！不行！我绝不能再沦为感性的奴隶，绝不能再让自己的自私地毁掉他，毁掉他如今的一切。

我用力推开他，狠狠给了他一巴掌。越泽措手不及地退后一步，疑惑地看着我，双眼猩红，泛着痛苦的泪光。

我低下头，用力攥紧拳头，压抑着哭泣的冲动，"先生请自重。"

"七喜……"

　　"先生请自重。"我冷冷地重复一遍。

　　他的手伸在半空，眼中的光就那么黯然下去。现场已经不受控制，围观的大学生们纷纷冲上来，我拉着七月的手离开了。

　　我没有回头，一言不发地走出大学，钻进了七月的车上。七月立刻把车开走，带我远离了这场混乱。

　　不用说，眼下什么约会的兴致都没了，七月的心情比我更糟。

　　他的沮丧和失落都写在脸上，甚至在他直视前方的目光中，我能看到深深的酸楚和不甘。但他并没有责备我哪怕一句话，车厢内静得叫人心慌。

　　我满脸的泪水，想想找纸巾擦脸，右手伸进口袋，指尖触到一丝冰凉，我惊讶得一怔，很快拿出那个小东西，是那枚再熟悉不过的十克拉钻戒。一定是越泽刚才强吻我的时候，偷偷将他放进我的口袋的。

　　可是，今天的遇见只是一个意外。这是不是说明，这些日子，他其实一直把这枚戒指戴在身上。

　　可他为何要这样做呢？我不知道。就像我不知道，为何自己又流泪了。

　　我紧揣着戒指，按在空洞的胸口，失声哭泣起来。

只要还爱着一个人，

只要从不背叛心里的那份爱，人就无所畏

惧，管它桑田沧海岁月沉浮。

第 九 章

◆ 01 ◆

这个圣诞节，我无法再若无其事地跟七月待在一起，我留下一句"对不起"，半路下车离开了。

七月跟着下车，犹豫了下，还是没有追上来。

我独自在城市游荡，被汹涌的人潮裹挟着，随波逐流，茫然若失，走着走着，我又开始掉眼泪。每一个擦肩而过的人都投来异样的目光，可我仍是哭，怎么也止不住。后来我去了一个僻静的公园，一直在长椅上坐到天黑，晚上九点多才失魂落魄地回了宿舍。

我顾不上洗漱，倒头就睡。寝室里的两个姑娘却没打算放过我，球球粗暴地掀开被子，不由分说地把我拽起来。

"七喜！你难道没有什么要说的吗？"球球恨恨地盯着我。

"就是！"小菲激动地凑过来，脸上还敷着面膜，"今天微博都转疯了！天啊，你们是在演偶像剧吗？那个叫越泽的总裁竟然强吻你诶！这种事情，我平时都只敢在梦里面想一想好吗？！"

"怪不得那天看他上综艺节目你一脸的不对劲，真没想到啊。"球球语气揶揄，"你们到底什么关系啊？快说快说！坦白从宽，抗拒从严！"

"你们真想知道？"我情绪低落，没力气陪她们闹。

"当然啊！"神经大条的球球摇晃着我的肩，越发坚持，倒是小菲感觉到气氛的微妙，没有接话。

"他是我的前夫，我们的女儿都一岁了。"

球球失声大叫，瞠目结舌得看着我，小菲的面膜也因为她夸张的面部表情差点掉下来。

"满意了吗？"我苦笑。

两个姑娘面面相觑，半天憋不出一句话。球球有些过意不去地坐在我身边，给了我一个心疼的拥抱。

晚上我们三人挤在一张床上。

我断断续续地给她们讲我的故事，从最开始父亲的那场车祸，一直讲到大学，再到现在。一开始还插话的球球和小菲随着故事的发展越来越安静，后面两人听得投入，大气都不敢出一声，当听到苏小晨冲进大火时球球哇地一声哭了，再到后面，我也哭了，三个人抱着一起哭，早已分不清楚为什么伤心难过。

球球说："七喜，要不是今天越泽强吻你，你今晚跟我说的这些我打死也不会相信。你的生活简直比琼瑶还琼瑶啊。"

小菲点头赞同，"七喜，我真没想到原来你的青春这么精彩。呸呸呸！不是精彩，我用词不当，总之，你这辈子可真是没白活，有两个那么爱你的人……"

"可他们都不在了。"

"怎么不在，越泽还在啊！"

"我们没有可能了。"

"怎么没可能啊？"小菲来气了，"你懂什么啊？"

"小菲我……"

"好了安静点，现在听我说。"她叹了口气，脸色变得沉重，"其实我以前啊，有个青梅竹马，我们两家是世交，我跟他还在娘胎里就给定了娃娃亲。他对我特别好，其实我也一直喜欢他来着，可我自己没发现，大概因为每天都腻在一块，那种喜欢更像是亲人。高一那年，我暗恋上了一个转学生，他是加拿大跟中国的混血，长得特别帅，班上所有女生都喜欢他。后来我追到了他，我的青梅竹马很伤心。高二暑假，转校生十七岁生日，我陪他单独庆祝生日，两人一起去山顶看日出，头一天晚上我骗父母说睡闺蜜家里，半夜偷偷跑去找他，还租了帐篷打算在山顶过夜。这事被我的青梅竹马知道了，他超级生气，凌晨三点骑着摩托车去找我，结果半路出了车祸，送医院的路上就断了气，我第二天才知道这件事……"

小菲抹了一把眼泪，"我后悔死了，真的，肠子都悔青了，哭过闹过还吞安眠药自杀过，可无论我怎么做他也回不来了。直到现在我还不敢一个人待着，做什么事都得有人陪，因为我害怕独处，一独处我就想起他，我一辈子也忘不掉他。我总是想，如果他还活着多好啊，我一定要跟他结婚，哪怕全世界都反对也阻止不了我。可他死了，什么都晚了……"

她回过头，黑暗中，圆圆的大眼睛里闪烁着悲伤而潮湿的光，"七喜姐，听我一句话，只要人还活着，什么问题都不是问题。"

那晚，没人再说话。大家都陷入了关于生与死的思考，说到底，这才是爱情最遥远也最残忍的距离。

我没想过，自己自以为正确的选择，会被一个小我两岁整天嘻嘻哈哈的姑娘给反驳得无言以对。

凌晨四点，两个姑娘各自回床睡觉，我仍然清醒着，心中却是前所未有的迷茫：或许一直以来我的犹豫和克制，迷茫和怯弱，退让和成全才是错的。或许爱情就应该是奋不顾身地去抓住所爱之人，哪怕与全世界为敌。

我还能再选过吗？

我问自己，问上苍。

没人回答我，陪伴在我左右的只是无边的寂寥和黑暗。

"越科集团董事长强吻女大学生"的新闻未持续多久，至少在微博，它很快就退出了话题榜。这个世界上，最不缺的就是热闹和看热闹的人，我们每天都要途经很多热闹，有时候会以为这就是生活，热闹退去，才发现，这只是别人的生活，自己的生活依然平凡孤单。

对于圣诞节那天的事，七月只字未提，对我的态度也没有任何改变，还是一如既往的关心我照顾我。我特别感激他，可越是感激，我就越清楚，我无法接受他，曾经我以为感情可以基于好感慢慢培养，我尝试了，可不过是在自欺欺人。

今年的冬天来得很晚，当所有人都以为它会一直温暖如秋时，气温急转直下，圣诞节后的第二个星期六，星城迎来它的第一场雪。

那天我醒得很早，浑身冰凉，心也因此格外澄澈。

今天我跟七月有约，作为恋人这是我第一次主动约他，但我想，也会是最后一次。出门前我好好打扮了一番，让自己看起来尽量体面。想想以前每次跟七月约会，自己都太敷衍太随意了，我朝镜子中的自己挤出一个精神的笑，犹豫了下，还是把脖子上那串漂亮的珀金项链给取了下来。我已经知道如何摘下项链的方法，原来所谓找不到的断口，就是那个小小的挂坠处，看似最美的地方，也是最脆弱的地方。

我没想到的是，沈碧会来找我。

她穿着端庄娴雅的黑色职业套装，高挑又性感，不时引来大学生们的驻足和回头。她站在宿舍门外的一颗玉兰树下，不时看手表，显然等候多时。

我一走出宿舍，就见到了她。

"方便聊一会吗？"第一次，她的语气不再带有攻击性，神色之间是藏不住的疲倦。

我有些不明所以，半天才点了点头。

我领她去了大学里面的一家甜品早餐店，时间尚早，店里的学生还不多。我们找了一个相对安静的位置坐下，象征性地点了些吃的。

沈碧双手合十放在桌上，端坐着，平视我，眼神却飘到了很远的地方。我看着桌上的食物发呆，等待着。大概两分钟后，她的眼神重新焦距，打死我也想不到，她的第一句话是："我输了。"

"什么？"我以为自己听错了。

"我之前答应你，会好好爱他。"她声音干涩，嘴角是一丝无奈，"恐怕要食言了。"

我不知要开心还是难过，更多的或许是迷惘。

"我要出国了，这应该是我们最后一次见面。"她修长的手指轻轻放在桌面上展开的一张白色纸巾上，眼神也看过去，"但别误会，我没有放弃他，我爱他，并不比你少。"

"沈碧，其实你——"

"七喜。"她郑重打断我，"不用可怜我。"

我点点头，又摇头，一时之间好像回答什么都是错的。

"大学那会我们虽然在一起，但他心底总藏着秘密，我走不进去，也害怕走进去。那时候我很清楚，我们相遇的时机并不对。几年之后，我回来，他内心再没有秘密，那些晦暗阴郁得让我害怕的东西都消失不见，他变成了一个更好也更值得别人爱的人，这样的越泽才是我最想要的，我欣喜若狂，发誓无论如何也要得到他。我真的以为我可以，可是这些日子里，无论我怎么努力他都无动于衷，那种无动于衷对我来说近乎残忍……可我不甘心，我不能接受自己输得一败涂地，我还是心存侥幸，直到圣诞节那场签售，我最担心的一幕还是发生了。"

她说不上是自嘲还是苦涩地挑了下嘴角，"七喜，你明白吗？他跟任何人相处时，都可以像一台精密的机器，不犯任何错，哪怕一句话中的语气词的都能拿捏得精准无误，绝不让你一丝一毫的幻想和误会。可是，在面对你，他就像个任性胡闹的小孩，不断地犯错，一而再再而三地糟蹋自己……我以前认为你是他的灾难，而我是那个拯救他的人。可我错了，你的确是他的灾难，你毁灭他，可也只有你能救他。"

"我现在算是彻底明白了，感情是没有规则的，也没有公平可言。我输了，不是输给你，而是输给命。要感谢你给我好好上了一课。"有那么一瞬间，我错觉她要哭了，可她给我的却是一个洒脱地笑，"不过这一课，还真有点沉重。"

我如鲠在喉，无言以对。

她站起身，"走吧，我还有个东西要给你。"

"给我东西？"

"对，你看了就知道。"

我结账，跟她出了店，走到一辆艳黄色的迷你酷派前。她打开车门，从副驾驶提出了一个猫箱，里面蜷缩着一只黑猫，我一眼就认出是小美元。

"为什么它会在你这？"我又惊又喜，忙拉开猫箱的拉链，轻轻将小美元抱进怀里。它还认识我，撒娇地叫了两声，心安理得地躺在我怀中。

"我就猜这猫跟你有关。"沈碧精明的笑容里泛着一丝苦涩。

"它叫小美元，是我以前跟越泽一起养过的猫，后来他去了美国，我怀了孩子，他们说孕妇养猫不太好，我就送给了一家宠物收容所。"

"就我所知，越泽回国的第一件事就是把这只猫从宠物收容所给领回了家，他从没告诉任何人关于这只猫的事，一直放家养着。直到昨天，他才把这只猫送给了我。"

"为什么？"我的心往一沉。

"他秘密退出公司了，现在公司是我跟谭志的。谭志极力挽留，可他心意已决。他说自己回星城原本就是为了另外一件事，既然现在这件事办不好了，开公司对他而言没有了动力，他这样的状态，只会拖累我们。"

"他……他什么时候走，现在在哪？"我慌了，终于明白沈碧此次前来的目的。

"我有问，但他没说。可能会回美国，也可能继续做一个背包客满世界乱跑吧。他那种人会干出什么事，谁知道呢？"见我慌张掏出手机，沈碧淡淡地说，"不用打，手机早停了。我唯一可以告诉你的是，他定了张飞机票，是今天下午两点，星城只有一个机场，如果你想挽回，可能来得及。"

"谢、谢谢你……"我想上前抓住她的双手，甚至给她一个拥抱，但我忍住了，此刻我越是表现出感激，对她越是伤害。

"不用谢，我这么做不是为了你。"沈碧转身上车，几秒后车窗摇下来，她已经戴上了墨镜，但左脸颊上那一条淡淡的泪痕还是出卖了她，"抱歉，我不会真心祝福你们，永远不会。如果可以，别再辜负他。"

汽车缓缓开走，清晨，那条长长的梧桐树林荫道变得特别寂寥，我一直目送汽车消失，感激的泪水后知后觉地打湿了脸庞。

我转身，掏出了手机。

去找越泽之前，我还有一件必须解决的事。

◆ 02 ◆

我来到曾经跟七月常常光顾的一家西餐厅，给自己点上一杯黑咖啡，静静等待。因为学校离家很近，七月大部分时间都不住寝室，而是回家陪王叔。

这次也是，我打电约他上午见面，他得花点时间开车赶过来。

当我把斜对面一个中年贵妇的毛衣上的条纹数到第七遍时，七月出现了。

他从二楼的楼道转角走出来，一眼就见着了我，微笑着对我打招呼。他在我身边坐下，轻轻看我一眼，翻起了点单，不时说着昨晚跟王叔一起看相亲节目时的趣事，眼神再没停留在我脸上。

期间，我几次想开口，都找不到合适的机会。当他滔滔不绝地讲了将近五分钟后，我才蓦然发现，他并非反应迟钝，相反，他早就猜到这顿饭意味着什么。所以才假装若无其事地滔滔不绝，就是不想给我开口的机会。

突然间，我说不出难过还是自责，眼泪簌簌流下来。

七月轻快的话语停止了，他发现了我无声的哭泣。他的双肩慢慢松弛，低下头，眼中早已是浓稠得化不开的忧伤。

"想清楚了吗？"他声音平静。

"对不起……"

"别这样说。"他摇头，"对不起的是我，我没能让你喜欢上我。是我辜负了王叔，还有苏小晨。"

"七月，不是这样的……你很好，真的很好。可我没办法骗自己。我曾以为我可以喜欢你，可我做不到。"

七月苦笑，"我刚才走进店里，一眼就看到你今天没戴那根项链，然后我就什么都猜到了。"

片刻沉默，服务员端着一杯摩卡送上来。

七月的目光跳跃到了桌前的咖啡杯上，"其实，你不用对我有什么愧疚感，相反，我还要谢谢你。"

"谢我？"

"对，谢谢你的坦白。老实说，这些日子以来我感觉很累，有时候我也在疑惑，自己现在所做的一切到底应不应该在坚持下去。"

他的脸上再没有难过和悲伤，只剩下如释重负后的淡淡感伤，"七喜，不瞒你说。其实一开始，我接近你的目的并不单纯，我是为了王叔才这么做的。因为苏小晨喜欢你，所以我作为苏小晨的替身，或者说影子，也应该喜欢你。我承认，这是一种很拙劣的讨好，可我愿意这样做，只要能让王叔开心一点，我做什么都愿意。

"起初，我试着代入苏小晨的感情去爱你，慢慢的，竟也有些明白他为何会喜欢你了。你虽然算不上女神，却天生有一种吸引人想为你做点什么的魔力，这种想为你做点什么的感觉随着跟你相处的时间越来越久而变得愈发强烈，直到喜欢上你。所以我想，就算我只是以普通的身份遇见你，也很可能会喜欢你，至少，会对你有好感。"

我默默地听他说着这番开导我的话，心里除了感激还是感激。

"其实你真的不用觉得有愧于我。"他端起咖啡喝，却不喝，只是端着，"说出这番话，对我而言是很需要勇气的。那天越泽强吻你时，故事的结局会怎样我就一清二楚了。你当场推开他还给了他一巴掌，可你看他的那种眼神，那种爱到深处恨不能跟对方一起死掉的眼神，从来没有给过我。本来那天我就应该放手的，可是我无法说服坚持了这么久的自己轻易放弃，无论做什么事，我从来不轻言放弃，我会不甘心。

"那之后我一直在问自己，到底是哪出错了？直到今天见到你，我突然就全部想通了。事情其实特别简单，那就是：我不是苏小晨，也永远成为不了他。若是苏小晨的话，一定会放手让你去追求幸福，会真心祝福你，然后默默守护你。可我办不到，我无法这么伟大地爱一个不爱自己的女孩。"

他郑重其事地放下咖啡杯，像是结束某种契约。"七喜，你要知道，这个世上，再不会有比苏小晨更爱你的人了。"

我已经哭地哽咽了，拼命地点头，"我……知道，一直知道……"

"可是，他已经不在了。"

"对不起……小晨……真的很对不起……"

"我说过，不用道歉，我们并不亏欠对方，相反，我们都通过彼此找到了自己想要的答案不是吗？"

七月起身，朝我勾勾手，"走吧。"

我边抹眼泪边抬起头，"去哪？"

"陪你去找越泽，让我再做最后一回苏小晨吧。我相信如果是他，一定会这样做，努力让心爱的女孩快乐。"

他上前，扶起我，给了我一个礼貌而绅士的拥抱，"好啦，不哭了。七喜姐，答应我，要幸福。"我仿佛听到苏小晨在耳边温柔地呢喃，那是温润美好、永远活在我心中的十八岁少年。

那一刻，我突然就原谅了，原谅了残酷的命运，和罪孽深重的自己。

◆ 03 ◆

下午一点，七月开车把我送到机场大厅。我在检票口处等着越泽出现。在那里守候的一个小时里，我想得很清楚，不管他是否知道真相，对我又是何种态度，我都要亲口告诉他：淼淼是他的孩子，以及，我爱他，无论曾经，现在，还是以后。

我并不指望靠这苍白无力的三言两语能留下他，如果他还是要走，我放他走。然后永远爱他。

两点钟很快到来，机场大厅人来人往，行色匆匆的乘客提着箱子在我们眼前经过，那么多身影当中偏偏没有越泽，我跟七月从一开始的神经高度紧绷也慢慢变成了困惑茫然。

或许是晚点了，我决定继续等。

下午四点，越泽依然不见人影。期间，七月劝我去吃些东西，我不肯，固执地站在检票口。

晚上六点，外面的天黑下来，头顶的照明灯一盏盏亮起，而我像一只停在玻璃上望着外面阳光的苍蝇，找不到出口在哪里。

我不禁开始怀疑是不是沈碧骗了我，谎报了时间，其实越泽上午就离开了。但如果她不想让我见越泽，又何必跑来多此一举地告诉我他要走。况且，心里另一个声音也告诉我，沈碧不会是这种人，她很骄傲，也很坦荡。

七月从肯德基抱着吃的走过来，我毫无胃口，喝了一口咖啡。我继续等，已经不抱希望，但还是无法说服自己就这么离开。

一直挨到晚上九点，期间七月始终陪我打量着每一位从身边走过的乘客，还因此被保安上前询问了一次话。我不禁想，莫非越泽知道我会来这里等他，而他并不想见到我，就连告别也不想，所以早就以别的方式离开了星城。

十点，我放弃了。

七月把车开出机场，我最后看了一眼灯火通明的机场大厅，胸前一片冰凉。

耳边传来七月的声音，"想好以后怎么办没？"

"以后？先上完大学吧，毕业找份小学老师的工作，把淼淼抚养大。暂时只想到这些。"我的头轻轻靠在冰凉的车窗上，很意外，除了疲倦，我并没有想象中的难过，可能潜意识里我早就接受了这个结局。

"如果他一辈子不出现呢？"

"反正我都会爱他一辈子。"我没有赌气，我说真的。

"你们真是一对傻子。"七月摇头叹气，我知道他在说我跟苏小晨。

"我寝室里的一个姑娘，她说：'只要人还活着，什么问题都不是问题。'"我没有继续说下去，从纸袋里拿出已经冷掉的汉堡，一口咬下去，味道还不错。

其实我只是突然就有点明白这句话的意思了，所以我现在要做的就是喂饱自己，恢复元气，好好活下去。如果我足够幸运，能看着淼淼长大嫁人生儿育女，我也终将儿孙满堂，那时候或许后辈们会向我这个老太婆请教生活的智慧。而我唯一能告诉他们的是：只要还爱着一个人，只要从不背叛心里的那份爱，人就无所畏惧，管它桑田沧海岁月沉浮。辉煌、荣耀、热闹和快乐，这些总是短暂，只有爱，才是永恒。人生在世，并非谁都能明白这个道理，因为并非谁都真正爱过。

吃饱后，我在车上沉沉睡了一觉，竟然睡得特别安稳。我还做梦了，梦里我
见到了我爸爸，还有苏小晨，我们隔着火车站的月台，隔着汹涌的人潮，与我挥
手，我什么都没说，只是微笑，安静地告别。

醒来时，车已在市区。电台里放着的最新的流行音乐，我跟七月开始聊天，
有一搭没一搭地聊着天，气氛不再悲伤，准确说，哪怕悲伤也是坦荡的，关于爱
情，关于生活，我已拨云见日，不再迷茫。

车外的雪越下越大，铺天盖地漫天飞舞，深夜的星城被披上了一层白色纱
巾。七月打开刮雨器，抱怨道："明天估计又得堵车了。"

我突然有些闷，摇开半边车窗，萧索而寒冷的空气瞬间溢进来。熟悉的街景
从眼前一晃而过，是一家重新装修过的清吧，外面的玻璃门上还贴着没有拿下来
的圣诞树贴纸，我认得，是吴叔的店，我曾在这兼职驻唱过一段时间。

"停车！"我猛弹起身体，本能得喊出声。

"干吗？"七月稀里糊涂地踩了刹车。

"快放我下车。"我没法跟他解释那种感觉，若说心有灵犀可能有些夸张，
但我内心确实有个特别强烈的直觉——越泽在这家酒吧。

"好，我去找停车位……喂，你疯了……"

我拉开车门，不要命地横穿满是汽车的马路，一路上没少遭到车主们的怒
骂，但我顾不上了。

我推开清吧门，最先听到的是驻唱歌手的声音，一个留山羊胡穿格子九分裤
的潮大叔，深情投入地唱着改编版的《领悟》，声音像一杯浓郁的红茶。我在灯
光迷幻的酒吧内定了定神，然后走向柜台。

调酒师还认识我，"哟，这不是七喜老妹吗？好久不见了呵！"

"是啊，刚路过……就进来看看了，重新装修了吧，比之前更有感觉了。"
我心不在焉地敷衍着，眼神在四下寻找。

"那当然，吴叔可是花了大价钱，专门请了一位意大利的设计师，妈的，那
家伙跩得很，一般烟还不抽，必须要上好的古巴雪茄……"

"哐当"，是玻璃杯在地面碎开的声音，来自吧台后面的一个角落坐位，我立刻绕开吧台看过去，那张空桌子旁上还摆放着食物和酒水，明显刚坐着人。旁边的紧急通道的门关上的前一秒，一个身影闪了进去。

我立刻追上去，中途还不慎撞到了一个醉醺醺的客人。酒吧的后门，连接着一条狭长的巷口，里面堆满了杂物和垃圾桶，不时传来野猫的叫声。我追到巷口时，那个人影已经消失。我的左边通往大马路，但我选择了右边的巷口。

光线昏暗，我行动十分不便，花了几分钟才从巷口绕出来，区别于宽开阔繁华高楼林立的主干道，酒吧的后面是一大片低矮民房，我在那条歪歪曲曲的羊肠小道上走了几分钟，一直在追寻那个急匆匆的黑色身影。

很快我来到了一个废墟工地改建成的临时停车场。

也是在那里，我看到了越泽。

意外的是，竟然还有七月，两人冷冷得对峙着，都穿着深色大衣，在那盏昏黄的路灯下，显得格外醒目。

越泽双手插在风衣口袋，七月手中还拿着车钥匙。

我立刻猜出事情的大致经过：越泽看到我，想走小路逃离，而七月在主干道上找不到停车位，便把车绕到了这里，结果两人撞上了。

我心头一紧，忙跑过去，两人的对话似乎已经到了尾声。

"如果你还不相信，我可以给你看我的身份证，那份DNA报告也是我找一个朋友做过手脚的，淼淼绝对是你女儿。"七月的声音很磊落。

越泽大半的脸隐没在黑暗中，只是缄默。

"你可以对我做任何事，我没意见。但我希望你别再躲着七喜，其实整件事情下来，她也是无辜的，你们不应该变成现在这……"七月没有再说下去，他看到了我，同一时间，越泽也发现了我。

我在离他们两米的距离停下，越泽慢慢侧目，那张苍白而轮廓分明的脸庞终于从黑暗中露出来，也是那一刹那，原本准备好的千言万语像排列整齐的保龄球瓶，被保龄球狠狠一击撞得七零八落。

只因为我看到了越泽深邃眼窝中再也装不下的泪水，那被泪水中的光泽不是愤怒，不是悲伤，也不是震惊，而是一种从为改变过的深情。

"七喜……"他颤抖着，伸出手，像是隔着空气在抚摸我的脸庞，紧蹙的眉头上是微微的不确信，仿佛眼前只是一场梦："过来。"

我慢慢走近他，但他的眼睛突然睁大，迅敏地跨出一步，一手将我揽进了怀中，接着快速地转身跟我对换了位置。

我完全没明白发生了什么，贴着他胸膛的耳朵似乎听到一声闷响，越泽的身体狠狠一颤，发出一声压抑不住的呻吟。

我的视线越过越泽的肩。

是我的舅舅，谢建国。

他面目狰狞，双手握着一把水果刀，刺入了越泽的后背，他目光凶狠，大口喘气，脸上的表情从起初的紧张变为了兴奋，似乎自己都不敢相信自己有多疯狂，接着，他用力将刀拔出了越泽的体内。

"呃啊！！"

巨大的痛楚让越泽叫出了声，他身体中的力气瞬间流失，瘫倒在我怀里，我渐渐支撑不住他沉重的身体，后退着坐倒在雪地里。

谢建国的身体也在颤抖，手中那把狭长的染血的水果刀在灯光下泛着森森冷光，他彻底失去理智，大叫着朝我扑上来。七月已经挡在了我们的身前，他一个侧闪，扣下谢建国的手，掰过他的手腕并打落了凶器，接着一脚扫向他的小腿，将他绊倒在地。

七月毫不犹豫地用膝盖顶住谢建国的喉咙，照着他的脸一拳接一拳地砸下去，凄惨的哀嚎和愤怒的吼骂纠缠在一起，而我什么也听不见了。

越泽已经不省人事，我视线模糊，手心伴随着滚烫的温度，我把手从越泽的背部拿开，全是血。

纷飞寥落的大雪还在下着，巨大的白色却再也掩盖不住那一抹醒目刺眼的红。很奇怪，那一刻，我没有恐惧，没有愤怒，甚至连悲伤也变得模糊，遥远的记忆从脑海中涌现出来。

——你是不是没地方去了？

——是啊。

——不回家？

——家？哪有什么家呀。

——这样啊……跟我回家吧。

"不！"我紧紧抱住了眼前的男人："不要离开我！不要！！"

爱情这东西，
从来不会等你准备好了才发生呀。

第 十 章 ▶

◆ 01 ◆

被告人谢建国，也就是我的舅舅。于2013年1月9号晚上11点，在星城酒吧街附近的临时停车场对受害者越泽行凶，恶意杀人罪已经定论，情节严重，被叛有期徒刑十三年，缓刑五年。法院判决那天我没有出席，作为目击证人，去的是七月。

判决下来，谭志第一时间发短信告诉了我这个消息时，我正在婚纱店的试衣间，我吐出一口气，把手机塞回了包里。

谢建国把一切都交代了，他被越泽威胁，一直怀恨在心，并且惶惶不可终日，在小人眼里，谁都是小人，他不相信越泽会宽宏大量对他既往不咎。那天他就去酒吧喝酒，竟然巧遇了独自一人的越泽，遂心生歹念，去酒吧的厨房偷了一把水果刀，喝了两杯烈酒，胆子也大了。

不多久，越泽突然起身，从酒吧后门离开。谢建国知道机会来了，立刻跟上去，起身太匆忙，不慎打翻了酒杯——当时我看到的那个消失在酒吧紧急出口的身影，其实是谢建国的。

他一直跟踪越泽，来到了无人的临时停车场，正打算行动，却发现停车场还有一个人，远远看去，越泽跟那个人正在交谈什么，光线昏暗，谢建国没能看清楚那人是七月，如果知道是他，他可能会放弃行凶——他很清楚，自己不是七月的对手。

很快他又看到了一个女孩的身影，谢建国再熟悉不过，那是自己的外甥女——那个每次坏他好事的贱货，他怒火中烧，所有的怨恨都集中到了我身上，烈酒在他的血管里燃烧，他理智全无，只有一个念头，哪怕鱼死网破也要让我不得好死，他握紧了手中的刀，偷偷靠近，并找机会刺向我。

另一方面，当天越泽确实定了回美国的机票，可就在半路上，他后悔了，他发现自己还是舍不得离开这，他想，就算不能再跟自己心爱的女人在一起，跟她生活在一座城市也是好的。

从机场返回时，他路过吴叔的酒吧，触景伤情，便走进去看看，他一边喝酒，一边看着驻唱台上的男歌手，回忆着曾经我跟他的点点滴滴，不知不觉，竟然待到了晚上。

谁能想到呢，那个深夜我也找去了那吴叔的清吧。越泽率先发现了我，一时之间不知如何面对，短暂地犹豫后，趁着我跟吧台的调酒师聊天时，他从酒吧后面离开，结果在停车场门口撞见了七月。

以上的所有巧合，导致了谢建国杀人未遂事件的发生。一切尘埃落定，而这一次我又重新相信了一个恒古不变的道理：善恶终有报。

至此，时间已经过去两个月。

◆ 02 ◆

当晚，越泽重伤住院，那一刀离心脏很近，如果再往右偏了一点点，恐怕会当场死亡。那个兵荒马乱的深夜，外科医生浑身是血的从急救室走出来，一脸疲倦地告诉我："他命真大。"

四个字，把我从绝望的深渊中给拉了出来。

死里逃生的越泽陷入昏迷，我守在他旁边两天三夜，才等到他醒来。准确说，是我一直握着的那只干瘦冰凉的手突然动了动。我以为是错觉，很快，食指又动了下，我欣喜若狂地按下了护士铃，紧紧抓着他的手，想哭，又害怕哭声会吓跑他薄弱的意识。

醒来后的第三天，他摘下氧气罩，从重症监护室送回普通病房。正式脱离了危险。尽管如此，大部分时间他依然在睡，淼淼刚出生时，都没有他这么能睡。

有天下午，我实在太困，在他床边睡着了。醒来时，他睁开眼睛，正用那只不太灵活的手掌，无限温存地抚摸着我乱糟糟的油腻头发。

"回家洗个澡吧，都臭了。"他声音虚弱，没有血色的面容微笑道。

"不要。"我一个劲地摇头，我现在一点开玩笑的心情都没有。我哪里还敢走，上次就是因为走了，回头他就去了美国。同样的错误我可不想犯两次。

他不说话，想为我擦眼泪，手却怎么也抬不高，只能心疼地看着我。

"越泽，我根本不值得你这样做，你知不知道，你差点，差一点……就没命了。你要是真有什么事，我这辈子也就完了……"

"傻瓜，我不是没死吗？这次……"越泽停下来，胸膛缓慢而滞重地起伏着，对他而言，正常呼吸都变得极其辛苦，更别说讲话了。

"别说了，好好休息吧。"

他不屈不饶地眨眨眼，蓄积了一点力气后才说："这次，我不会再让别人保护你了。"

说完这句话，他微微合上眼，很快又入睡了。

我记得那个下午，有风，病房里很安静，来自门外走廊上的嘈杂声音像是梦里和梦外的区别。

我守着一个重伤沉睡的男人，守着我最美一个梦，好想就这样永远不醒来。

确定越泽真的不会离开我了，我才放心回去洗了个澡，沉沉地睡上一觉。

再次回医院看越泽已是第二天下午，隔着病房门的玻璃，我竟然看到了我妈，她一脸大义灭亲的严肃模样，坐在越泽的病床前，聊着什么。我害怕我妈刁难他，忙推开门跑进去，这时我妈已经站起来了。

显然，如果他们有什么谈判，已经结束了。

我妈拿起手提包，转身看到僵站着的我，她倒是一点也不意外，走到我身边，说不上是开心还是无奈地看我一眼，张开双臂轻轻抱了抱我，她摸着我的头，在我耳边悄声说："这年头，愿意为你买钻戒的男人很多，愿意为你挡刀子的男人却太少了。妈看错人了，他是个好男人，妈之前对不起你们。"她松开我，转身看向越泽，"越泽，从今天起，我就把女儿交给你了，你要答应我两件事。"

"好。"越泽靠在床椅上，精神还很虚弱，但目光格外坚毅。

"第一，不要再伤她的心。第二，挡刀子这种事一次就够，绝不能有第二次。你要是有什么三长两短，她就得守寡了。"

"阿姨，你放心。"越泽将手轻轻放在自己胸口，"从今以后，我绝对不会再让人把刀插进这里，因为这里头，住着我最爱的两个人。"

"甜言蜜语小两口回家了再说吧。"我妈故意做出受不了的表情，话锋一转，"我说，你是不是该改口了？"

"妈！"我又羞又恼，一声河东狮吼。

◆ 03 ◆

接下来的半个月里，越泽的病房变得特别热闹。

大学放寒假后，我没回老家，晚上在王叔的家里暂住下，白天就上医院陪越泽。孟叔每隔几天就会开车来一趟星城，载着全家人来探望这个女婿，外婆每次都会煲好猪心汤带过来，不过越泽更感兴趣是我怀里的艾淼淼。

越泽住院的那段时间里，越泽的父母也从美国飞过来了。他住院的事情之前一直瞒着，直到病情稳定才告诉他们。他们一接到电话，紧张得要命，连夜乘飞机赶过来。当晚，我没敢上医院陪越泽，主要是不知道如何面对越泽的父母。

第二天早上我再来医院找护士打听，才得知当晚病房里上演了一场精彩绝伦的家庭大戏，母亲要死要活地哭，坚持要接他回美国治病，越泽一口回绝。父亲虽然年过半百，但中气十足，声色俱厉地骂着这个不争气的儿子时，隔着两层楼都能听见。也难怪，家里只剩他这一个儿子，他要再有个三长两短，两个老人今后还怎么活。

不过，老人家的这些怨气，在第二天看到我和艾淼淼后烟消云散，越父抱着这个"从天而降"的孙女笑得合不拢嘴，还拿手机翻出了越泽小时候的照片给我们看，大家都说是一个模子里刻出来的。

当天晚上，两家在越泽的病房里展开了一场家庭会议。

大家一致决定，出院后就办婚礼。至于孩子跟谁姓不是问题。越泽的爸爸在这方面表现得非常开明，"没事，到时候让七喜再生一个跟咱家姓就行。"敢情生孩子跟换台电脑一样容易啊，我当时正在给越泽喂汤喝，手一抖，差点把汤灌进他的鼻子里。

事情敲定好，便火速开始筹备。

我妈跟孟叔那场婚礼的度蜜月一直拖到了现在，越泽的父母也决心跟越泽一起回国住，于是坐飞机回美国办理签证手续。

越泽本人有伤在身，最终筹备婚礼的重任就交给了我。

我之前虽然帮妈和孟叔筹办过一次婚礼，可真当亲力亲为时才发现结婚究竟有多累，事情繁琐得让人崩溃。所以我越发相信，结婚是爱情最好的证明，因为如果连结婚这么"痛苦"的事情都能熬过来，足以证明两人是真爱。

婚纱照和婚礼筹划依然交给大熊，这次我答应他，愿意拍些新潮点的婚纱照。但动作方面要求不能太高，比如一起蹦极抓拍之类的，我怕越泽拍完后又得送医院抢救。

接着是联系亲朋好友，整整三天，我每天做的事情就是一边给越泽削水果，一边翻着自己的同学录，看看哪些是要喊的，哪些又是可以免去。

这件事让我意识到，一个人混的成功与否，在婚礼宴请名单上就能看出来。比如我的朋友撑死了就三桌，而越泽的，别看他平时一张高贵冷艳不食人间烟火的冰山脸，没想到宴请的朋友快要赶上孟叔，全都些王总啊、李总、张总啊什么的，一听就是那种财大气粗，开着奔驰宝马过来捧场一人的份子钱顶我这边一桌的那种角色。

弄好这些，就该确认伴郎伴娘了。

伴郎理应是新郎最好的朋友谭志，但由于私心我还是喊上了七月。越泽没有意见，七月也很大度，表示理解我的用意，一定会参加。

至于伴娘，我抽时间亲自去了一趟南水镇，找到了王旋旋的美甲店。如她所说，生意确实不错，已经请了两名助手，还是经常忙不过来。我站在门外等了会，她很快注意到我，忙拽下口罩和手套，出门迎接我。

"什么时候来的呀？进来坐呀。"

"不用啦，不打扰你做生意啦。我就是过来给你这个。"我从包里拿出喜帖。

她打开一看，惊喜地叫起来，"恭喜恭喜！我就说嘛，除了越泽还能是谁……"她突然停下来，"伴娘是谁？"

"你说呢？"我反问。

她这才反应过来，"我吗？"

我点点头。

"真有胆啊，就不怕姐姐太漂亮抢你风头吗？"

"别开玩笑了，就你这黄脸婆谁怕谁啊！"我挑眉挤眼，仿佛又回到了以前。

"你这个臭女人。"她开心地笑着，双眼却红了。她抿了抿嘴，上前给了我一个无声而温暖的拥抱。

婚礼定在今年3月14情人节，前期的筹备工作告一段落。

越泽出院的前三天，我把淼淼带来了医院，难得一家三口的独处时间。如今淼淼已经会说简单的话了，我哄她叫爸爸。因为平时叫得少，爸爸这个词对她来说还很陌生，半天才憋出一句含糊不清的"粑粑"。

"淼淼真乖。"越泽捏了捏淼淼胖胖的肉脸，眼中溢满了柔情和疼爱，他抓着她细嫩的小手，像个耍赖的小孩，"爸爸没听见，能再叫一声吗？"

"淼淼，来，叫爸爸。"

"粑……粑粑……"小可爱又叫了一声。

越泽贪恋地盯着淼淼，我能感觉他的心在融化。

良久后，他抬起头，"七喜，其实我知道我是淼淼的爸爸，第一次见到她之后，我就没再怀疑过。"

"那为什么……"我糊涂了。

他笑了，深邃的眼中闪烁着泪光，"因为直到今天，我才觉得，我真的有资格当她的爸爸。"

我再也控制不住，俯下身，双手捧起越泽的脸，深深吻下去。

◆ 04 ◆

3月14号，清早。

我彻夜未睡，我从没想过，自己竟然会紧张成这样。一切都准备妥当，结婚的头一天晚上我什么都不用在干，需要的只是等待，偏偏这让我更加坐立难安。

我反复检查着宴请的朋友有没有缺漏，反复核实着大熊那边的结婚流程表，就这样挨到十二点，我闭上眼睛，告诉自己快点睡去。

忘记数了几百只羊，我敲响了我妈的房间，时间是凌晨两点。她从床上坐起来，吃惊地看着我，"怎么还不去睡！明天五点就得起来。"

"我睡不着，我怕一睡着明天醒来脸是肿的。"

妈笑了笑，"走，我们把婚纱换上吧。"

"现在？"

"对。"

回到房间，妈帮我换上了早就挑选好的婚纱，我站在镜子前，看了又看。之前特别喜欢的一款，眼下却变得不那么确定了，领口会不会开的多了点，花纹会不会俗了点？我正想着，妈却站在一旁夸奖起来，"我女儿真美。"

说真的，这还是她第一次夸我。

之后的时间里，妈帮我好好梳了一次头发，让我敷了一张贵的要死的补水面膜，熬夜对皮肤损伤很大，她怕我第二天上不了妆。

天亮之前的时间里，我们一直聊天。

我说，"妈，怎么办？我有点怕。"

"别怕。"

"你呢？你在我这个时候，不害怕吗？"

"怕，也怕。"她笑笑，继续帮我梳着头发，"但是害怕是好事。"

"我不明白。"

"因为怕，才会争分夺秒的去珍惜，会挖空心思地去证明。"妈放下梳子，拉开窗户，天已经微亮了。

她回过头，说不出感慨还是叹服，"爱情啊。"

凌晨五点，化妆师赶来了我家。我坐在镜子前，安静地看着自己一点点变美，变得光亮，突然又有一些信心了。

化妆师一边给我卷头发，一边羡慕道："每次我给新娘化妆，我就会想，什么时候轮到我自己啊。"

"你想结婚？"我笑着问。

"当然啊，想得不得了。"她坦率直言。

"我以前也想得不得了，可是，现在又有些害怕了。我也说不清楚，哪怕生孩子的时候，我都没有过这种害怕。觉得自己把自己全部给了另一个人。我觉得，我还没准备好……"

"爱情这东西，从来不会等你准备好了才发生呀。"

真要命，为什么今天每一个人都变成了哲学家。

完整的上好妆时，已经是上午八点，伴娘王旋旋出现了，真要命，虽然是短发，但她今天的装扮依然妖娆得要命，我假生气道："居然比我还漂亮，要死啊，赶紧去洗把脸把妆卸了！"

"哈哈哈，凭什么啊，你卸我就卸。敢不敢。"

"今天我是新娘，你得让着我。"

"别担心。"她走到我身后，双手放在我裸露的肩上，手心温热，"你今天是最漂亮的女人，全世界，不，全宇宙。"

我看着镜子中的女孩，身穿洁白婚纱，头戴朦胧的纱巾，嘴角上扬，眼中含泪。这时有人敲响了门，王旋旋忙上前堵住，"不准进来！"

"是我是我！"我妈的声音，"新郎马上要来啦，准备好了没！"

——准备好了没？

突然之间，我一点也不紧张了，之前的不安和害怕统统消失。我打开桌子上的戒指盒，拿出那枚再熟悉不过的钻戒，光线并不充足的房间里，它依然散发着璀璨夺目的光芒。对了，我是前几天才知道，这枚戒指还有一个很文艺的名字：一生所爱。

我将戒指轻轻戴上无名指，竟然不可思议的吻合。

门外闹起来，很快传来了敲门声。我听到了伴郎七月的喊门声。

我挽起裙摆，站起来。

"喂！坐下！快坐下！让他在门外站半小时再说！"伴娘王璇璇用力堵住门，恨铁不成钢地朝我喊着。

我知道，可我等不及了。

（全文完）

只是我回首来时路的每一步

◆ 引子 ◆

那一整夜并没有想象中的长，当我处理完办公桌上堆积如山的文件后，天就亮了。厚重的窗帘也挡不住刺眼的晨曦，被裁减后的金色光体争先恐后地从缝隙里探进来，仿佛在好奇这间昏暗的房间里藏着的秘密。

能有什么秘密呢？不过坐着一个伤心的女人。

我起身，拉开窗帘，光线倾泻而下，打在我疲倦的脸上，那短暂的眩晕让我觉得一切只是一场纷扰的梦。

办公桌上的座机电话响起，我转身接过，立刻传来谭志的笑声，"就猜到你这个工作狂还在公司，没忘记今天是什么日子吧？"

"没有。"

"赶紧收拾下，我三十分钟后来公司楼下接你。"

"好。"我挂了电话。

当然不会忘记，事实上，我记得比谁都清楚。

我从包里拿出随身携带的补水面膜，抢救了一下略显暗沉的脸庞，接着我拿出了整套化妆品，为了遮掩憔悴，今天需要一个大浓妆。

半小时后，我走出空空荡荡的公司——今天是星期日，员工们都放假了，不知为何，这片凌乱又寂静的办公场所，让我有一种置身墓场的苍凉感。

谭志的大奔停在公司楼下，驾驶座上的他穿戴整齐，系着一根闷骚的紫色领带，并不算多的头发被发蜡抓得精神抖擞，副驾驶坐着他的老婆，头戴复古遮阳帽，肩披红色斗篷装，打扮得跟个中世纪的贵妇，这两人果然都是盛装出席有备而来。

我上车坐稳，谭志发动了汽车，他仰头通过视镜看了我一眼，呷呷嘴，"整晚没睡？"

明知故问，我懒得回答。

"现在去岚镇可以走高速了，不过还是要两个小时，你赶紧在车上眯会。"他建议。

"免了。我可不想把脸睡肿。"其实我只是睡不着，收到越泽和艾七喜的结婚请帖是在三天前，接下来的这三天里我没有真正意义上地睡过一次好觉。我又掏出小镜子检查起自己的妆，从没哪一次，我变得这般没自信。

"不用看啦，已经很美了。除了我老婆，你最美。"谭志故作轻松的调侃，但我却听出了同情和安慰。

我笑笑，没说话。

或许吧，我是很美。可那又有什么用？这些年，美几乎给了我一切，但唯独没有给我爱情。真要命啊，怎么好像全世界都知道了：今天我最爱的男人要结婚了，新娘不是我。

◆ 01 ◆

我跟越泽都是A大毕业的学生，同一届。

刚进校没多久，我就听说了他的鼎鼎大名了。都说计算机系有一个叫越泽的新学弟帅得惊为天人、成绩也名列前茅。然而真正让他出名的，不是因为他的颜值和成绩，而是他不主动、不拒绝、不负责的感情态度。

据说只要长的还行的女孩，勇敢一点，主动向他表白，那么八成可以成为他的女朋友。当然，前提是你得有一颗大度和自虐的心，能忍受自己只是其中之一。

就是这样一个花心得理直气壮的渣男，竟然还有大把女生前赴后继趋之若鹜。我想不明白，可能很多人都想不明白，所以大家一直在谈论，关于他的八卦也越来越多，最终让他成为了A大的一个"传奇。"

起初，我跟越泽是没有任何交集的，有意思的是，我们的名字却总是被人放到一起。

再来说说我吧。

在一年级的新生里，我也很有名，当然不是什么美名。

我很漂亮，这一点我打从娘胎里起就知道了。我谈恋爱从不劈腿，只是换男朋友的频率有点高，最高的时候可能一个月就要换一个，单从数量上来说跟越泽简直不相上下。不过与他的泛滥成灾不同，跟我谈恋爱的男孩子只会一个比一个优秀。

所以如果下一个男生想要挖我墙角，那么他必须是比我的现任男朋友更加优秀。可能正是因为我的这种态度，激起了男生们的争夺欲，好像只要把我追到手，就足以证明自己是大学里最棒的男生。

我在大学没有朋友，事实上，我从小到大都没什么朋友。试问，谁愿意跟一朵红花做朋友天天被当成可怜的绿叶呢？谁又愿意整天提心吊胆自己的男朋友会不会被闺蜜给勾走呢？

当然我也不需要朋友，我活着的意义就是闪闪发光。我唯一感兴趣的事情，就是利用我所有能利用的优势让自己变得更美丽，更优秀，更耀眼。我努力学习、我换男朋友，也都不过是为了这个目的。

有人曾经这样评价过我：别人心里面都是住着一个勤奋小人和一个懒惰小人，我身体里却是住着一个勤奋小人和一个战斗小人。

这个评价没错，因为我生来就在不停地战斗，我遵从弱肉强食的基本法则，不停地踩着别人往更高处爬。那年的我自信又猖狂，以为命运尽在掌握中，以为只要我想，全世界也得给我让道。

以上不难得出结论：我跟越泽一样，都是一朵奇葩。

那会，我读的是工商管理系，教学楼在大学的南边，越泽读的是计算机系，在教学楼的北边。

我们入学半年，大学里便有了这样一个封号：南碧北越。

我们还没离开大学呢，就被人调侃成了是A大的传说。甚至常有无聊的人在校内论坛发帖子，YY我跟越泽如果谈恋爱了会怎样怎样，通常得出的结果是"火星撞地球""决战紫禁之巅"之类的灾难性一幕。

可偏偏，我们就是没有过交集。

那时候我想，大概是我们都太过骄傲。骄傲的人是不会主动的，主动意味着自降身价。我以为我们是在相互较劲，等对方迈出第一步。

我跟越泽的第一次见面，是在大二下学期的某次联谊会上，关于是什么主题什么内容的联谊会我早忘记了。我只记得，那天我是陪着现任男友一同出席的，我的现任男友叫秦箫，算得上富二代，大三金融系，校篮球队的主力。

毫不夸张地说，他有钱大方，风趣幽默，重情重义，广交好友，长得也阳光帅气，除了不爱学习外几乎没有缺点，可以说是谈恋爱的最佳人选。至于他到底喜不喜欢我，我不清楚，也不是那么在意，反正自从我们在一起后，每次去参加聚会和活动，他都非常乐意带上我，就像每次出门都会戴上他最中意的那块名表。

而我要做什么呢？我要做的就是给足他面子。

那天我如他所愿，在联谊会上表现得跟个名媛，美丽大方，热情自信，全场几乎所有的男生都在注意我。而我的男朋友呢，就站在一旁静静地看着我被一群男人有意无意的觊觎，像一个自信的主人正在欣赏自己调教出来的名马。说实话，他这种姿态叫我恶心，不过我可以忍耐，毕竟我想要顺利留学，还需要他的帮助。

原本是挺顺利的一场聚会，也不知道哪出了问题，突然间，我就对眼前的热闹感到了十足厌倦和疲惫。我收起了招牌式的笑容，默默退出聚会的焦点，端着一杯廉价的红酒，走到角落那一片空椅子处走坐下。

"我不明白，既然你瞧不起他们，干吗又讨好他们？"身后传来一个的磁性又低沉的嗓音。

我转身，看到一个年轻俊秀又深沉内敛的男生。我当时的第一反应是：天啊，真帅！上一次我单纯被一个男人的脸给迷倒，应该是我十二岁那年第一次在电影里看到金城武吧。

他微微歪着头，笑容迷离，眉眼深邃。虽然他在笑，但我立刻发现，他对这场聚会毫无兴趣。

"你不也一样吗，那你还来这里做什么？"我幽幽地反问道。

他摆出一副玩世不恭的轻慢模样，瞬间变成一个笑容迷人又邪气的坏男孩，"因为你呀。"

一个信口拈来的谎，我比谁都清楚。

可我假装相信了，因为我已经猜到他的名字：越泽。

轻浮戏谑，玩世不恭，偏偏又帅得惨绝人寰，果然是百闻不如一见啊。

我不动声色的微笑，大方自信地看着越泽那张让人赏心悦目的脸，想象着我们之间的故事会如何发生。我得意的想：这场感情游戏，自己赢定了。毕竟，先主动的是他，高手过招，先出招的总是输。

可这一次，我错了。

那场聚会上，他用一个冷笑话问到了我的手机号码。

接下来的一个月里，我们开始聊短信和电话。他并不是那种狂轰滥炸、死缠烂打的类型。相反，他的关心和问候总是恰到好处又无比坦然，好像我们原本就是彼此熟悉的朋友。

有时候是早晨，他会发来一条"晚安"的短信，因为他刚熬夜结束。

有时候是上午，他会打电话问我"你知道什么语言最难吗？"在我猜完法语、俄罗斯语、希腊语后他会告诉我是C++，接着又说"算你有福，免费给你听几句，一般人我不告诉的"，然后他不再说话，我隐约听到电话那边的专业老师在授课。

　　有时候是晚上，他会发来一条短信：下雨了，每次夜深人静的雨夜，我都会失眠。我很配合的问为什么？原以为他会说一些"因为想你"的三流情话，结果他却说：因为只要是下雨天，我点的夜宵就会晚点。我刚要被逗笑，寝室门就被敲响，室友跑去开门，KFC的小哥正穿着雨衣提着打包全家桶站在门外，告诉我们有人付过钱了，请我们吃。

　　有时候，他也会一连几天没有短信，欲擒故纵。我不上当，从不主动找他，可是几天之后，当他又发来那些看似漫不经心却幽默的短信时，不得不承认，我的心情会突然变好很多。

　　一个月后，我们有了第一次约会。

　　他提出来的，我本该拒绝，按照我以往的经验，适当的婉拒一两次，反而能激起追求者的好胜心，也便我更好的虏获对方的心。可这一次，我破天荒的没有，因为我实在想不出拒绝他的理由。

　　那天我们去了吃了一顿印度菜，然后去看了一场电影。看的是一部粗制滥造毫无诚意的国产爱情片，三流的演技、三流的故事、三流的音乐，却有一大群一流的观众。

　　我跟越泽像是唯一两个不合时宜的清醒者，不停地吐槽。

　　"回头看。"越泽突然神秘兮兮地告诉我。

　　我回过头，发现后面一大票人哭得泪流满面，闪烁变幻的光线把他们的面部表情映射得扭曲而滑稽，我"噗嗤"一声笑了。

　　考虑到人身安全，我俩只能悄悄离场了，走出影院，我们开怀大笑，像两个穷开心的熊孩子。

　　回学校的路上，突然下了一场大雨，我们都没带伞，一时半会又打不到车，便跑到一家珠宝店的屋檐下躲雨，我站在橱窗前看着那些名贵的珠宝，微微有些出神。

　　"喜欢？"越泽问。

　　我摇摇头，恰恰相反，我正是因为不喜欢，才有些惆怅。很奇怪，从小到大，我对这些东西就一点兴趣也没有，很多时候，我真希望自己能像个正常女孩那样对珠宝饰品趋之若鹜，可我就是做不到，在我眼里，它们就像一堆烂石头。

我回过头，越泽不知何时正在看我。

他笑容迷离，歪着嘴角，伸手帮我把湿哒哒的刘海拨到一边，那个动作温柔得能把人融化。很自然的，他俯身过来吻我，他缠绵的鼻息离我越来越近，让人沉醉。

我毫不犹豫地躲开了，声音冷静，"如果你现在吻我，我会马上打电话跟男朋友分手，我不会同时和两个人在一起。你也是，立刻断掉那些不清不楚的关系。"

越泽微微一怔，好看的笑容还挂在脸上，眼中却又划过一丝暗淡。那份暗淡并不是因为失望，而是纯粹的悲观。

他退开一步，收回柔情蜜意的笑容，似乎轻轻叹了口气，又似乎没有，转身消失在大雨中。

那一刻我有些挫败，我没有收服这个男人，我以为我可以的。可除此之外，似乎还有别的什么原因让我的心隐隐作疼。那个念头冒出来，连我自己都吓了一跳：我竟然舍不得跟他就这样结束。

第一次约会不欢而散。

回到大学寝室，我洗了个澡倒头就睡，我把自己闷在被子里面，意志前所未有的消沉。那种感觉特别糟糕，我想起初中的某次期末考试，每次都拿全班第一的我突然掉到了第四名，不，比那种感觉还要难受。那不是单纯的较劲，竟然还有一些说不清道不明的失落。

老实说，我真想感冒一场，可惜病没有，第二天醒来我安然无恙，生活一切如常，什么都没变，可我却看什么都不顺眼了。

几天后秦箫开车接我出去玩，我和他，还有他的一大群朋友，我们一起去他家别墅的游泳池开香槟派队。

以前这种应酬对我而言游刃有余，可如今对我而言却痛苦万分，我强迫自己跟每一个人谈笑风生，生怕被人发现自己的魂不守舍，一直折腾到晚饭时间，我身心疲倦到了极限，以身体不适提前离开。

秦箫没有送我回学校，而是开车送我回他的第二个住处，专门为我在学校附近租下的豪华单身公寓。

"你先在这休息，我一会叫医生过来……"他的话没有讲完，因为我一动不动地站在门外。

"你怎么呢？"

"我们分手吧。"我语气冰冷，老实说我自己也有点惊讶道。但我知道我必须说，因为我对眼前的人一点兴趣都提不起来了，我不想再做他的女朋友。

秦箫以为我在开玩笑，露出了大度的微笑，伸手过来摸我的头，"别闹了……"

"我没有开玩笑。"我挡开他的手。

秦箫终于意识到我的认真，说不上慌乱还是尴尬，"怎么啦？这不好好的吗？咱们不是说好明年一起去剑桥吗？我都托我妈给我找好关系了，你现在这样——"

"对不起，秦箫。"我难过地低下头，"我还是觉得，我们不适合。"

我撒谎了，其实从一开始就没什么适不适合。他不过是我人生的踏板，可现在，我连当他踏板的耐性都没有了，他可以觉得我不识好歹，可是有什么办法呢？突然间，我对曾经引以为豪的生活方式一点精神也提不起来了。

就这样，我们分手了，没有想象中的难堪。

秦箫也是个骄傲的人，喜欢他的漂亮女孩多到数不清，他绝不可能上演哭着求我这种掉价的戏码，他只是十分遗憾，"你考虑清楚了吗？可别后悔。"

我笑笑，点点头。

事实上，我已经后悔了，我后悔的是一个月前自己干吗要跟秦箫去参加那场无聊的联谊会，干吗要认识那个叫越泽的人。

当天，我就收拾好自己的东西，离开了那间单身公寓。秦箫想开车送我回学校，我拒绝了，不是出于骄傲、尊严之类的，我只是不想跟他再有任何关系。好像，那对我自己的情感是一种背叛。

我拉着行李箱，刚来得及走出小区，天空就下起了雨。

我心情的差到了极点，不是因为打不到车，也不是因为被浑身雨水淋湿，而是因为我想到了越泽，想到他给我发过的一条短信：下雨了，每次夜深人静的雨夜，我都会失眠。

其实真正失眠的是我，不知何时起，只要一下雨，我就忍不住去想他那双潮湿又深邃的眼睛，待在他的身边的时候，我总是会觉自己正静静坐在一片湖泊前，听着雨声轻轻拍打着湖面。

TAXI迟迟不来，大雨中，我像一个生锈的机器人玩具，拖着行李箱，动作僵硬地埋头前行。我有些恍惚，不明白自己完美的人生为何突然就走到了脱节这一步，我没能找出答案，一个高大的身影挡住了我，接着，拍打在我脸上的雨夜消失了。

我抬头，是越泽。他穿着好看的黑衬衫，举着一把复古的长柄黑色，站在我跟前，特别像某部电影中的男主角，每次一出现就会下雨的死神，英俊、含蓄、忧郁。啊，我想起来了，那部电影正是金城武演的。

越泽手提着一袋日用品，应该是刚从附近的沃尔玛奥购物出来，结果在回去的路上撞见了我。

他高出我半个头，居高临下地注视了我良久。

"好久不见。"他说。

那一秒，我突然就明白了。我喜欢的，可能是那个幽默浪漫还有一点轻佻的越泽，可真正让我着迷的，无法释怀的，是眼前这个越泽，冰冷、疏离，眼中是浓稠得化不开的忧郁。这才是隐藏在花心表象下真实的他。

"好久不见。"我耸了耸肩，"你也看到了，刚被男朋友赶出来，好可怜的，不介意的话收留我几天呗。"

"付房租吗？"他笑了。

越泽带我去了他的单身公寓，跟秦箫为我准备的那个相比，这个称得上简陋，不过对大学生而言已经足够。

本以为他的公寓会又乱又臭，一般来说，外表越精致的男人，私生活就越邋遢，更何况他学的还是一个IT男。出乎意料的，却相当的赶紧整洁。

淡蓝色的窗帘，洁白的床单，一张单调的台式电脑桌，一张二手皮沙发，一个鞋架，一个简立衣柜、房间角落摆着一个多功能的健身械器。除此之外，多余的有生气的东西一个也没有，比如挂件、盆栽、相片，甚至是食物垃圾和零食袋。

光是从这个房间，我就能想象主人过着怎样的生活。枯燥、单调、孤独，我不禁有些心疼。是的，心疼这个几乎被所有大学男生都嫉妒的越泽。通过他这些生活的细节，我猜的出，他的生活其实一点也不快乐。

晚上，他去厨房给我下了碗面，不好吃，也不难吃，就跟他的房间给人感觉一样。

晚饭结束后，他帮我换上新毛毯和被套，把床让给我，自己睡沙发。整理完这些后他又下楼去超市买了新毛巾、牙刷、洗发水和沐浴乳，叫人吃惊的是，洗发水居然跟我之前用的一个牌子，我以为是巧合，一问才知道，他能从我的头发上闻出来，这个男人简直细心到可怕。我想象着他专注地站在超市的购物架旁，拿着一瓶又一瓶的洗发水放到鼻前闻的样子，竟然有些可爱。

晚上，我毫无意外的失眠了。

一想到这是越泽睡过的床，一想到枕头上有他淡淡的香气，我体内就有一种说不上的紧张和兴奋，但我绝不承认这是少女的悸动。

我就那么挨到凌晨两点，越泽还没睡。

他坐在电脑桌前，安静地思考着，整个房间的轮廓都洒上一层淡淡的荧光蓝。他轻声敲打键盘，输入着我看不懂的代码。他都不知道自己这个专注的侧脸有多么迷人，有人看到过这样的他吗？还是说，我是第一个？

就在那一刻，我更加坚信了我们是同类。其实我们并没有天赋过人，我们的优秀，仅仅是源于暗地里的加倍努力和刻苦，有句话说得好，一个人必须非常努力，才能看上去毫不费力里。

我掀开被单，光脚走下床，轻声来到他身后，反应过来时，我的双臂已经不受控制的抱住了他。

他一点也意外，只是很自然地停下手中的事情，任由我那么抱着。很久后，我听到了一声轻微的叹息。

"你是个好女孩，别在我身上浪费感情，不值得。"

我胸口一痛，像被人闷闷得抢了一拳。

他拒绝了我，从不拒绝女孩投怀送抱的越泽，竟然拒绝了我，这算是另一种荣耀吗？

"我不是什么好女孩，我们就随便玩玩，好聚好散怎么样？"

说出这句话时，我就知道自己输了。那么好吧，愿赌服输。我现在只想这样抱着你，我只希望你不会天一亮就赶我走。我不想走，我想留下来。

越泽不再说话，那我就当他默认了。

他拍拍我的手，"快去睡吧，别着凉了。"

我松开他，突然想到什么，好奇地问："你能用C++的语言说我爱你吗？"

"能。"

"怎么说？"

他没有回答，察觉我是在给他下套，转身看向我，"再不睡我可赶人了。"

我故作轻松地摆摆手，心里却是的失望的。传闻他从没对任何女孩说过"我爱你"三个字，原来是真的。

可不要紧，我还有时间，很多时间。

◆ 02 ◆

相处的日子久了，我十分确信，越泽并不是一个轻浮的人，倒不如说，他是故意表现出一副轻浮的样子，故意让人对他不抱有期待。

而真正的越泽是怎样的呢？我说不清楚，但可以感觉的出，他背负着很多秘密，并且一点也不快乐。

待在公寓里的大部分时间里，他都在对着电脑写代码。偶尔闲暇下来，我们也会一边吃着打包的披萨，一边坐在沙发上聊天。他很懂聊天的技巧，不管你抛出什么他都能漂亮的接住并抛回来，然而一旦话题触及到他的过去，他的家庭，他就缄口不言，脸色也变得阴沉。

我总是告诉自己，别急着走进他的内心，别急着索要太多，有要耐心。毕竟我们之前已经有言在先：随便玩玩，好聚好散。

事实上，按照这个标准，越泽已经做得够好了。自从我住进他的公寓后，他跟其他女性都断绝了来往。

当然，我清楚这并不全是因为我。那段时间他接了一个大项目，是一家游戏公司的外单，他和两个同学一起完成，事成之后每人至少可以分到十万。

那些天，两个同学总是抱着笔记本跑到他的公寓来一起工作，经常加班到深夜，实在累了就挤在沙发上睡一会。

而我那段时间正好课少，对于交际也不再关心，不知不觉就成了兼职家政，每天给他们弄吃的，买日用品，整理屋子，打包臭衣服送去干洗店。越泽的两个朋友都夸他有福气，找了一个漂亮又贤惠的大嫂。

从小到大，我听过的赞美数不胜数，但"漂亮又贤惠"还是第一次，不过看在他们叫我大嫂的份上我就不计较了。

有一天深夜，我在厨房给他们下面条，客厅里三个男生似乎是测试成功了，激动的叫起来，我听着几个大男生的欢笑声，突然觉得那么不真实。有那么一瞬间，我真的想过，什么出国深造，什么世界五百强，什么更高更远更有价值的生活，通通都见鬼去吧。我就找一份普通工作，每天下班了就回家，回到这个温暖的小屋，夜深了，就给我心爱的男人煮面，这样的生活，似乎也没什么不好。

后来也不知怎么的，我跟越泽同居的事情就传开了。

至此，南碧北越的两个传说，终于变成了一个传说，或者说一段惹人羡慕的佳话。然而外人看到的只是表面，我很清楚，跟越泽在一起的时间或许很融洽，也很开心，但遗憾的是，我从没有真正拥有过他。

有一件事一直让我耿耿于怀，当时越泽的项目刚刚完成，按理说，结束了强度极大的工作后，人的精神会彻底放松下来，睡个好觉。可相反，当晚他睡的并不好，还做噩梦了，梦里的他非常无阻和绝望，同时又愤怒异常，他痛苦地大喊："弟弟，弟弟我会替你报仇得到……我一定会报仇的……"

我被吵醒了，刚翻身下床，他自己也惊醒了。

沙发上，他浑身冷汗，疲惫的弓背坐着，双手捂脸，大口喘气。

"越泽？你……没事吧？"我小心翼翼地问。

他的呼吸渐渐平稳，他拿开双手，低头望着地板上那一抹淡淡的月光，摇摇头，"没事。"

那一刻我竟然不敢靠近他，至能任由沉默蔓延。我甚至觉得，跟我同睡在一间屋子里的不是越泽，而是一个陌生人。原来，我从没有走进过他的心里，哪怕一点点。

似乎也是那晚之后，他变了。

或者说，归回了最真实的他。

在这之前，他待我虽然算不算全心全意，但至少对等和尊重。

可如今，他对我变得冷淡、漠视、毫无耐心，他不会对我大吼大叫，而是选择的更残忍的冷暴力。

他把我当空气，每天只是更加拼命地工作。我找他说话，他永远只会用最简介的话来回答，好像再多说一个字都会让他极度不适。而如果我不找他讲话，他可以永远不找我。

起初我以为他只是心情不好，很快就会过去。

可是一连十多天都这样时，我知道他不是心情不好，他只是在赶我走。他厌倦我，不需要我了。

终于，我们争吵了。是我挑起的，为了一件小到不能再小的事情。我第一次大动干戈理智全无，我把屋子里所有能摔的都摔碎，包括他那台笔记本电脑也砸成了两半。而他只是坐在沙发上，平静地抽着烟，好像只是一个入错场的观众，眼前的一切都与自己无关。

终于，我停下来，指望他说点什么。可他只是冷冷地说了句，"闹够了没？"他甚至没有抬头看我，他的眼神那么冰冷，拒绝，一点温情都不剩。

我把所有的骄傲和自尊全盘托出，仅仅是想求他跟我吵上一架，不过是想逼他敞开心扉，让我走进去看一眼，可他无动于衷，他让我觉得自己像个自作多情的小丑。

这二十多年，我何时受过这等委屈！

我闭上眼，努力把眼泪吞回去。接下来的那一分钟里，我想了很多很多，最后做出了我人生中第一件后悔的事：离开越泽。

那几天，我刚好收到上海一家公司的破格录取通知书，免实习、月薪2万，五险一金，这些条件还只是开始。讽刺的是，就在前一天，我还在思考着要如何写一封客客气气的邮件拒绝这份工作。

现在，它成为了让我体面、骄傲地离开这个男人的最好借口。

当晚我开始收拾行李。我记起两个月前，我在秦箫为我准备的公寓里收拾东西时，不过就是那么几件衣服和几个包，可这次，一个行李箱我竟然都塞不完。曾经那个冷静的公寓，好不容易有了一点生气，两个小时内，就被我打回原形。

其实这些行李我压根不想要，可我心里总抱着一丝侥幸，觉得我在收拾东西的时候，越泽会开口挽留。

越泽没有。

我记得，离开越泽家的那个深夜，外面也是飘着雨，潮湿的空气穿堂而过，迎面吹在我和他的脸上。

我拉开门，淡淡地说："下雨了。"

他沉默。。

我说："我走了。"

他依然沉默。

我不甘心，倔强地等着。我以为他会留我，最后一刻他一定会留我的。很快退步了，我想就算不留我，至少撑把伞啊，像当初带我回家那样送我离去啊。这一点你总可以做到吧？你的绅士风度哪去呢？

很快，我再次妥协。好吧，越泽你不用送我，你随便做点什么，一个动作，一个眼神也好啊，因为说不定它们就会变成野火点燃我的心中那片荒原，我会反悔，我会留下来，我其实一点也不想走。

终于，越泽开口了。

"以后，就不见了吧。"

◆ 03 ◆

我去了上海，走出机场那一刻，我告诉自己：就当这几个月做了一场不属于自己的梦吧，如今梦醒了，真正的沈碧又回来了。

上海，一个物欲横流的繁华都市，一个充满着机会和财富却也横尸遍野的梦想乱葬岗，这才是我应该待的地方。

刚来公司就职，起初并不顺利，排挤和敌对到处都是，但这些击垮不了我，反而让我更加振奋。这些年，我早已经习惯没有朋友，孤独战斗。短短一年，我就从基层职员爬到市场部组长，月薪五万。当然，我还顺便收获了爱情。

我有了新男友，公司的市场部主管，在公司也有股份，官大我两级，能关照我，又不至于到彻底控制我，而这正是我想要的。

总之，我混的挺好，以后还会越来越好。

在这种不断战斗，不断往上爬的生活中，三年眨眼就过去。

两年后的夏天，我迎来一次去星城出差的安排。其实在这之前，我一直极力避免去星城，哪怕是离它很近的城市也能推就推，只因为我知道那是越泽的家乡，而且听说他毕业后就回去了那。

偏偏这一次，客户十分重要，又点名要跟我谈，我不好推辞，另一方面，我也没有那么害怕了，三年过去，我自信比以前更加强大和冷静。

三天后，我独自飞往星城。

我跟客户约在一家茶楼见面，事情比预想中的还要顺利。对方是个爽快人，我说了几句好话，稍微让了一点点利，便敲定了合同。他还想多留我几天，说要带我在星城好好玩一玩，我婉拒了。

我们握手，他语气惋惜，"沈小姐，下次有机会一定要好好跟你聊聊。你是不知道，我儿子自从上次在上海见了你一面，天天跟我念叨着你呢。你瞧，今天实在不凑巧，我还约了另一个客户，也是在这谈，就不送你了……"

"没关系，李总您太客气了。下次有机会咱们再聊。"我一边微笑，一边努力回想他的儿子的模样，最后想起一张中年谢顶的马脸男——天啊，饶了我吧。

我收好合同，起身去洗手间整理了下仪容，便独自下楼。

我怎么也没想到，我会在楼道间遇见越泽。原来他就是李总一会要见的客户。

如今的越泽告别了大学时代的少年气，西装革履、英气勃发，俨然一个职场精英，不过在他身上，我找不到一点粉面油头的世故气息，他很精致，也很有风度，彬彬有礼地跟在领路的服务员身后，一手拿着公文包，一手整理着领带。

他抬头，跟我目光相撞。

他认出了我，眼底闪过一丝意外，但非常短暂。他颔首微笑，与我擦肩而过。

我就那么愣在原地，我以为他至少会停下来跟我打声招呼，象征性地叙旧几句，可他只是从容地我从身边走过。

该如何形容那种感觉？

原来离开我后，他竟然过的这么好。比起久别重逢后的欣喜，第一感觉竟是苦涩。天知道，这三年里，我花了多少的力气才让自己投入到事业当中从而减轻他带给我的影响和干扰。可他呢？轻轻松松地就把我从生活中抹除了，就好像我不过是从他修长手指上剪下来的多余的指甲。

我有些失神地走出茶馆，越想越气，越气就越不甘心。

路边一辆TAXI停下，司机降下车窗问我上哪？我犹豫着，最后摇摇头。

我昂首挺胸，走到对面的一家装修文艺的小咖啡馆，点上一杯咖啡，在靠窗的位置坐下。我回上海的飞机是晚上十点，离现在还有两个小时。期间我一直挣扎：离开、留下、离开、留下。

最终我喝光了三杯咖啡，等到深夜十一点。

越泽和李总走出茶馆，两人在楼下分开前还握了握手，算是生意谈成了。李总先开车走，越泽目送他离开，然后掏出汽车钥匙，一转身，看到了出现在他身后的我。他微微蹙眉，语气疑惑，"你还没走？"

这句话真伤人啊。

可一看到他的脸，我什么气都没了。三年不见，他没怎么变，他那张巧夺天工的英俊脸庞上看不出一丁点岁月的痕迹，唯有深邃的眼神变了，那锐利又冷漠的光芒柔和了一些。

"耽误了一点时间，没赶上飞机。"我撒谎。

"这样。"他淡淡地回答。

"不过我说啊，你也太不够意思了。"我故作轻松地扬扬眉毛。

"怎么？"

"我来到你的城市，你却不管我一顿饭。"

我擅自篡改了《好久不见》的歌词，希望这个玩笑能拉近我们之间的距离。似乎凑效了，他似笑非笑地问："想吃什么？"

我想了想，"大排档吧。"

"还吃哪种玩意，不怕伤胃？"他与其说关心，不如说惊讶。

"突然想吃了。"我坚持。

三年前，我跟越泽还是大学生时，经常会吃那玩意。那时候越泽已经开始接外单，熬夜是家常便饭，有时候我晚上也睡不着，就会下楼吃点东西。

秋天的深夜，两人裹着毛衣和围巾跑去楼下吃大排档，两人有一搭没一搭地聊着，把嘴吃得通红，胃里却暖暖的。从来都是下午四点就不再进食的我，几乎把这一辈子吃的夜宵都给了那段时间。

当晚我们找到一家感觉相似的店，随便点了些吃的。我让老板拿啤酒过来，他挥手制止了，"我今晚喝的够多了。"

"不是吧，茶馆也提供啤酒。"

"你想要炸鸡他们都有。"越泽苦笑。

"你谈客户的效率不行啊，你看我搞定王总只花了一小时，你竟然谈了三个多小时。"

"是啊，有时候我真恨自己为什么不是女人，这样他就不方便跟我谈一些咸湿的话题了。"

"有时候，他们跟女人谈的话题更咸湿。"

说完我两都笑了。

我夹起一颗鱼丸，假装漫不经心的回忆着，"直到现在，我还记得你给我讲过的那个冷笑话。你说有一天面粉遇到了麻烦，跑去找鱼肉帮忙，鱼肉说，放心吧哥们，包我身上！于是就有了鱼丸。"

"我有讲过吗？"

"讲过的。"

"那我忘了。"

就这样，气氛冷了下来，他没吃东西，只是静静抽着烟，凝视着路边的夜色。我有一种直觉，我在愧疚，所以他不敢直视我。

隔了好一会，他终于转过头，看向我，用宣布似的口吻说道："我帮你订个酒店，有需要的话，明天我可以送你去机场。"

"酒店休息不好。"我深吸一口气，"不如……去你家吧。"

"不行。"越泽拒绝了，一点余地都没有。

可我顾不上了，我不甘心，我必须试一试，"越泽，我们……能不能重新来过？"

越泽掐灭手中的烟，他花了点时间，从口袋里掏出一个戒指，放到桌角。

直到我不可思议地皱起眉头，他才静静地解释，"我结婚了。"

"你？结婚？"我哑然失笑，"我不信。"

"沈碧，人是会变的。"越泽神情严肃，一点也不像开玩笑，"以前的事很对不起，但我不是曾经那个越泽了，你也不应该还是以前那个沈碧。"

其实我早看出来了，他是变了，变得明朗，变得朝气，整个人都有了希望一样。可我没有变，直到今天见到他后，我才发现自己其实根本没变，我还陷在三年前那段无疾而终的感情里，我从没有真正走出来过。

"如果你结婚了，为什么不把戒指戴上？"我不肯放弃。

被我这么一问，他嘴边反而泛起一丝温柔的笑意，似乎想到了什么幸福的事，"一言难尽，虽然是夫妻，但目前，我们只是单纯住在一起。"

"你爱她吗？"我更在乎这一点。

越泽的眼神冻结了下，似乎始料未及，又似乎从没想过。然而我却没有在这个眼神中找到我想要的希望。良久，他用另一种方式告诉了我答案，"吃饱了吗？我要回家了。她在等我。"

"等你。"我嘴角泛起一丝恶毒，"别告诉我你们同床了？"

"没有。不过我不回去，她怕是睡不安稳。"他起身，掏出钱夹，"走吧，我先送你去酒店吧。"

我冷笑一声，抢先掏出钱丢在桌上，"不用了。你回去吧。这顿我请。"

"沈碧……"

"别。"我冷冷制止他，"别可怜我。既然如此，就当我们今天没有见过吧。"我走到路边，挥手拦下一辆TAXI，他没有追上来。

"美女，上哪呀？"司机兴致挺高，电台里起放着聒噪的音乐。

"上海。"

"啥？上海！"司机哈哈大笑，以为我在开玩笑。

可我没有开玩笑，我拿出钱包里的几千块公款直接甩给他，"不够我再给。我要回上海，马上！"

司机总算相信我了，但还有些犹豫，回头看我一眼，还是答应了，"行行行，上海就上海。你别哭啊……我先给交班的兄弟打个电话。"

出租车开了十四个小时，把我从星城马不停蹄地送回上海。

我躲在那个摇摇晃晃的后车厢，醒了睡，睡了醒，第二天下午，我站在上海三环路上，等着男朋友开车来接我。

他看到蓬头垢面的我给吓了一跳，他还从没见到过我这么糟糕的一面，愣了半天有点不敢相信。

"不就是出个差吗？发生了什么呀？"他有些心疼得将我搂到怀里，"走，我们回家，好好睡一觉……"

我本以为自己可以像往常那样，顺从地钻进他的怀抱，可是碰到他的瞬间，我却像是碰到了什么恶心的东西，我控制不住自己的身体，猛地推开他。两年前跟秦箫发生的那一幕又重演了。

"对不起，我们分手吧。"

男朋友看我的表情，就像是在看一个疯子。

我想我是疯了，就让我疯吧。

◆ 04 ◆

　　跟男朋友分手后，我立刻跳槽了。虽然换了一家公司，但事业并没有受到太多影响，我依然努力工作，每个月都交出很好的业绩，新上司对我很满意。然而只有我自己知道，我心中的勃勃野心已经一去不返。

　　很快，我联系上了谭志。谭志是越泽的同学，不过只学了一年计算机就转去了法律系，两人关系不错，毕业后也一道去了星城，如今的工作是律师。

　　谭志还记得我，我一通电话，就把自己想知道的事情全套出来了。

　　越泽是真的结婚了，跟一个叫艾七喜的大学生。他跟那个女孩谈好的条件是，结婚后可以分到一笔老房子的拆迁补助，离婚后女方能拿到一笔数目客观的费用。谭志受托给越泽和艾七喜拟了一份保密合同，所以清楚整件事。

　　虽然谭志十分确信两人只是"合约夫妻"，但直觉告诉我，这件事并没有那么纯粹。我早听说越泽的父母移民美国，家境不错，如今他自己的工作能力也很出众，事业蒸蒸日上，再加之他根本不是一个贪财的人，不可能为了多赚一点钱就随便跟人结婚。

　　我隐约觉得他在策划着什么事，或许跟他曾经做噩梦时提到过的"报仇"有关。

　　果然，我最担心的事还是发生了。

　　三个月后，越泽主动联系上我。那是2012年的年底，圣诞节刚过不久，当时我正在武汉出差，接到他的电话时，内心是开心的，可是聊了几句，我就感觉很不对劲。

　　我快速处理完工作，抽空去了一趟星城。那晚星城还下着大雪，我们在一家冷清的咖啡馆见了面。当我看到座位上那个阴郁、消瘦的男人时，我差点以为自己找错人了。

　　以往那个英俊挺拔、精致俊朗的男人消失不见，取而代之的是一个精神萎靡、神色痛苦，目光呆滞，我能感受到他体内有一个他自己都控制不了的恶魔再狠狠地折磨他。他的声音也不复之前的优雅，低沉而沙哑，"你能弄到枪吗？"

我狠狠一抖，差点把咖啡泼到桌上，我瞪大眼睛，压低声音，"你在说什么？"

"我记得你上大学那会交的那个富二代男朋友，他的舅舅是警察局局长对吧？我想要一把枪，你帮我——"

"你疯了！"我激动地打断他，"我跟他八百年就没联系过了，再说你要枪做什么？！"

"报仇。"

我只觉得背脊一阵寒芒，我被他冰冷锋利的眼神吓坏了，他是认真的！我颤抖着说出自己的推测，"你……想杀人？"

越泽默认了。

"不，不行！"我厉声拒绝，"你知道自己在干什么吗？你疯——"

"你根本不知道我经历过什么？！"越泽失去耐性，大声打断我。

"那也不能杀人！"我用力吼回去。幸好这家店此刻没有其他客人，吧台里的服务生又在塞着耳机在听音乐，不然听到我们这番谈话，他估计要报警了。

越泽似乎被我骂醒了，他狠狠一怔，慢慢坐会椅子上。

良久后，他才从口袋里掏出几张偷拍的照片，照片上是一个身型肥胖的中年男人。

"你认识这个人吗？"

我点点头，"认识，有过业务往来。"

说来很巧，这个人叫王继成，某次我在一个商业聚会上见过他，为人直爽，嗓门挺大，总是乐呵呵的，给人印象挺好，我们互相交换了名片。后来我顺手帮他公司拉了一桩建材生意，他一直很感谢我，让我有空去来星城玩，一定好好招待我。

"沈碧，帮我查一下他的底细，他以前做什么的，还有他那个儿子的事，能有多详细就多详细，我需要确认。"

"确认之后呢？"我声音在发抖，"报仇吗？不行，我不会帮你的！"

越泽忽然抓住我的手腕，由不得我挣脱，他的声音几乎在哀求，"沈碧，这事很重要。你不帮我确认，我会直接动手。如果你帮我去确认，或许我会发现是自己弄错了……"他低下头，几乎是神经质地笑了，"我多希望……自己弄错了。"

"好，我帮你。"终于，我叹了口气，反手握住他冰冷的手掌，"但你必须答应我，在这之前，别做蠢事。"

"谢谢。"第一次，他对我说谢谢。他感激地看了我两秒，起身离开，不到一分钟，便消失在大雪风飞的街头。

第二天，我联系上了王继成。他非常高兴，说要带我吃好玩好，被我婉拒。我告诉他这次行程很赶，晚上就得离开，只是想简单上门拜访一下。

他没有起疑，非常欢迎我。

下午，我们一边喝茶，一边天南地北地闲聊着，偶尔也会谈一谈生意上的事。可能是因为之前我帮过他，他对我十分信任，说话直言不讳，很快他就在我不动声色的引导下，他谈起了他以前的事，就那样说了很久，确认信息掌握的差不多了，我起身告辞。

刚穿上大衣，厨房深处传来了响动。我感到意外，待了一下午，原本都不知道家里还有一个人。

王继成显然比我还意外，以为来了贼。

我们来到厨房，发现原来是王继承的儿子苏小晨，我很意外，想不到王继承的儿子竟然是个眉目清秀高高瘦瘦的美少年，他正穿系着围裙，在厨房里煲汤。

"小兔崽子，这几天死哪去了电话也不接！回来了也不打声招呼，要吓死你爹啊！"王继成骂骂咧咧，一副恨铁不成钢的语气。

"别吵。"苏小晨心不在焉，正聚精会神看着那一罐正在煲的汤，不时又看了看手表，时间到了，他赶忙关火，揭开砂锅盖，凑近闻了下，一脸大功告成的开心模样。

我跟王继成愣在门口，观摩着他的结尾工作——把那锅香气诱人的乌鸡汤给装入保温汤杯中，整个过程他都轻缓而温柔，脸上洋溢着满足和幸福，好像自己不是在打包一份汤，而是在为心爱女孩的头发扎上一个蝴蝶结。

直到我发现旁边两碗冷掉的鸡汤，才知道这已经是他今天下午煲的第三碗了。

"你一下午就在煲汤？"我饶有兴致地问。

"对啊，第一份是用高压锅，第二份是用不锈钢汤锅，味道都不正。还是得用砂锅，要慢火炖，比较耗时间……"苏小晨十分得意。

王继成却受不了了，"停停停，别说了！弄个汤都这么磨叽，跟个娘们似的，我这张老脸都被你丢尽了。"

"王叔，现在流行煮男时代，会下厨的男孩才有魅力。"我忙打圆场。

"就是！"苏小晨感激又腼腆地看我一眼，笑容像四月春风。他脱下围裙，小心翼翼地捧起保温汤杯，"先走了，晚饭不回家吃了。"

"乌鸡汤是给女孩子喝的吧？"我穷追不舍。

他点点头，脸有些红，"我有一个朋友，最近……身体不太舒服，所以……"

"女朋友？"

"哈哈不是的。"他的眼神澄澈，笑容干净，"我喜欢她，但她不喜欢我。"

"哪个女孩啊，真没眼光。"

"并没有。"他咧咧嘴，似乎不太习惯听别人讲那个女孩的坏话，哪怕只是开玩笑，"不说了，先走了，拜拜。"

"拜拜。"我给他让开一条道。后来我才知道，那个等着喝他的汤的女孩就是艾七喜。而我跟苏小晨的第一次见面，竟然成了永别。

当晚，上飞机前，我把我所有我了解到关于王继承的事都整理成文字发到了越泽的邮箱，点击发送时，我并非没有过挣扎。我不知道自己是在帮他，还是在害他，可是如果再给我一次机会，我还是会这么做——这是越泽第一次需要我，不管什么事，我都不能让他失望。

◆ 05 ◆

看来，我还是害了他。

两个月后，也就是2013年4月1号的深夜，我接到谭志的电话——我曾经特意拜托过谭志，如果越泽有什么麻烦一定要第一个告诉我。电话里他很紧张，同时又一头雾水。我让他直接说结果，他告诉我："越泽受伤了，正在医院救治，没有生命危险。"

我当时人在北京出差，第二天，我把所有工作挤在一天完成，当晚凌晨坐飞机赶往星城。清晨谭志来机场接我，他已经搞清楚事情的来龙去脉，一部分是自己的推测，一部分是从艾七喜口中得知。

愚人节那场火灾，烧死了一个高中生——后来我才知道就是王继成的儿子苏小晨，重伤了一个叫阮修杰的人，相比之下，越泽算是幸运的，只有背部和小腿的小面积烧伤，但是眼角膜被大火的高温中剥离，双目失明。

谭志干律师这行，口才算是顶好的，可是关于越泽、苏小晨、阮修杰、越森南（越泽五年前死去的弟弟）、艾七喜这些人的恩怨情仇，我听了好久才理清楚了关系。

震惊之余，我更多的还是失落，原来越泽竟然背负这么深的仇恨，并且不动声色的隐藏了那么多年。我曾经跟他朝夕相处，可他一点也没有让我知道，是不想把我卷进来，还是说，我不是那个可以走进他内心的人？

那天上午，我跟谭志去了医院。

通往越泽病房的走廊上，我与一个披头散发捂脸哭泣的女孩不小心上撞上，她脸色苍白，神情痛苦而悲痛，含糊不清地说了声对不起便跑走了。我后来才知道，那个女孩就是艾七喜，她刚从越泽的病房逃脱，她觉得自己没有脸面对他。

推开病房门后，我被眼前的一幕吓坏了。

越泽的双眼缠着沾血的绷带，手臂插着针管，肩膀和小腿因为烧伤留下一片溃烂的腐烂的鲜红色，他大喊大叫，情绪失控地从床上滚落在地，就像一只离开水面的雨那样艰难地挣扎着。

谭志去叫医生，我冲上去想要扶起来，他什么都看不见，感觉到身后有人后立刻转身抱住了我，而我终于听清楚了他的话，"七喜，别怕，我会保护你，不会让你受伤害……"

"我不是艾七喜，我是沈碧。"

我想这样回答他，可话到嘴又吞回去。我的身体像是掉进冰窟一样迅速寒冷、僵硬，我就那样任由他抱着喊着，像一个木偶。

突然，他认出了我，惊愕地将我推开，"不！你不是七喜，你是谁？！七喜呢？她在哪……"

这时护士和医生冲进来，他们把越泽扶上床，一边安抚一边给他打镇定剂，十分钟后，他终于安静了下来。

整个过程我一言不发的静静看着，从没有哪一刻，我像想现在那样地痛恨那个叫艾七喜的女人。我只想立刻把她抓来这，给她一耳光，让她好好看看，她把我心爱的男人给毁成什么样了？但转念我又想：不！她连赎罪的机会也不配有！

当晚，越泽的父母从美国赶过来了。

两个老人悲痛异常，守着还在昏睡的越泽，安静地抹着泪。而我就在这时出现了，我说我是越泽的女朋友，没能照看好他，请求他们的原谅。越泽的父母显然知道这件事的真相，只说不怪我。

我立刻向他们提议，应该尽快把越泽接回美国治疗，在那边更容易等到眼角膜的捐赠，并且我在西雅图的医院有个外科手术医生的朋友，也可以多关照。

越泽的父母没有犹豫便同意了，对于这座城市，他们怀有太大的偏见、恐惧甚至是仇恨，一刻也不想多待，越泽强烈反对，但没用，最终父母还是替他决定了。

越泽转院去美国的半个月后，我成功争取到去美国分公司开拓市场同时锻炼学习的机会，为时四个月。

分公司在温哥华，离西雅图只有几小时的路程。

我在温哥华稳定下来后，每个星期都会见越泽两三次。那段时间，他的身体在好转，可精神萎靡不振，加之又一直等不到匹配的眼角膜，负面情绪很严重，有时候会自闭几天不说一句话，有时候会暴躁得像一头狮子。

我常常会推着轮椅上的越泽，在西雅图的海滩上散步，跟他说说话，都是一些无关痛痒的事情，绝口不提那些会刺痛他的事情，大部分时候，他都是沉默的。

越泽取下了纱布，失明的眼睛里一片死灰，除此之外其实没有什么区别，他还是那个英俊帅气的男人。他总是平静地望向海面，吹着海风，仿佛自己能看见苍翠的奥林匹克山山脉和湛蓝如戏的天空。

我记得有一天，他的情绪很稳定，我带着他在海边散步，他突然开口问我，"如果我一直看不见，有一天，会不会忘记了自己的样子？"

我不知道如何回答，我无法想象永远生活在黑暗中是什么感觉，我只能安慰他，"不会的，你很快就能看见了。"

我说对了。

三个月后，幸运女神眷顾了他，他等到了匹配的眼角膜。手术很成功，一星期的恢复期后，在一个昏暗的如同冲洗照片的小房间，我亲自为拆开绷带。他的双眼闪烁着灵敏的光泽，他睁开，又闭上，睁开，再闭上。

终于，他渐渐看清楚了我的脸。

"沈碧。"他说。并非需要我，只是在确认自己看到的事物。可我还是迫切地回答，"是我，我在这。"

随后，他便不再说话了。

在他的脸上，我找不到盲人复明后的喜悦，反而透着让人陌生的落寞。

直到那天离开医院，他才开口对我说了第二句话。他说："我也以为眼睛好了，一切都过去了，可我错了。"

三天后，越泽离开了。

只留下了一封很简短的信，信的大致内容是，很感谢这些天父母和我对他的悉心照顾，他都铭记在心。但现在他想一个人去外面走走，因为有些事情他还没想明白，有些问题他还没找到答案。在信中的结尾，他这样说：其实我并不担心失明会忘记自己的模样，相反，我怕自己一直记得。

我把这句话反反复复看了十几遍，在这里面，我读到了惭愧、自责、无法释怀、和深深的不快乐。

放下信的那一刻，我突然明白了自己为何会那么地爱着越泽。他是童话中那个哪怕游遍全宇宙也不开心的小王子，而我，是金色麦田里那个极尽一切逗他开心的小狐狸。可惜那时的我并不明白，小王子的不开心跟是否游遍宇宙没有任何关系，他只是在思念B612星球上的那朵玫瑰花。

一个月后，我顺利结束在分公司的工作任务，写了一份两万多字的工作报告，回到了上海。

之后的半年里，我没有越泽的消息，所有人都没有。

直到2013年的春天，我终于等到了一通陌生电话。不知道为什么，看到那串陌生号码时，我的心微微颤了一下，一个声音告诉我，他回来了。

电话果然是越泽打过来的，没有半句寒暄，他直奔主题，"我想开一家公司，主打手机交友APP的开发。需要两个合伙人，一个是谭志，一个是你。"

"你在发什么疯？"我声音冷静，嘴角却是笑的。

"对，要不要一起疯？"

"考虑下。"

"好好考虑，公司开在星城。"

有什么好考虑，当他打来电话表明想法的第一时间，我已经在脑子里思考要如何辞职信的内容要如何写了。

半个月内，我迅速交接完工作，正式离职。

我带着自己所有的存款和资源去了星城，三个合伙人约在谭志的家里见面，一边吃着大嫂烤的曲奇饼干一边对着整桌的文件和市场调查资料展开讨论。

那个下午，我发现越泽真的变了，仿佛重获新生一样，他深邃的眼里不再是忧郁冷漠的暗流，取而代之的是饱满的希望和信念。

有些事我是从谭志那才得知的，这半年，越泽一直在东南亚徒步旅行，像个痛苦而迷茫的苦行僧。直到有一天，他发现自己还有一个女儿——原来艾七喜瞒着越泽把孩子偷偷生下来，想要自己独自抚养大。

这个女儿，成为了越泽人生的新希望。

公司成立后，我渐渐发现，原来越泽爱的不单是自己的女儿，也仍然爱着那个几乎毁掉自己的艾七喜。

他会在钱夹里放艾七喜的照片；会在选择公司楼层时会不惜多花一倍无意义的冤枉钱，只为了让公司的地址在大厦的7楼C部——谐音7C；会在公司同事开我跟他的玩笑时义正辞严地解释自己是有家室的男人。

以上所有这些，并没有让我感到挫败，反而是振奋。因为相比几年前我对越泽的无力可使无可奈何，如今，我至少清楚地知道，情敌是谁。

而我要做的，就是赢她。

我跟艾七喜的第一次正面交锋，是在公司正式运营一个月左右的某个夜晚。公司大部分人都还在加班开会，我上洗手间时经过待客厅，一个背影文静的长发女孩正盯着职员表里的照片看。

"你好，有什么需要帮忙的吗？"我在背后叫她。

她转身，看到我的时候脸上闪过一丝心虚，我猜她之前是在打量我的工作照。

我几乎立刻，就认出了她就是艾七喜，跟越泽钱夹里那张照片差不多。谈不上多么漂亮，但给人的舒服自然。不过这会，她给人感觉有些怯弱，像一只闯入陌生领地的不安的麋鹿。

"啊，我找越……总。不急的，我在这等就行了。"

"那好。"我微微颔首，假装半天才认出来，"我说怎么有些眼熟，你就是艾七喜，对吧？"

"啊？！你认识我？"

"当然。全公司恐怕没人不认识你。"

"为什么？"她十分吃惊。

之后我不慌不忙地举出越泽有多爱她的事实，如何在短短一个月，就把她这个老板娘弄得人尽皆知。艾七喜的城府不深，脸上是藏不住喜悦。我继续夸着她，心里却很庆幸：谢天谢地，自己的"情敌"不过如此。

我一直以为，爱情和事业没什么不同，都是现实而残酷的。想要爱情天长地久，不光要有一颗赤子之心，更需要经营和维护，需要时刻地新鲜感来充电，还需要有共同的努力方向来共勉。

为此，我一直在努力。为了保持身材，我每天都有慢跑和做睡前瑜伽的习惯。为了保持皮肤活力有光泽，我吃一百多块钱一粒的胶囊补充胶原蛋白。我还保证每星期看两本书和三部电影，保证自己的思想不至于在快节奏的生活中变得麻木。我一直让自己更加优秀，就是为了能配得上越泽，无论哪方面。

再看看眼前的艾七喜，不过是一个没什么质感的年轻女孩，一眼就能看到底。她真的太普通了，甚至都不认为自己的普通有什么不对。这样的女孩，是留不住越泽的，她失去他只是时间问题。

不过我真的没想到，这个时间比我以为的还要短。

当晚，艾七喜就跟越泽吵架了，越泽开完会时，艾七喜已经闹脾气跑走了。我是后来才知道，貌似她上洗手间时，无意听到公司员工在八卦她跟越泽之间的事，话讲的非常难听，好像还把我拿来做比较，她一气之下就走了。

艾七喜的沉不住气在我的意料之中。

但我没想到的是，越泽也因此发了疯，他跟谭志大吵一架，仅仅因为他当时撞见七喜要离开却没有留住她。之后他更是工作也不管了，直接开车去大街上盲目找人。我只好临时打电话叫技术部的员工回公司加班来收拾烂摊子。

一直折腾到天亮才算是把情况稳下来，至此大家已经焦头烂额。我疲倦万分，本应该回家睡上一觉，可一转念，我还是从谭志那问到了艾七喜的手机号码。

有意思的是，她一整夜不接越泽的电话，我才发了两条短信，她就立刻回复了。看来她还不算蠢，知道自己的"敌人"是谁了。

我天早上，我们见面了。

她窝了一肚子火，就等着来跟我宣誓自己爱情的主权，可惜她段数太低，轻易就被我教训得毫无还嘴之力。

"感情里没有一劳永逸，今天说爱你的男人，明天可能已经爱上另一个女人。别仗着越泽现在喜欢你，就撒泼胡闹任性妄为，这只会加快你失去他的速度。"

"听过一句话没？女人是衣服，谁有本事谁穿上；男人是狗，谁有本事谁牵走。话糙理不糙。衣服不行就要换，狗管不住就会走。"

我搁下几句狠话便走了。

我知道这话会激怒她，还会伤害到她。这正是我想要的，像她这样一个普通的女孩，爱越泽一定爱得很辛苦，除了那一点儿可怜的自尊心，还能剩下什么呢？现在，我就把这点儿自尊也彻底给她碾碎。

我赌她会放弃越泽。

我赌对了。

当天中午，越泽回来了，脸色十分难看。后来我才知道他去火车站等艾七喜，他等到了，可是没能留住她，还亲眼看着她上了另一个男人的车。

下午，整夜没睡得越泽把自己关在办公室里，窝在沙发上。我轻轻推开门，给他盖上一层薄毛毯。他睡着了，可眉头一直紧锁着。

我多想伸手替他抚平，可我忍住了。

我告诉自己，再等等，我现在需要的，仅仅是时间和耐心。而这两样，我都有。

◆ 06 ◆

越泽跟艾七喜再没有联系。

我之所以如此确认，是因为越泽的手机有两部，一部工作手机随身带，一部私人手机很少用，时常会被拿去给公司的新产品做测试，我每次都有翻一下通话记录和微信——他不是一个会通信删记录的人。

时间越久，我越觉得自己胜券在握。尤其是在看到越泽一扫之前的阴霾，工作上更加拼命时，我相信，他就要走出这段感情了，毕竟他是连那么深刻的仇恨都能走出来的男人，我对他有信心。

　　然而，我的这份信心很快就动摇了。

　　某个半夜，我本该在家中睡，却突然想起把一份重要资料忘在公司了，明天一大早还得跟客户洽谈。只好半夜开车回公司去拿，我没想到这个时候了，越泽的办公室里还亮着灯，很显然他还加班。

　　可我记得最近明明没有什么需要熬夜赶制的工作，出于好奇，我悄悄走进他的房间。越泽正聚精会神地研究着笔记本电脑上的一段音频文件，塞着耳机反复地听，过了很久，他才察觉身后有人，警觉地合上了笔记本。

　　"你怎么在这？"他很惊讶。

　　"明天要见客户，忘记拿上个月的销售数据表了。"我很平静，反问，"你在做什么？看起来不像工作。"

　　越泽沉吟了一会，说："一些个人隐私。"

　　"什么意思？谁的隐私？"

　　我以为他不会再回答的，换以前他很少会谈自己的私事。可那晚他犹豫了一下，竟然跟我坦白了，"简单说，我在一个人的手机里偷偷植入了窃听软件，在窃听她跟某人的通话。"

　　"为什么要这样做？"我很不解，"可别告诉我你有这种恶趣味。"

　　他摇摇头，"为了搜集证据。"

　　"收集证据？名侦探越泽？！"我开了个玩笑，但我们都没有笑。我随即正色道："你这样做是违法的，万一被当事人发现——"

　　"我知道。"越泽打断我，他皱着眉头，十分疲倦地揉了揉前额，"但我是在保护她。"

　　我不再言语，我已经知道那个"她"是谁，突然间，胸口一阵作呕，那种感觉就像是吞下一口过期的酸奶。

　　"我帮你泡杯咖啡。"我起身离开了。

　　几分钟后，我平复情绪，端着咖啡回到办公室。越泽关掉窃听的音频文件，正在游览微博，我一眼就认出是艾七喜的微博首页，因为微博的头像是她跟女儿和合照——熟睡的婴儿安静地躺在婴儿车中，艾七喜宠溺把头探进去，偷亲她的额头，镜头就在这一刻定格。

越泽一点点往下翻，看着七喜跟女儿还有家人之间的琐碎日常，嘴角藏着浅浅的笑意，又透着些许的苦涩。

我从来不知道，那个骄傲冷漠的越泽，独自待着时会有这么温柔的一面，温柔到，甚至有一点卑微。我从不知道，那个聪明理智的越泽，竟会默默地不求回报的为一个人付出这么多。

我敲了敲门，假装什么都没看到。越泽立刻关掉页面。我端着咖啡送到他桌边，然后坐下，两人一边喝着咖啡，一边沉默。

很久后，他突然抬头看着我，"你爱过一个人吗？"

我楞了一下，那一刻，我盯着他赤城的眼睛，我有些不确信他是真的不知道，还是他假装不知道。

我点点头，"爱过。"

"我不太知道，要怎么去爱一个人。"他的语气透着不确信。

我扬了下眉毛，强颜欢笑，"怎么？你这是想跟我取经吗？真没想到啊，那个万花丛中过片叶不沾身的越泽也有今天？"

他促狭地笑了，脸上恍过一丝稍纵即逝的苦涩，"我以前从没爱上过谁，这是第一次，我不知道自己做的对不对。"

"爱情哪有什么对错。我理解的爱，就是一心一意对他好，不惜一切代价也要把他留在身边。"

"就这样？"那一刻他真像个什么都不懂的孩子。

"对，就这样。"

三天后，4月1号，艾七喜还是主动联系了越泽。我猜到她会沉不住气的，只是没想到这么快，我原以为他们之间的冷战要再久一些。

上午九点，她给越泽发过来一条短信。当时那部手机恰巧在我手上，APP测试报告一直是我在写。

——在吗？

如此简单的一条短信，却让我心慌了。我挣扎了一会，虽然没有删除那条短信，却自作主张地回复一条短信：在忙。

这件事，我没有马上让越泽知道，一小时后，我们还要去见一个很重要的客户，事关重大，我不想让他为此分心。

那场商谈十分顺利，我们公司跟对方的合作意愿初步达成。结束工作后，已经是中午，我见越泽心情不错，开口约他，"一起吃个午饭怎样？我请。"

"你请我吃饭？"他颇为意外，平时我很少主动约他，一是工作繁忙，二是我不想让他认为我在趁虚而入。我说过，我有的是时间和耐心。

"不然呢？"

"我以为只是愚人节的玩笑。"

"谁会把一年一次的撒谎机会用在这种事情上啊？"

"不然还能用在什么事情上。"

"比如……"我猝不及防得看向他的双眼，"我还爱着你。"

他眸光闪烁，风轻云淡地笑了笑，"学习了。"

我眯起眼，大度地笑笑："不客气。"

我早料到了是这样的结果，可我没料到自己的心会比想象中痛。

越泽还是答应跟我一起吃饭，我带他去了一家叫阳光餐馆的特色私房菜馆，他们的餐馆是露天的，在一棵大榕树下。我跟越泽刚来得及坐下，身后就传来奇怪的响动。我回过头，是艾七喜，她似乎也发现了我们，正拉着一个男孩想要偷偷离开。

"七喜？"越泽第一时间喊住了她。

大脑是一瞬间的空白，我想这世界还真是小，我藏手机，拉越泽吃饭，就是为了让他能慢点看到那条短信。结果倒好，直接把他带到了七喜的眼前。我迅速冷静，既然第一次交锋我能赢了，就没理由输第二次。

我大方地陪同越泽走到他们身前，我看清楚了七喜身边的男孩，竟然是苏小晨！他不是在大火中死去了吗？

不得不说我非常震惊，我的第一反应是：看来老天都在帮我，昔日的情敌又回来了。当时我并不知道，眼前的男孩不是苏小晨，而是一个长得跟苏小晨一模一样的新加坡男生，名叫七月。

艾七喜显然毫无防备，被这个意外的相遇打得措手不及，为了让自己看上去不那么狼狈，他拉着身边的"男朋友"做掩护，然而演技相当拙劣。我都能一眼看出来，越泽自然不会相信，可他没有拆穿，或者说，对方没给他这个机会。

那是个焦灼而怪异的四人对持，艾七喜假装跟七月是热恋的情侣，我跟越泽也假装是一对。我们自欺欺人地演着一场没有观众的戏，我们寒暄问好，暗地交锋，最后不欢而散。艾七喜跟七月离开了，我们继续留在那家餐馆。

那之后，越泽再没有说一句话，只是呆坐在那里，等着热乎乎的菜端上来，等着它们变冷，最后起身结账。

我知道，他跟艾七喜之间的裂缝已经越来越大，不可弥补。他们的爱情城堡已经摇摇欲坠，轰然倒塌只是时间问题。

作为情敌我应该高兴，可我没有。

因为，不管他们之间走到何种境地，我似乎并没能因此拉近一点点跟越泽的距离。他像个倔强的小孩，就算城堡倒塌，也情愿坐在那片废墟之中任由风吹雨打，坚决不肯走出来一步。我很害怕，自己固执的等待，最终只等回来了曾经的那个越泽。

◆ 07 ◆

那天之后，越泽再没有跟我提过任何关于艾七喜的事，以及自己的事，那天深夜的温柔对谈仿佛一场梦。他又变回了那个冷淡而坚硬的越泽，如果他主动跟你开口，那么一定是谈工作。

很快迎来了五一假，公司也正常放假。

我在海南有一个朋友，如今她顺利拿到绿卡定居美国，海南那边空出一套海景别墅房空，一直舍不得卖掉。她说很欢迎我带着自己的朋友去那免费度假，我想找越泽去散散心，为了不让他感到奇怪，我还邀请了谭志夫妇，可越泽还是拒绝了，说有点私事。

越泽不去，我也没了心情，海南度假成为了谭志夫妇两人的度蜜月。作为感谢，谭志悄悄透露给我一个秘密——越泽所谓的私事，是去参加艾七喜的母亲和继父的婚礼。其实我早应猜到的，越泽能有什么私事，所谓私事，那么一定关乎艾七喜。

得知这个消息后我，我更多的不是嫉妒，而是心痛。我为越泽感到不值，他应该一直是那个意气风发骄傲优秀的越泽，而不是如今这个痴情到卑贱的可怜男人，不放过任何一次接近和讨好那个女人的机会。

我可以接受为越泽放弃原则的自己，可我不能接受越泽为了别人变成这样。

一想到这我就心如刀绞，为了不让自己被击垮，五一假我决定让自己忙碌起来，我回到空无一人的公司加班。也是在那一天，我看着公司大厅里凌乱而整密的办公桌，第一次觉得，自己像是站在一个苍凉的墓场上。

我从上午十点一直待到晚上八点，确定自己的大脑掏空没空再胡思乱想后才离开办公室。写字楼没有开灯，非常安静，离开公司时我经过带客厅，被一个安静的身影吓了一跳，这个身体看上去是那么的疲倦，他深陷在沙发之中，空洞而忧伤的双眼在黑暗中频频闪烁。

"越泽？"我朝着那个孤独的黑色身影走过去，"你怎么在这里？"你不是去参加七喜父母的婚礼了吗？这句话我没有问出口。

他不回答，像是没听到。不知道过了多久，他才艰难地开口，声音沙哑，"你去哪？"

"我吗？"我转身打开壁灯，首先看到的是越泽苍白的一张脸。

他点点头。

"我去跑步。"以前为了保持身材，我每天早上或者晚上都会慢跑半小时。现在，这仅仅变成一种习惯，一种无论前行的路上出现了何种阻力，都能让我保持情绪平稳而不至于崩溃的习惯。

"我也去。"他说，像是不确认自己发过声，他又低声重复，"我也去。"

那晚的我并不知道，他正处于极度的悲伤中，体内像是有一只桀骜不驯的野兽，在左冲右撞地想要撑破开他的身体，他已经承受不住，觉得自己随时会爆炸，会死掉。他需要做点什么来宣泄这份痛苦，而这时候，我刚好出现了。

我们去公司的健身房换上运动服和运动鞋，拿上两条干毛巾，从公司出发，沿着车流量较少的马路跑起来。

整个过程中，他都一言不发地埋头跑再前面，我跟在他身后，盯着他宽阔而冷硬的背脊，看着汗渍慢慢沁透他的白色背心。

这么多年了，我似乎永远只能看到他落寞的背影，而无法与他并肩。想到这我突然特别难受，我加快速度往前追，可偏偏他也跑得越来越快，就是不让我追上，我们像两条先后发出的射线，我一直追逐他的方向，永不停歇，也永远赶不上。

我们继续跑，像停不下来的发条玩具。世界渐渐变得轻盈起来，耳边只有有节奏的呼吸和心跳声，和徐徐的风。

我们跑了差不多两个小时，这已经大大超过了我平时的慢跑时间。我累了，再也跑不动，我喘着气，叫住了前面的越泽。他像是没听见，我又叫了一声，他依然跑着，毫无反应。最终我只能停下来大喊了一声，"越泽！"

他一怔，慢慢停下来，没有转身，他的T恤全湿了，浑身剧烈起伏着。我慢慢走近他，他却突然低呵一声，"别过来！"

我杵在原地，愣愣地看着他，他依然背对着我，拿起手中的干毛巾慌张地在脸上抹着什么，看上去不像是在抹汗。

一分钟后，他自动转过身来，除了隐约有点红的双眼，一切看上去都很平静。

"我们接下来做什么？"他问。

"休息。"

十分钟后，我们步行到汐江风光带。我们走下河堤，找到一块相对干燥的礁石坐下。长时间的有氧运动抽走了我体内的力气，以及那些激情而偏执的情绪，我觉得自己得到了短暂的平静，相信越泽也是。

凉爽的夏风迎面吹来，带着远方的味道。

我们眺望着夜色迷茫的夕江，以及对岸的灯火阑珊，各怀心事地沉默了。这时越泽下意识得摸了摸口袋，才想起自己戒烟有段时间了。什么时候开始呢？反正，自从他找我一起创建公司后，我就再没见到过他抽烟，谭志说，他是为了女儿戒掉的。

其实我挺喜欢看他抽烟的样子，忧郁、优雅，有一种人着迷的颓废美。当然我更喜欢看他笑的样子，但他很少对我笑。

忽然间，越泽的声音飘过来，在风中有那么一丝不真切，"那晚你告诉我，爱情就是一心一意对她好，努力把她留在身边。"

我点点头。

"哪怕对方并不开心？"越泽有些困惑。

"那就想办法让对方开心。"

"如果我离开她，才是她最开心的事呢？"

话题戛然而止，像是跑进了死胡同。

我被这个问题难倒了。我从没想过，如果爱上一个人本身就是错误，坚持下去的意义又在哪？

越泽曾经告诉我，他是第一次爱上一个人，其实我沈碧又何尝不是？对于爱情，我们都不是大彻大悟的智者，而是跌跌撞撞的迷途旅人。

"你要做一个不动声色的大人了。不准情绪化，不准偷偷想念，不准回头看。去过自己另外的生活。你要听话，不是所有鱼都会生活在同一片海里。"我平静地念出这一段话，它出自村上春树的一本小说，是我前不久才看到的。

我也不知道为什么，就是突然想起了这段话。

越泽眼中的忧伤凝固成了一抹浓稠的墨色，他缓缓回头，眼里闪着隐隐的泪光，"这句话谁说的，听得人很难过。"

"不重要。"我摇摇头，"我只是想告诉你，可能就在这个时候的某个地方的某个人，也在经历着跟你相同的抉择，大家都走到过这一步，然后做出选择。你并孤独。这样想，可能会好受一点。"

越泽不置可否，回过头，继续看向远方，远方是影影绰绰的光电，更远的地方是无边的黑暗。

很久后，他轻声说："谢谢。"

很奇怪，不过是一声谢谢，我竟然哭了。

◆ 08 ◆

星城的夏天迎来了最热的两个月，学生们漫长又美妙的暑假来临了。正是个这个暑假，我们公司推出的一款交友软件在市场上有了重大突破，用户量高达一百多万，这款以情侣秀恩爱为最大主题的社交APP由越泽亲自带头研发，名叫七夕。

用户在上升到两百万时遭遇瓶颈，无论公司如何推广，用户量都止步不前。连夜开会讨论，最后在我的提议下制定了一套全新的方案，方案的核心内容就是把越泽包装成我们企业的明星符号，结合产品文化进行立体化地传播，这套方案除了越泽本人不太赞同，几乎全票通过。

接下来我动用自己的资源联系上本市电视台的一位策划人，帮越泽争取到一期综艺节目的嘉宾，那期节目的主题是"小说里走出来的总裁"，基本条件是：三十岁以下、开公司、单身、帅气、业内有一定名气，具备话题性。

我当时直接给电视台的朋友发了一张越泽的硬照，她立刻笑着说："话题性够了。"随后又调侃，"这么帅，应该去混娱乐圈的。"

那期节目播出后，越泽立刻变得了话题人物，公司乘热打铁，找了北京那边的专业营销团队，给越泽进行了一系列的包装和宣传，那段时间，各大社交网上每天都有他的名字和新闻，同时，我开始为他筹办线下的大学巡回演讲活动，演讲台词是我亲手拟写的，主题围绕创业、成功、梦想、励志、正能量等关键词，在年轻人群体里很受用。

短短三个月，一个多金优质的单年企业新星就这么诞生了。时机成熟后，越泽开始为自己的公司和自己的产品代言，用户瞬间达到四百多万，还有稳步上升的趋势。

至此，我们公司终于开始全面盈利。不久后，又与一家国内的手机公司达成了合作，把我们的软件和该公司推出的大学生情侣手机捆绑销售。

在这个特殊时期，我从公司的企划部主管摇身一变成了越泽的全职经纪人，忙着给他安排档期，出席各种商业活动。

面对这些工作，越泽也十分配合，他虽然不太赞同这个方案，然而一旦决定下来，还是拿出了百分之百的职业态度。

作为一百多号员工的老板，同时还要做荧幕上的"明星"，忙的时候一天下来只能睡两三个小时，对于这种超强度的生活他没有丝毫抱怨。

一方面，我为他高兴，一方面，我也为他担忧。越泽这种过头的振奋和激进并不像是走出伤痛的表现，反而像是另一种逃避。

我他的眼中，我似乎看不到成功的喜悦，只有工作、工作、不停地工作。我感觉越泽的精神就像一个被越拉越长的橡皮经，长到仿佛没有极限。但我知道，会有那个极限的，那之后，可能就是崩断，然而再反弹。

终于，这天还是来了。

12月25号圣诞节，越泽的大学巡回演讲第七站，地点是星城南林大学。如果我知道艾七喜还在这里读大学，我一定会临时取消今天的行程。可惜这世上没有如果。

那天的演讲在多媒体教室进行，外面摆着情侣手机的展售台。

越泽站在讲台上，自信洒脱地说着激励人心的演讲稿，结合着幻灯片广告介绍七夕这款社交APP。

一切都很顺利，最后十分钟的互动时间里出了点小问题，一个冒冒失失的女孩完全无视本次演讲主题，直接问到越泽对于爱情的看法，言辞犀利，有故意捣乱的嫌疑。

爱情这个话题，越泽一直不愿过深地谈论。我们也为他准备过比较官方的回答，一般是模棱两可，打个太极巧妙地避开。

"我是代表您的广大粉丝来谋福利的！我想问，越泽先生你真的没有女朋友吗？这太不科学了！你该不会是像那些明星一样伪单身吧？"

"曾经有过一个很喜欢的女孩。"

"那现在呢？你不肯谈恋爱是因为她吗？老实说我才不相信呢？像你这种长得帅又有钱的男神一般都是花花肠子！"

谈话进行到这里，场面有些失控。大家的八卦欲被彻底勾起来。我想出面打圆场，可越泽阻止了我。很意外，他大大方方地承认了自己不堪的过去，那个玩世不恭，游戏人间，对于爱情从来不抱希望的越泽。

这个直白的承认换来短暂而诡异的安静，里面是有不少人等着看"好戏"，可没想到好戏来得如此轻易，竟一时之间不知作何反应。也包括我。

只有越泽，前所未有的坦然，他甚至平静地微笑。

"你们或许会问，她是怎样一个女孩？其实她很普通，普通的漂亮，普通的可爱，但却独一无二。可惜她从不曾察觉，还有些自卑，常常把自己伪装成没心没肝的样子，其实只是害怕受伤。她明明很倔强，自尊心很强，却愿意为了我一次又一次地妥协和牺牲，甚至在我最绝望糟糕自暴自弃的时候也没有放弃我，带我走出困境，她做这些，并不为别的，只因为她爱我。

"我也是后来才渐渐明白，爱不是大脑皮层的一些细胞反应，爱是一种能力，每个人都应该拥有的能力。爱不是钻戒、鲜花、教堂、誓言、烛光晚餐这些锦上添花的东西，爱是时时刻刻想要和她在一起，睁开眼能见到她，闭上眼梦见她。一想到她，就觉得很暖，从心、到胃、到手掌、到全身的每一处，再麻木僵硬的心也能变得柔软。你不会再刻意记住爱的存在，因为它已经和你爱的那个人融为一体，呼吸一样自然而然又不可或缺。

"不瞒大家说，这款手机软件在设计之初，我就是想当成求婚礼物送给她的，可惜再也没有机会。希望大家别像我一样愚钝，放下骄傲，珍惜眼前人。这世上，根本没有什么更好的爱情，此刻你爱着她，她也爱着你，就是最好的爱情。"

直到后来，我都忘不掉这段话。我从没想过，在情感方面一直极度内敛的越泽竟会流畅地、坚定说出这么一段洋洋洒洒又感人肺腑的爱情感言，这些话，并不是他灵光一闪，信手拈来，一定在他心里，重复了很多遍吧。

他摘下我为他量身定做的钻石王冠和黄金披风，他以一个普通人的身份光明磊落地坦白了自己过去，和那段并不美满的爱情。

他的真诚为他力挽狂澜，迎来了铺天盖地的掌声。这些掌声就像是汹涌的海浪，不停地撞击着我心中的情感与理智，让它们濒临崩溃。

但我告诉自己，不能在这一刻被击垮。演讲结束后我假装十分镇定，假装一切都在自己的掌控之中。

走出多媒体教室，车却不见了。打电话给助理才知道，之前泊车的地方是禁止停车的，所以跟保安协调之后，把车停在了校门口附近的停车坪。我带着越泽步行赶过去，却没想到，在那儿遇见了艾七喜。

当时的艾七喜正跟七月打闹着，就像一对普通的大学生情侣。一开始我并没有发现，率先发现的事越泽，在离商务车十米远的地方，他站住了，像一颗钉子扎在地面。

他远远看着艾七喜，眼中没有愤怒，没有嫉妒，有的只是能把人给淹没的苦楚。

那一刻我仿佛又看到越泽地站立在城堡的废墟之中，等待着不再回来的爱人，他像个孤独而偏执的小孩，任由雨水淋湿了他的头发，眼睛和苍白的脸。他只是丢失了爱人，却像丢失了全世界。

两人很快也看见了我们，笑容瞬间凝固。艾七喜似乎想走，但七月却拉着七喜走过来跟我们打招呼，晴天餐馆那一幕似乎又要重演了。

越泽跟七喜的眼中只有彼此，可从头到尾却一言不发，哪怕一个表情都没有。全程都是我跟七月在讲话，最后，我拿出活动方的情侣手机送给七月，以此作为结束。

七月很识趣地收下，并祝我跟越泽幸福美满。

有那么一瞬间，我觉得我跟七月都好可悲，我痛恨这种自欺欺人的游戏。可最终我跟七月还是把这场戏给优雅大度地演完了。

原本事情已经结束，几个声音尖细的大学生围上来，吵着要让越泽签名，还要合影。越泽心不在焉的应对着。

后来围上来的人越来越多，我不得不强行带越泽离场。越泽在我和助理的护送下，朝身旁的商务车走去。

我为越泽拉开车门，他单手扶住车顶，刚要弯腰上车却停下来。

那一刻我没来得及看清楚他的表情，但我听到他用很轻的声音说："对不起。"

然后他转身了，穿越混乱的人群，对于那些想要簇拥上去要签名的女孩，他或轻轻绕开，或礼貌推开，他目光坚毅，步履沉稳，像个披荆斩棘的骑士穿过那最后一条河流。最终他在艾七喜身前停下，双手捧住她的脸颊，深深地吻下去。

这个吻一发不可收拾，他张开手臂地把艾七喜拥入怀中，变得深沉而激烈，七喜像一株脆弱的柔软植物，挣扎根本无用，很快沦陷在他痛苦的狂热中。

所有人都被眼前的一幕惊呆了，有人不可思议地尖叫起来，更多人已经掏出手机开始录像。

两人纠缠了十多秒，艾七喜猛地清醒过来，惊恐地推开她，狠狠给了他一耳光，"先生请自重。"

摄像头的闪光灯打在越泽苍白的脸上，他像是感觉不到痛，目光痛苦而茫然。他想开口说点什么，但艾七喜没给他机会。

新媒体时代根本藏不住事，二十分钟不到，越泽强吻女大学生的视频就在网络上铺天盖地地传开了，立刻上了微博的热门话题前三。

那之后，我的手机一直在响，有公司同事的，也有合作商的，作为越泽的经纪人我焦头烂额疲于应对，最后我干脆统一回复：整件事都是计划好的炒作，不用担心，一切尽在掌控中。一切尽在掌握中？真搞笑，我快连自己都控制不住了。

"妈的。"车厢内，我将手机狠狠扔出去，仰起头狠狠呼出一口长气。

"沈总？接下来要怎么办？"身后的助理弱弱地问，她还没见过我发这么大脾气。

"两小时候后的节目访谈继续，另外叫团队准备新的新闻稿……"

当晚，我在一档访谈节目的录影棚，跟主持人和对着采访的剧本。助理红着眼睛跑来告诉，"沈总，越总不让造型师给他化妆，也不说话，样子很可怕……我不知道要怎么办……"

"我去看看。"我把手中的文件交给小刘，抽身去了一趟后台。

越泽坐在昏暗的角落，像一个自闭症患者。给他准备的衣物没有换，身旁的造型师还在好声好气地交涉着，越泽却无动于衷，像一个被拔下了插头的机器人。我打了个手势，让造型师先回避一下，她离开了。

我叹了口气，在他身旁坐下。我看着镜子中的自己，觉得自己像一株枯萎的花，是什么花我也不知道。说起来，我以前觉得自己应该是红玫瑰，可最近我越来越觉得，自己更像白玫瑰。或许这世上，根本没有红玫瑰和白玫瑰这一说法，爱上了怎样的男人，我们就是什么颜色的玫瑰。

明明已经节骨眼上了，我却胡思乱想着。我们就那么苍白无力地沉默着。

"对不起，我搞砸了。"终于，他先开口了，声音沙哑。

"别担心。"我捋了一下刘海，强打气精神，"我已经通知了媒体统一口径，我们可以将计就计好好炒作一把。"

"我不是指这个。"他摇摇头，露出苍凉的笑，"你要做一个不动声色的大人了。不准情绪化，不准偷偷想念，不准回头看。去过自己另外的生活。你要听话，不是所有鱼都会生活在同一片海里。

"你曾经告诉我的这句话，每天睡前，我都会对自己说一遍。我以为，说上一百遍，一千遍就会变成真的。直接今天我看到她，我才发现自己根本做不到……"

"越泽别这样……"我把手放到他的肩上。

"不，你不明白。我其实没有你们以为的那么坚硬。我真的没法再这样下去了，节目帮我推了吧，我不想录了。"

"越泽，你成熟点。这不是你一个人的事，你还有一家公司，你是老板。"

"我没资格当什么老板，我已经想的很清楚了，我会退出。公司已经步入正轨，就算没有我，你跟谭志两个也能打理得好。我今后也不会再上电视了，我也不想再以任何方式出现她的生活中。"

"为什么？"我有点糊涂了，"你恨她？"

"不，我爱她。但如果我的存在真的是她幸福的阻碍，那么我消失。只要她能真的幸福，就算身边的不是我，也没关系了。"

呵！多么深情，直到这一刻，想得还是她。

我还想说什么，这个时候我无论如何都要说点什么，可突然间，我发现自己什么都不想说了。

我把手从越泽的肩上拿了下来。

这一次，我认输了，彻彻底底、心服口服。无关运气，无关实力，无关时间的早晚，仅仅关乎爱。他们相爱，哪怕彼此伤害，彼此误解，彼此远离，但依然相爱，没什么可以改变这一点。

其实我早该发现的，跟越泽相处的这些时间里，每一次，只有谈到七喜时，他眼底才会流露出短暂的柔情，而这种柔情，这么多年，从来没有给过我。

我站起来，俯身凑近那面沾满渍斑的化妆镜，从包中掏出口红。我妈曾告诉我，如果你来不及化妆，至少要给自己的嘴巴涂上口红，口红是很神奇的东西，可以点亮你的自信、美丽，和爱情。

什么节目，什么公司我也一点都不在意了，此刻我唯一关心的是，在这场爱情的战役中，我是以最好的姿态入场，那么至少，我也要以最好的姿态退场。

我一边对着镜子抿着嘴唇，一边说话，"我要给你看一封邮件，是艾七喜发到你工作邮箱的。我还要告诉你，两个月前，你去北京出差那次，七喜来公司找过你。是我赶走了她。我对她说：'没有人比我更了解越泽，你已经辜负了他，没有资格再爱他，所以把越泽交给我吧。'她当时哭了，离开前，她让我代替她好好爱你。我答应了，现在看来我要食言了。越泽，我爱你，比任何人都更爱你，你一直知道对不对，可是你不需要。"

越泽没有回答，但我早知道了答案。

我涂好口中，我起身走到越泽身后，轻轻抱住他。时间仿佛回到了大学时代的那个下着雨的深夜，我第一次从背后这样抱住他，我从没告诉他，那是我第一次主动抱别人。

现在是第二次，或许也是最后一次。

我亲吻了他的头发，"再见。"

我走出后台，带上了门。

很奇怪，在这悲壮的时刻我并没有流泪。相反，我感到一身轻松。很多年前那个骄傲冷血战无不胜的沈碧似乎又回来了。等待着她的是精彩纷呈的人生，是前途大好的未来，她就像是神话中的那只鸟，越飞越高，越飞越远，睡在风力，永不落地。

没人知道，很早以前，她其实也爱上过一棵树，也想过要放弃自己的骄傲和美丽，简简单单地在枝头栖息和安家。

可惜啊，有些人的爱情，是求仁得仁。

◆ 09 ◆

我还是睡着了。惊醒的时候，谭志的车子已经在一所天主教堂的门口停下来，教堂外面洒满一地的玫瑰花瓣，红地毯一直延伸到里面。

副驾驶的大嫂已经不见了，谭志还在车上，听着音乐电台。里面放到是辛晓琪的《领悟》。我有些手忙脚乱地掏出了小镜子，要命，哪怕只睡了一小会，眼睛还是肿了，妆也吃得差不多了，鼻梁两侧的油也泛了上来。

"不急，越泽接亲的车还没到。"谭志看着手表，一脸贼笑，"一会他的车出现了，我们就冲下车去把新娘给劫了，打他个措手不及。"

刚说完，前方黑色的奔驰就缓缓开过来，车头盯着一朵硕大而喜庆的鲜花。

谭志双眼一亮，"说来就来！我先下车了，你一会跟上。"他钥匙都忘了拔，开车门跑下去。

"喂！等下……"

车厢空了，我有点发懵，感觉像世界末日的那一天被所有人抛弃的错觉，我慌慌张张的从包里掏出常用化妆品，可是根本来不及了。

没办法，我只好拿出口红，沿着嘴线一点点涂抹，一不小心，手就滑了，口红像一把锋利的小刀从嘴角滑向下巴，留下一抹触目惊心的红。

突然之间我错愕住了，我不知道自己在哪儿，又该做什么？只有电台里的歌，还在一直唱：

我以为我会哭

但是我没有

我只是怔怔望着你的脚步

给你我最后的祝福

这何尝不是一种领悟

让我把自己看清楚

虽然那无爱的痛苦

将日日夜夜

在我灵魂最深处

一段感情就此结束

一颗心眼看要荒芜

我们的爱若是错误

愿你我没有白白受苦

若曾真心真意付出

就应该满足

啊多么痛的领悟

你曾是我的全部

只是我回首来时路的每一步

都走的好孤独

啊多么痛的领悟
你曾是我的全部
只愿你挣脱情的枷锁
爱的束缚　任意追逐
别再为爱受苦

（完）

女孩，不哭. 2

著者
彭湃

总策划
周政

总监制
杨翔森

视觉策划
木子棋

封面设计
彭意明

版式设计
李映龙

封面摄影
草食SOSHOKU

封面模特
羽哥

营销推广
冯展

特约编辑
顾浮生

流程编辑
李晶

运营发行
曾筱佳

出版者
百花洲文艺出版社

出品
紫微青春馆
Ziwei Qingchun GUAN

官方微博
http://e.weibo.com/wuliangweiye

平台支持

图书在版编目（CIP）数据

女孩，不哭：终结版. 2 / 彭湃著. 一南昌：百花洲文艺出版社，2016.6
ISBN 978-7-5500-1769-6

Ⅰ. ①女… Ⅱ. ①彭… Ⅲ. ①言情小说—中国—当代 Ⅳ. ①I247.5

中国版本图书馆CIP数据核字（2016）第111791号

出 版 者　百花洲文艺出版社
社　　址　江西省南昌市红谷滩世贸路898号博能中心20楼　　邮编　330038
电　　话　0791-86895108(发行热线)　0791-86894790(编辑热线)
网　　址　http:www.bhzwy.com
E-mail　bhzwy0791@163.com

书　　名　女孩，不哭：终结版. 2
著　　者　彭　湃
出 版 人　姚雪雪
总 策 划　周　政
总 监 制　杨翔森
责任编辑　臧利娟　周振明
特约编辑　顾浮生
封面设计　彭意明
版式设计　李映龙
经　　销　全国新华书店
印　　刷　湖南天闻新华印务有限公司
开　　本　710mm×1000mm　　1/16
印　　张　16
字　　数　250千字
版　　次　2016年6月第1版
印　　次　2016年6月第1次印刷
定　　价　26.80元
书　　号　ISBN 978-7-5500-1769-6

赣版权登字：05-2016-154